长江诗话

主　编　陈　军
副主编　韩立春　吴志锋　程夕琦　陶雨婷
编写者（按姓氏音序排列）

　　　　陈世东　陈　硕　程夕琦　顾光宇　韩立春
　　　　黄　瑶　刘　蕙　钱佳瑾　石裕雄　陶雨婷
　　　　吴志锋　张骏逸　张洛绮　赵　翀

復旦大學出版社

前　言

2004年9月至2005年8月,为了支持回民中学创建上海市实验性示范性高中的评审工作,我以闸北区教育学院教研室主任的身份,在该校高一年级开设了语文拓展型课程"长江诗话"。

说实话,名为"课程",其实内容还相当粗糙,我不过是选定了一个学习主题,与回民中学师生一起商量着学习而已。学生是不是有所收益,我不敢乱说;我自己倒是有不少收获。比如,课程的理论知识、作品的内容鉴赏、课堂上与学生的对话设计,等等,我的认识与实践都有明显的进步。

最近几年,我一直带教青年教师。说是"带教",也不过是与青年朋友相互切磋研究而已。我建议他们新编《长江诗话》,他们十分认同并积极参加编写。他们的研究水平和工作质量都超过了我当年的编写水平和质量,对此,我格外感到欣喜。

《长江诗话》的内容,离不开长江,需要有地理知识、历史知识以及政治、经济、科技等知识的支撑;离不开古典诗文,需要有文学审美的能力和方法的支撑;离不开对话,需要有课堂讨论的思想观点的支撑。这三个支撑点是不是预先在教材中就完善起来了呢?没有,需要在课程进行过程中由师生的及时互动来随机生成。课程内容只是一个框架和线索,课堂讨论只是一个思考的起点;师生在这个平台上,用自己的个性、兴趣和能力创造属于自己的《长江诗话》,这,大概是我和各位合作者的共同追求吧。

跨学科,文学味,动态性,希望能在这些方面给学生一点滋养和启迪。

最后,我要感谢各位编写者的共同努力,感谢复旦大学出版社出版这本小书。同时,我盼望得到读者朋友的帮助和指导。

陈 军

2024 年 2 月 26 日

目 录

一、朝发白帝,暮到江陵,两岸连山,略无阙处——三峡篇
　　　　　／上海市市北中学　程夕琦　1

二、黄鹤归来识旧游——武汉篇
　　　　　／上海市市北中学　陈世东　23

三、浮光跃金,波撼岳阳——洞庭湖篇
　　　　　／上海市市北中学　张骏逸　44

四、昔年仙子谪黄州——黄州篇
　　　　　／上海市回民中学　石裕雄　67

五、好为庐山谣,兴因庐山发——庐山篇
　　　　　／上海市回民中学　钱佳瑾　91

六、吴楚分疆第一州——安庆篇
　　　　　／上海市第六十中学　吴志锋　赵翀　陈硕　118

七、曾有惊天动地文——采石矶篇
　　　　　／上海市市北初级中学　刘蕙　148

八、江南佳丽地,金陵帝王州——南京篇
　　　　　／上海市市北中学　黄瑶　180

九、大字无过《瘗鹤铭》——镇江篇
/ 上海市市北中学　韩立春　199

十、谁似我,醉扬州——扬州篇
/ 上海市市北中学　顾光宇　227

十一、古宫闲地少,水港小桥多——苏州篇
/ 上海市市北中学　张洛绮　256

十二、上善若水,海纳百川——上海篇
/ 上海市市北中学　陶雨婷　285

一、朝发白帝，暮到江陵，两岸连山，略无阙处
——三峡篇

◎ 上海市市北中学　程夕琦

【概述】

长江三峡即是指瞿塘峡、巫峡和西陵峡。它位于亚洲第一河流——长江干流中游水系的开端部分,三峡西起重庆市奉节县白帝城,东至湖北宜昌市南津关,全长约193公里。

三峡内自然、人文遗产众多,其中最著名的有丰都鬼城、忠县石宝寨、云阳张飞庙、瞿塘峡、巫峡、西陵峡、宏伟的三峡工程、大宁河小三峡等。三峡人文色彩浓郁,有许多古今名人都在这里留下过出色的文学作品,其中白帝城更因李白名篇有"诗城"美誉。按照时间先后来介绍,早在公元前11世纪巴蜀三峡地区就流行一种民歌,宋玉在《对楚王问》中写道:"客有歌于郢中者,其始曰'下里巴人',国中属而和者数千人。"郢中即今湖北,这种"下里巴人"的歌舞,表演起来合唱的达到数千人,可见受当时川楚民间的欢迎程度。更有记载,武王伐纣时,南方少数民族有一支巴人的军队,他们一边战斗一边歌舞,这种表演形式到南北朝隋唐时就演变成为"竹枝词"。后至

唐朝,杜甫和刘禹锡等诗人,均以此为题或素材,写过作品。

而说到与三峡有关的诗文作品,更是多如璀璨星辰,不可胜数。比如郦道元的《水经注》,选入中学语文教材。李白曾三游三峡,第一次游玩写下"桃花飞绿水,三月下瞿塘"的名句,后两次又写下最著名的《早发白帝城》。"诗圣"杜甫,他传留后世的诗共一千四百余首,其中有三分之一是描写三峡风光的。所以有学者说:"三峡造就了半个杜甫。"(《中国三峡文化》)白居易在忠州当了两年刺史,期间写了大量诗篇。苏东坡与父、弟共游三峡,共留下三峡诗篇六七十首。诗人陆游先后三年在夔州任职,留下大量诗篇。因为各朝各代的名人名诗,后人把三峡称为"诗乡"。

三峡地区还有"田歌""山歌"和"号子",都带有地方特色,号子是劳动人民的一种特有歌声,因职业不同而又分为"船工号子""抬工号子""盐工号子"等多种,这些号子唱出了三峡地区劳动人民丰富多彩的劳作生活,成为三峡文化的一部分。

【例文一】

水经注·江水(节选)

郦道元

江水又东径巫峡①。杜宇所凿,以通江水也。郭仲产②云:按《地理志》,巫山在县西南,而今县东有巫山,将郡、县居治无恒故也。江水历峡东径新崩滩。此山,汉和帝永元十二年崩,晋太元二年又崩,当崩之日,水逆流百余里,涌起数十丈。今滩上有石,或圆如箪③,或方似笥,若此者甚众,皆崩崖所陨,致怒湍流,故谓之新崩滩。其颓岩所余④,比之诸岭,尚为竦桀。其下十余里有大巫山,非惟⑤三峡所无,乃当抗峰岷、峨,偕岭衡、疑⑥,其翼附群山,并概青云,更就霄汉⑦,辨其优劣耳。神孟涂所处。《山海经》曰:夏后⑧启之臣孟涂,是司神于巴,巴人讼于孟涂之所,其衣有血者执之⑨,是请生居山上,在丹山西。郭景纯云:丹山在丹阳,属巴。丹山西即巫山者也。又帝女居焉,宋玉所谓天帝之季女,名曰瑶姬,未行而亡,封于巫山之阳,精魂为草,寔为灵芝。所谓巫山之女,高唐之阻,旦为行云,暮为行雨⑩,朝朝暮暮,阳台之下。旦早视之,果如其言。故为立庙,号朝云焉。其间首尾百六十里,谓之巫峡,盖因山为名也。

注释

① 巫峡:起点为巫山县城东的大宁河,终点为巴东县官渡口,全长46公里,被誉为大峡,是长江三峡之一。巫峡景色绮丽幽深,以其俊秀闻名于世。② 郭仲产:一位南朝刘宋时期的人物。③ 箪(dān):古代用竹子等编织而成的盛饭用具。④ 颓岩:指颓落的岩石,余留的岩石部分。⑤ 非惟:不仅。⑥ 偕:一起,共同。衡:衡山。疑:九嶷山。⑦ 霄汉:指天空。⑧ 夏后:夏朝的国君。⑨ 其衣有血者执之:抓住身上有血迹的人。⑩ 行雨:指雨滴漂浮、游移下落的情形。

简析

本文记录了《水经注》中关于巫峡的内容,其后的文段即收录于初中语文课本的《三峡》一课。本文采用了与课文截然不同的表达方式,更符合《水经注》这一著作的特点:科学的语言、客观的记录与融合文学特色,这正是贯穿全书的基本语言风格。文章描述了巫峡的传说开端,接着记录了两次历史上的山体崩塌,逐步转向介绍从巫山到大巫山的变迁,并通过时间和空间的双重维度阐述,运用大开大合的笔法,通过对比突显巫峡两岸的山势,展现出其雄伟壮丽的景象。最后,文章以讲述巫山神女的故事结尾,充满了神秘想象,将地理记载与文学(神话)故事融为一体,完成了地理描述和文学叙述之间的融合。

【例文二】

入蜀记·神女峰

陆 游

二十三日,过巫山凝真观,谒①妙用真人祠②。真人即世所谓③巫山神女也。祠正对巫山,峰峦上入霄汉④,山脚直插江中,议者谓太、华、衡、庐⑤皆无此奇。然十二峰者不可悉见,所见八九峰,惟神女峰最为纤丽奇峭,宜为仙真所托。祝史云:"每八月十五夜月明时,有丝竹之音,往来峰顶,山猿皆鸣,达旦方渐止。"庙后山半,有石坛平旷。传云:"夏禹见神女,授符书于此。"坛上观十二峰,宛如屏障。是日,天宇晴霁⑥,四顾无纤翳⑦,惟神女峰上有白云数片,如鸾鹤翔舞徘徊,久之不散,亦可异也。

注释

①谒:拜见地位或辈分高的人,这里指拜见神灵。②祠:供奉祖宗、鬼神或先贤的地方。③所谓:所说的,这里是对前文所叙述的事情加以说明。④霄汉:霄指云霄,汉指天河。⑤太、华、衡、庐:泰山、华山、衡山、庐山等名山。⑥霁:指雨雪停止,天空放晴。⑦纤翳:指极细小的云彩,翳表示遮盖,这里指遮天蔽日的云彩。

简析

　　神女峰是巫山的十二峰之一,相传为巫山神女瑶姬的居所。这座峰位于今天重庆市巫山县城东约十五公里处,坐落在长江三峡著名景区内的巫峡大江北岸。神女峰高耸入云,宛如一位挺拔的少女,因此得名。古代著名爱国文学家陆游曾到此一游,并撰文记录了此行,例文即为其所写。尽管这只是一篇日记,却是一篇简洁而精练的游记,山路描写简练,重点鲜明突出,以"神"为主题,一方面通过祭祀仪式的神秘表达,勾勒出此地最美之景;另一方面通过富有想象力的描绘,将飘渺的白云比作神话般的凤凰、白鹤,充满了仙气,令读者感到更加神秘和奇异。

思考题

　　1. 根据例文一,总结"巫峡"得名的原因。

　　2. 例文一在表达中使用大量典故材料,请分析这些内容在文章中有什么作用。

　　3. 例文一与例文二都写到了"巫山神女",比较两者在写作上的异同之处。

参考答案

　　1. 巫峡因其周围的两座山而得名,一个是"巫山",取名于其附近的巫县,历史上由于巫县县城位置的调整,导致正史《地理志》所记载的巫山与郦道元所见有所出入;另一个则是"大巫山",这座山可与峨眉山、衡山等名山相媲美,并且有着悠久的历史和神话传说。因此,巫峡之名主要来自这两座山。

　　2. 通过引用和叙述典故,文章展示了丰富的历史和地理信息。首先,引用了郭仲产的话,说明了巫山的地理方位,以及相关郡县的迁移情况,让文章更具科学性。这种迁移可能与该地区的山崩频发有关,导致地势改变,进而引起水流反常。其次,引用了《山海经》有关丹山传说的历史,通过郭璞(字景纯)的考证将丹山与巫山联系起来,使巫山不仅具有自然价值,还增添了文化内涵。提到文化价值,自然而然会谈及更为著名的巫山神女,从宋玉之说,到高唐云雨的巫山神女,这些神话传说使选文充满了浓厚的文学氛围。通过这些传说和典故的运用,不仅展示了地理景观和历史传说,还结合文学传统赋予了巫山更深层次的文化意义。

3. 两篇文章的写作都着重于将巫山与其他名山进行对比,以突显其高耸之美,而后进一步探讨了巫山所寓含的"神女"之意象。同时,两篇文章均运用了典故,为文章增添了文学内涵和深度。

区别在于,选文一主要记录了巫山神女的起源和背景,并通过直接描写周围环境,营造了神秘仙灵的氛围。而选文二则通过对比的形式,特别强调了在巫山的十二峰中仅有神女峰一处,通过想象将飘渺的白云比作神话中的凤凰、仙鹤等富于神秘色彩的事物,表达了对这片土地的独特认知。同时,选文二更直率地表达了作者对于此地景观的感慨,强调了其与众不同之处。

【例文三】

长江三日(节选)

刘白羽

十一月十八日

在信中,我这样叙说:"这一天,我像在一支雄伟而瑰丽的交响乐中飞翔。我在海洋上远航过,我在天空上飞行过,但在我们的母亲河流长江上,第一次,为这样一种大自然的威力所吸摄了。"

朦胧中听见广播到奉节。停泊时天已微明。起来看了一下,峰峦刚刚从黑夜中显露出一片灰蒙蒙的轮廓。启碇续行,我到休息室里来,只见前边两面悬崖绝壁,中间一条狭狭的江面,已进入瞿塘峡了。江随壁转,前面天空上露出一片金色阳光,象横着一条金带,其余天空各处还是云海茫茫。瞿塘峡口上,为三峡最险处,杜甫《夔州歌》云:"白帝高为三峡镇,瞿塘险过百牢关。"古时歌谣说:"滟滪大如马,瞿塘不可下;滟滪大如猴,瞿塘不可游;滟滪大如龟,瞿塘不可回;滟滪大如象,瞿塘不可上。"这滟滪堆指的是一堆黑色巨礁。它对准峡口。万水奔腾一冲进峡口,便直奔巨礁而来。你可想象得到那真是雷霆万钧,船如离弦之箭,稍差分厘,便撞得个粉碎。现在,这巨礁,早已炸掉。不过,瞿塘峡中,激流澎湃,涛如雷鸣,江面形成无数漩涡,船从漩涡中冲过,只听得一片哗啦啦的水声。过了八公里的瞿塘峡,乌沉沉的云雾,突然隐去,峡顶上一道蓝天,浮着几小片金色浮云,一注阳光象闪电样落在左边峭壁上。右面峰顶上一片白云象白银片样发亮了,但阳光还没有降临。这时,远远前方,无数层峦叠嶂之上,迷蒙云雾之中,忽然出现一团红雾,你看,绛紫色的山峰,衬托着这一团雾,真美极了。就象那深谷之中向上反射出红色宝石的闪光,令人仿佛进入了神话境界。这时,你朝江流上望去,也是色彩缤纷:两面巨岩,倒影如墨;中间曲曲折折,却象有一条闪光的道路,上面荡着细碎的波光;近处山峦,则碧绿如翡翠。时间一分钟一分钟过去,前面那团红雾更红更亮了。船越驶越近,渐渐看清有一高峰亭亭笔立于红雾之中,渐渐看清那红雾原来是千万道强烈的阳光。八点二十分,我们来到这一片晴朗的金黄色朝阳之中。

抬头望处,已到巫山。上面阳光垂照下来,下面浓雾滚涌上去,云蒸霞蔚,颇为壮观。刚从远处看到那个笔直的山峰,就站在巫峡口上,山如斧削,隽秀婀娜,人们告诉我这就是巫山十二峰的第一峰,它仿佛在招呼上游来的客人说:"你看,这就是巫山巫峡了。""江津"号紧贴山脚,进入峡口。红通通的阳光恰在此时射进玻璃厅中,照在我的脸上。峡中,强烈的阳光与乳白色云雾交织一处,数步之隔,这边是阳光,那边是云雾,真是神妙莫测。几只木船从下游上来,帆篷给阳光照的象透明的白色羽翼,山峡却越来越狭,前面两山对峙,看去连一扇大门那么宽也没有,而门外,完全是白雾。

八点五十分,满船人,都在仰头观望。我也跑到甲板上来,看到万仞高峰之巅,有一细石耸立如一人对江而望,那就是充满神奇缥缈传说的美女峰了。据说一个渔人在江中打鱼,突遇狂风暴雨,船覆灭顶,他的妻子抱了小孩从峰顶眺望,盼他回来,一天一天,一月一月,他终未回来,而她却依然不顾晨昏,不顾风雨,站在那儿等候着他——至今还在那儿等着呢!……

如果说瞿塘峡象一道闸门,那么巫峡简直像江上一条迂回曲折的画廊。船随山势左一弯,右一转,每一曲,每一折,都向你展开一幅绝好的风景画。两岸山势奇绝,连绵不断,巫山十二峰,各峰有各峰的姿态,人们给它们以很高的美的评价和命名,显然使我们的江山增加了诗意,而诗意又是变化无穷的。突然是深灰色石岩从高空直垂而下浸入江心,令人想到一个巨大的惊叹号;突然是绿茸茸草坂,象一支充满幽情的乐曲;特别好看的是悬岩上那一堆堆给秋霜染得红艳艳的野草,简直象是满山杜鹃了,峡急江陡,江面布满大大小小漩涡,船只能缓缓行进,象一个在崇山峻岭之间慢步前行的旅人。但这正好使远方来的人,有充裕时间欣赏这莽莽苍苍、浩浩荡荡长江上大自然的壮美。苍鹰在高峡上盘旋,江涛追随着山峦激荡,山影云影,日光水光,交织成一片。

十点,江面渐趋广阔,急流稳渡,穿过了巫峡。十点十五分至巴东,已入湖北境。十点半到牛口,江浪汹涌,把船推在浪头上,摇摆着前进。江流刚奔出巫峡,还没来得及喘息,却又冲入第三峡——西陵峡了。

西陵峡比较宽阔,但是江流至此变得特别凶恶,处处是急流,处处是险滩。船一下象流星随着怒涛冲去,一下又绕着险滩迂回浮进。最著名的三个险滩是:泄滩、青滩和崆岭滩。初下泄滩,你看着那万马奔腾的江水会突然感到江水简直是在旋转不前,一千个、一万个漩涡,使得"江津"号剧烈震动起来。这一节江流虽险,却流传着无数优美的传说。十一点十五分到秭归。据袁崧《宜都山川记》载:秭归是屈原故乡,是楚子熊绎建国之地。后来屈原被流放到汨罗江,死在那里。民间流传着:屈大夫死日,有人在汨罗江畔,看见他峨冠博带,美髯白皙,骑一匹白马飘然而去。又传说:屈原死后,被一大鱼驮回秭归,终于从流放之地回归楚国。这一切初听起来过于神奇怪诞,却正反映了人民对屈原的无限怀念之情。

秭归正面有一大片铁青色礁石,森然耸立江面,经过很长一段急流绕过泄滩。在最急峻的地方,"江津"号用尽全副精力,战抖着,震颤着前进。急流刚刚滚过,看见前面有一奇峰突起,江身沿着这山峰右面驶去,山峰左面却又出现一道河流,原来这就是王昭君诞生地香溪,它一下就令人记起杜甫的诗:"群山万壑赴荆门,生长明妃尚有村。"我们遥望了一下香溪,船便沿着山峰进入一道无比险峻的长峡——兵书宝剑峡。这儿完全是一条窄巷,我到船头上,仰头上望,只见黄石碧岩,高与天齐,再驶行一段就到了青滩。江面陡然下降,波涛汹涌,浪花四溅,当你还没来得及仔细观看,船已象箭一样迅速飞下,巨浪为船头劈开,旋卷着,合在一起,一下又激荡开去。江水象滚沸了一样,到处是泡沫,到处是浪花。船上的同志指着岩上一片乡镇告我:"长江航船上很多领航人都出生在这儿……每只木船要想渡过青滩,都得请这儿的人引领过去。"这时我正注视着一只逆流而上的木船,看起这青滩的声势十分吓人,但人从汹涌浪涛中掌握了一条前进途径,也就战胜了大自然了。

中午,我们来到了崆岭滩眼前,长江上的人都知道:"泄滩青滩不算滩,崆岭才是鬼门关。"可见其凶险了。眼看一片灰色石礁布满水面,"江津"号却抛锚停泊了。原来崆岭滩一条狭窄航道只能过一只船,这时有一只江轮正在上行,我们只好等下来。谁知竟等了那么久,可见那上行的船只是如何小心翼翼了。当我们驶下崆岭滩时,果然是一片乱石林立,我们简直不象在浩荡的长江上,而是在苍莽的丛林中找寻小径跋涉前进了。

简析

这里节选了《长江三日》其中的第二日,在此必须补充说明一下文章的背景,否则会影响对文意的理解。本文写于1960年,正值冷战时期,社会主义的阵营面临巨大挑战,而作者作为一名久经考验的共产党员,在文中表露出强烈的战斗意志。无论长江航行中遇到多少困难险阻,向前是不变的核心。作者使用了大量象征意义的语言,比如:"一注阳光象闪电样落在左边峭壁上","一只逆流而上的木船,看起来这青滩的声势十分吓人,但人从汹涌浪涛中掌握了一条前进途径,也就战胜大自然了",等等。

而其中的三峡、不论是险峻的瞿塘峡、秀美的巫峡还是凶恶的西陵峡,长江"开阔—狭窄—开阔"的旅程,使刘白羽产生"战斗—航进—穿过黑夜走向黎明"的想象,也就带上了意识形态的象征色彩(陈思和《中国当代文学史》)。作者还大量引用了诗文,有无产阶级革命导师列宁、毛泽东的,有革命先驱者卢森堡的,有古代诗人李白、杜甫、苏轼的,还有古人袁山松书中的典故。比如"曙光就在前面,我们应当努力"就是毛泽东在《目前形势和我们的任务》中的结句,这些引用与描写的"夜航"景色融合得天衣无缝,为文章增添了哲理性,从而凝聚出全文意境的焦点——"战斗,航进,穿过黑夜走向黎明。"

总之,刘白羽散文的风格,是刚健、雄浑、鲜明、飘逸,气势磅礴如万马奔腾。读刘白羽的作品,好像听到嘹亮的军号,催人奋进。

思考题

1. 三峡各有什么特点?请结合文章分析作者如何表现的。
2. 三峡的景物主要是山和水,作者如何写出气象万千的景致变幻呢?作者在安排自己所见的景物时又有什么特点呢?

参考答案

1. 就瞿塘峡而言,其显著特征在于雄奇壮丽,作者巧妙采用多角度的描写手法,从形态、声音和色彩三方面展现其壮丽景致。在形态上,描写了"悬崖绝壁""狭窄的江面"以及江水在峡谷中蜿蜒流动的情景;就声音而言,用了生动的比喻,如"雷霆万钧","激流澎湃,涛声如雷",生动地表现了水流的汹涌之势;同时,也描绘了丰富的色彩,如"蓝天""金色浮云""白云如闪烁的银片""红雾""绛紫色山峰"等,生动展现了瞿塘峡的险峻山水风貌。通过这样全面而细致的描写,呈现出瞿塘峡壮美景象的生动画面。

巫峡以秀美为其特点,作者通过细致描写和丰富的比喻来展现其景致。文章主要刻画了云雾、阳光、两岸的山岩、草坡和野草等元素,突显了巫峡的迷人风光。运用大量的比喻,比如将山峰的陡峭比作"斧劈",风帆如"透明的白色羽翼",巫峡则如"江上一条迂回曲折的画廊",这些描写生动而贴切,形象地展现了巫峡的秀美景观。

西陵峡的特点为凶险,首先总览了其景点特征,接着通过对比的方式,侧重描述三处著名的险滩。其中,泄滩的漩涡繁多,青滩的江面落差巨大,崆岭滩布满暗礁。又引用"泄滩青滩不算滩,崆岭才是鬼门关"这样的句子,通过对比突显了三个险滩的凶险,从而让读者认识到西陵峡的主要特征。

2.(1)景物时异。作者通过乘船穿越瞿塘峡的经历,从"天已微明"一直到"早晨八点二十分",景色随着时间的推移而不断变化。一开始,只是看到"灰蒙蒙的轮廓"和"周围弥漫的云海",但随着时间的推移,风景逐渐呈现出"色彩缤纷"的盛况,"一座高峰亭亭笔立于红雾之中"。作者在描写景物时,细致地记录了时间的流逝,使读者能够感受到景色的变幻之美。

(2)步移景异,即作者所谓的"移步换景"写法。作者在乘船观景时,虽然仍在船上观察,但由于船不断行驶,所在位置不断改变,因此所见景物也呈现出各种别具特色的景观。正如古人所言:"船上观山如骤马,眨眼间过万山群。"这句话恰如其分地描绘了船上观景变幻无穷的情景。作者清楚地交代了自己观察景物的立足点,如"'江津号'停泊时","启开船锚继续航行","瞿塘峡入口处","瞿塘峡之中","穿越了八公里的瞿塘峡","船航行愈发接近",等等。这些提示使读者能够清晰地感知到景物的不断变迁和观察角度的转换。

(3)同景换角,即作者改变视角描写景物的方法。作者有时将视线拉远,写远景如"遥远的前方"、"眺望江面上方";有时聚焦近景,写近处的山峦或随着船只逐渐靠近景物时的细节,如"近处的山峦"、"船渐行渐近";有时仰视峡谷顶端的蓝天和白云,有时俯视奔腾的江水。作者灵活转换视角,多方呈现景物的不同特点。

（4）引用突出。在描述瞿塘峡口的特征时,文章首先概括介绍了其突出特点:"瞿塘峡口上,为三峡最险处。"随后引用杜甫《夔州歌》的诗句和古时歌谣,以激发读者对瞿塘峡口险要气势的想象。尽管指向峡口的滟滪巨礁后来已被炸毁,但"瞿塘峡之间,激流汹涌,涛声如雷,江面形成无数漩涡",仍写出了瞿塘峡的险急态势依旧。

（5）在融合拟声绘色描写基础上,巧妙表达情感,达到画龙点睛的效果。文中的"……真美极了,……令人仿佛进入了神话境界"、"我们漫步在这片明亮金黄的晨曦中"、"瞿塘峡如一扇巨大的门扉"等语句都是表达情感的点睛之笔。有些是直抒胸臆,有些则通过比喻抒发内心感悟。

【例文四】

上 三 峡①

李 白

巫山②夹青天,巴水③流若兹。巴水忽可尽,青天无到时。三朝上黄牛④,三暮行太迟。三朝又三暮,不觉鬓成丝。

注释

① 三峡：指瞿塘峡、巫峡和西陵峡,是中国长江上的三个著名

峡谷。②巫山：位于今天的重庆巫山县南部，山势险峻，景色秀丽，境内有著名的巫山十二峰。③巴水：指长江三峡的水流，因长江在重庆东面如同"巴"字形状而得名。古代渝、涪、忠、万等州都曾属于巴国地区，因此长江这一段被称为巴水。④黄牛：指黄牛山，位于今天湖北宜昌西北，也称为黄牛峡，是长江三峡著名的景点之一。

简析

  安史之乱爆发后，李白因永王李璘夺权失败，获罪流放夜郎，流放道路是漫长的，他走了一年多，才进入三峡地区。三峡之险峻，行程之阻碍，年近六旬，独自一人，晚年的孤独感，以上种种都集中体现在这首四十字的短诗之中。

  诗中前四句着力描绘了巫山雄峙云天、巴水奔流的壮美景象。首句"巫山夹青天"，透露出巫山险峻高耸，仿佛掩映天空的气势；这种环境的壮观也呼应着个人身处其中的苍凉。"巴水流若兹"，则展现了巴水蜿蜒回旋，导致船只缓慢前行。接着一个"忽"字，山岭起伏，水势盘旋，道路就此展现；但"青天无到时"，暗示迷茫之际不知何时才能得到解脱，享受自由。这几句诗情景相融，以景写情，实现情感与自然风景的融合。

  "三朝上黄牛，三暮行太迟"中的"三朝"和"三暮"采用了相互衬托的手法，故要合起来理解，意指整整三日，船未离开黄牛峡。诗人是否急躁？他明确表示"行太迟"，但他的目的地是流放之地，又何须急躁？实际上，诗人心境复杂，深藏众多忧愁，他并非抱怨行进缓慢，只是感到耗时过长不觉"鬓成丝"。

【例文五】

夜入瞿唐峡①

白居易

瞿唐天下险,夜上信②难哉。岸似双屏合③,天如匹练开④。逆风⑤惊浪起,拔签暗船⑥来。欲识愁多少,高于滟滪堆⑦。

注释

① 瞿唐峡:即瞿塘峡,是长江三峡中最西端的一个峡,位于重庆市奉节东十三里处。② 信:确实。③ 岸似双屏合:形容两岸的山峰合拢在一起如同双屏风。④ 天如匹练开:由于两岸山峰的合拢,向上仰望天空时,犹如一匹细长的白绸展开。这里的"练"指绸缎。⑤ 逆风:迎面的风。⑥ 签:纤夫用于拉船的竹纤。暗船:指船只穿行时静悄无声。⑦ 滟滪堆:位于重庆奉节境内,瞿塘峡口处,水流湍急、航行路线极为险恶的地方。

简析

白居易这首诗以自然、直率和简洁的语言风格展示了典型的白诗特色。诗歌开篇即直接突出"险"字,强调瞿塘峡为天下最危险之地,作者亲身经历此险地,因而用"信"字加以确认。中间两联描写了瞿塘峡夜晚的景象,具体展开前文的"险"与"难"。颔联描写了两岸山峰如屏风搁在一起,天空如展开的绸缎,构成一种压迫感,这体现了瞿塘峡之"险"。然后转入"难",描述了逆风惊浪,船行波涛之中充满了种种困难。古代民间传说认为水中有妖怪,为了保平安,船夫需保持安静。这里的"难"指的是行船之困难。前三联突出"险"和"难",而尾联自然收敛,表达了作者夜晚航行瞿塘峡的感慨,表面描写的是瞿塘峡的危险,实际则结合了作者个人经历,透露出其内心的震动和悲伤。"欲识愁多少,高于滟滪堆"并非为瞿塘峡的艰险而感慨,而是反映了作者的仕途挫折、生活坎坷而带来的沉痛和哀伤。至此行文又升华了一层、丰厚了一层,读来耐人寻味。

【例文六】

三 峡 歌

陆 游

十二巫山见九峰,船头彩翠满秋空。朝云暮雨浑虚语,一夜猿啼明月中。

简析

此诗写作者乘船穿行三峡,描绘了峡谷深邃、怪峰突兀、江水蜿蜒曲折的壮美景观。船在如此景致中行驶,给人以如诗如画之感,令人难以忘怀。作者站在船头仰望,只见天空布满彩霞,青山连绵,层峦叠嶂,看见了巫山十二峰中的九座峰,还有三座峰隐藏在视线之外,无法寻觅它们的踪迹。

巫山云雨乃是三峡的奇丽美景,可是今日视野开阔,夜晚星月历历可见,丝毫没有见到雨云气象,作者便言此乃"虚语",只能想象峰顶云雾缭绕,细雨蒙蒙,沾衣欲湿,拂面觉爽的迷人景观。作者最后以李白之辞,又想象着猿啼声此起彼伏,萦绕耳畔。这个夜晚,弥漫着奇特的情愫。

思考题

1. 有人说《上三峡》与《早发白帝城》相映成趣,请从不同角度说说"趣"在何处。
2. 《夜入瞿唐峡》中,你认为哪一联描写最为生动,说说理由。
3. 请查阅资料背景,分析《三峡歌》的情感脉络。

参考答案

1. 所谓有"趣",一方面体现在心情的对比:《早发白帝城》中诗人突然得知赦免,旋即乘船返回,心情欣喜,船行畅快;而《上三峡》是诗人在流放途中创作的,他心情低落,流离失所,只能看到茫茫前路,心中无限沉郁,无暇欣赏沿途景致。这两种截然不同的内心感受展现了不同境况下的人生之感,形成了心情对比的"趣味"。另一方面在于表达手法:《上三峡》多次借用"三朝三暮"描述漫长岁月,让读者感受到作者所经历的生活煎熬;而《早发白帝城》中的"朝辞白帝彩云间"用"朝"而不用"暮",表达了诗人流放遇赦后的返航之速,虽有些夸张,却颇具情感共鸣,此情此境相辅相成,呈现出趣味十足的对比。

2. "岸似双屏合,天如匹练开"一联描写最为生动。本联运用新颖的比喻手法,以屏风和绸缎比喻山峡的狭窄险峻,富有意蕴。同时,善用动词,通过"合"与"开"形成对比,呈现出动静相宜的画面效果。句子结构高低错落,营造出强烈的视觉冲击力,使读者仿佛置身于峡谷中。表现手法多样,丰富而生动,展现出了诗人的写作功力和想象力。

3. 这首诗很可能是陆游在宋孝宗乾道八年(1172)至淳熙五

年(1178)间的创作。这一时期,陆游曾随四川宣抚使王炎征战,后离蜀东归。因此,这首诗很可能是表达了作者离开蜀地时的心情。在这段时间里,陆游心情愉悦,抱着雄心壮志,斗志昂扬,与他之后居山阴,二十年不得志,不为主和派所容的情况截然相反。因此,整体上这首诗体现出作者的乐观心态,特别是开篇指出能看到十二座峰中的九座,以及"彩翠满秋空"的景象,展现了作者一路行进中畅快愉悦的心情。然而,最后两句稍有变化,特别是提及猿啼之声,或许也透露了作者内心对未来命运的不确定性的担忧,这一点值得进一步讨论与思考。整体而言,诗中展现了作者多重情感态度,在乐景和忧虑之间巧妙转换,让读者有了更多思考。

【例文七】

三峡船夫曲

陈焕祥

(嗨哟嗬嗬　嗨哟嗬嗬……)

(嗨哟　嗨哟……)

摇摇晃晃的波涛是我的摇篮

飘飘荡荡的小船是我的家

刚学扶墙走路就在船上船下船上船下滚爬呀呀哈

才张口唱歌就喊着那号子下河坝哟

顶着风爬桅杆杆

(哟嗬哟哟嗬哟嗬嗬嗬)

踩着浪掌舵把把

(哟嗬哟哟嗬哟嗬嗬嗬)

七百里三峡是无情的水哟

流着我的苦啊

流着我的乐

流着我的苦啊

流着我的乐

流着我闪光的青春

哟嗬嗬哟嗬嗬哟

闪光的年华

闪光的年华(哟嗬)

哟嗬哟　哟嗬哟哟哟嗬

哟嗬哟嗬　哟嗬哟哟哟

(嗨哟　嗨哟……)

摇摇晃晃的命运靠自己掌握

飘飘荡荡的人生无牵无挂

我这身黑亮的皮肤几经峡风峡雨的冲刷呀呀哈

满嘴的辣子乡音我最爱讲那真情实话哟

摇橹是怕当穷哥哥

(哟嗬哟哟嗬哟嗬嗬嗬)

扬帆是为寻金娃娃

(哟嗬哟哟嗬哟嗬嗬嗬)

七百里三峡是多情的风哟

载着我的心啊

载着我的歌

载着我的心啊

载着我的歌

载着我闯荡的人生

哟嗬嗬哟嗬嗬哟

闯荡天下

闯荡天下(哟嗬)

哟嗬哟　哟嗬哟哟哟嗬

哟嗬哟嗬　哟嗬哟哟哟

哟嗬哟　哟嗬哟哟哟嗬

哟嗬哟嗬　哟嗬哟哟哟

哟嗬哟　哟嗬哟哟哟嗬

哟嗬哟嗬　哟嗬哟哟哟

哟嗬哟　哟嗬哟哟哟嗬

哟嗬哟嗬　哟嗬哟哟哟

【例文八】

川江船夫号子·平江号子

(领)嗨呀呀,嗨嗨,(齐)嗨嗨,(领)嗨呀呀,嗨嗨。

(齐)嗨嗨,(领)嗨嗨,清风吹来,凉悠悠。

(齐)嗨嗨,(领)连手推船下(哟)涪州,

(齐)嗨嗨,(领)有钱人在家中坐,

(齐)嗨嗨,(领)嗨、哪知道穷人的忧(哦)和(哟)愁啊,

(齐)嗨嗨,(领)推船人本是苦中苦,

(齐)嗨嗨,(领)哎风里雨里走码(地)头,

(齐)嗨嗨,(领)闲言几句随风散,

(齐)嗨嗨,(领)嗨、前面有一道观(啰)音滩,

(齐)嗨,(领)观音菩萨他莫得灵(啰)验,

（齐）嗨，（领）不使劲来过（哟）不了滩，
（齐）嗨，（领）你我连手个个是英（啰）雄汉，
（齐）嗨，攒个劲来搬（啰）上（吔）前，（齐）嗨
（领）平水号子要换（啰）一换，（齐）嗨，
（领）吔，捏紧桡子冲过了滩！（齐）嗨！

简析

  这两首歌谣并不是真正意义上的现代诗，前者是歌词，后者更是从民间采集来的劳动号子歌词，但它们都真实而深刻反映了三峡民间劳作的历史记忆。《三峡船夫曲》是一首脍炙人口的经典之作，是创作者根据当地劳动人民劳动时的歌曲——号子，进行艺术加工后的作品。讲述了一个普通劳动者的一生：生于三峡，长于三峡，成为船夫，闯荡天下。语言直白质朴，亲和力强。我们阅读的是文字版本，建议欣赏由冯世全作曲、阎维文演唱的音乐版本，更加能够感受到其中的民风民俗。

  而《平江号子》是更加本色的民歌号子，相比《三峡船夫曲》，它有一种原始的古朴之美。其实号子并没有什么固定的唱词，往往是由劳动者现场演唱而成。唱词不固定并不意味着每次都是现场创作，每种号子往往有一些常见的唱词，随机组合搭配，或者临时添加创作。这就赋予它无限的生命力。选录的《平江号子》，也是经专人多次采集之后，编选而成。川江船夫号子是四川境内长江沿岸的船工们所传唱的号子的总称，由于这一流段的水急、岸陡、弯多，所以该地的船工号子不仅类别丰富，而且音乐的变化幅度也很大，成为整个长江流域船工号子的典型代表。除了本文所选的《平江号子》外，还有《平水号子》《见滩号子》《上滩号子》《拼命号子》《下滩号子》等不同类型，顾名思义，这些号子分别演唱于

船工劳动的不同时机。

思考题

1. 比较两首歌词在语言风格和价值上的异同之处。
2. 欣赏两首歌曲,说说你对歌词文本有什么更深的理解。

参考答案

1. 共同之处在于它们展现了民歌号子的独特风格,通过大量运用语气词如"嗨哟""嗨嗨"等,使人仿佛身临其境。异处在于《三峡船夫曲》呈现了叙事抒情的特色,其内容凝结着鲜明的文学创作痕迹,更像一部完整的文学作品,同时由于其为歌词,容易被广泛传唱。而《平江号子》以朴实的语言,直接描绘出劳动者贫困的生存状态,反映了特定历史背景,同时保留了大量意义模糊的语气词,用于渲染领唱或齐唱的娱乐氛围,更具有实用性和生活化特色。

2. 并无固定答案,言之成理即可。

二、黄鹤归来识旧游
——武汉篇

◎ 上海市市北中学　陈世东

【概述】

流经武汉,忽然开阔繁华,长江,到达中游。武汉,简称"汉",或"江城",位于江汉平原之东,乃中国地理上之"心脏","九省通衢"。长江及其最大支流汉水横贯市区之央,将武汉城区一分为三,遂成武昌、汉口、汉阳三镇隔江鼎立之格局。

早在6 000年前的新石器时代,已有先民在此繁衍生息。

1889年,张之洞任湖广总督,主建京汉铁路,创建"两湖书院"、"自强学堂"等新式学堂。

1911年10月10日,武昌爆发辛亥革命,旋即中华民国成立。

21世纪初,武汉建成新的全国三大制造业中心、三大科技开发中心、三大金融贸易中心,在全国经济中起着"龙腰"之用。

武汉,古属楚国,遗迹传说不少。

《列子·汤问》所记载的俞伯牙与钟子期"高山流水遇知音"之典,即发生于此。至今,汉阳仍存有古琴台、钟子期墓等建筑遗迹和"琴断口"等历史地名,因此被称为"知音"故里。《论语》载:

孔子周游列国至楚国时，使"子路问津"于长沮、桀溺。西汉时期有庶民在邾县（即新洲区）孔子山掘出一块石碑，上刻"孔子使子路问津处"八字，淮南王刘安遂就地建庙征召学士讲学，是为"问津书院"，被喻为"中国现存最古老的大学"，曾与岳麓书院、东林书院等齐名。

黄鹤楼，为东吴孙权筑夏口城时，在蛇山附近的城墙上所筑的一座瞭望塔。江夏和汉阳分别升为唐时的鄂州和沔州的州治，成商业重镇。期间，武汉经济文化逐步繁荣，汇聚墨客文人之众，其中，武昌长江之滨的黄鹤楼被崔颢、李白、白居易、王维、刘禹锡、苏轼、陆游、黄庭坚等著名诗人吟诗颂赞，一时间，武昌成为中国文化重镇。

南宋时，武汉成为岳飞、"岳家军"驻守七年，抗击金人的坚强堡垒与英雄城市，《满江红·写怀》与《满江红·登黄鹤楼有感》由此传世。

【例文一】

黄　鹤　楼①

崔　颢

　　昔人②已乘黄鹤去,此地空余黄鹤楼。黄鹤一去不复返,白云千载空悠悠③。晴川④历历汉阳树⑤,芳草萋萋鹦鹉洲⑦。日暮乡关何处是？烟波江上使人愁。

注释

①黄鹤楼：故址在湖北省武汉市武昌区，民国初年被焚毁,

1985年重建。传说古代有一位名叫费祎的仙人,在此乘鹤登仙。② 昔人:指传说中的仙人子安。因其曾驾鹤过黄鹤山(又名蛇山),遂建楼。③ 悠悠:飘荡的样子。④ 晴川:晴日里的原野。⑤ 汉阳:地名,现在湖北省武汉市汉阳区,与黄鹤楼隔江相望。⑥ 萋萋:形容草木长得茂盛。⑦ 鹦鹉洲:在湖北省武汉市武昌区西南。根据《后汉书》记载,汉黄祖担任江夏太守时,在此大宴宾客,有人献上鹦鹉,故称鹦鹉洲。唐朝时在汉阳西南长江中,后逐渐被水冲没。

简析

传说李白登黄鹤楼,说:"眼前有景道不得,崔颢题诗在上头。"严沧浪也说唐人七言律诗,当以此为第一。

首联,诗人满怀对黄鹤楼的美好憧憬慕名前来,可仙人驾鹤杳无踪迹,鹤去楼空,眼前就是一座寻常可见的江楼。美好憧憬与寻常江楼的落差,在诗人心中泛起一层怅然若失的浓雾,为乡愁情结铺垫。

颔联,写江天相接的自然画面因白云的衬托愈显宏丽阔大,受此景象的感染,诗人的心境渐渐开朗,情思也插上翅膀:黄鹤楼久远的历史和美丽的传说一幕幕在眼前回放,但终归物是人非、鹤去楼空。人们留下什么才能经得起岁月考验?它是绵绵乡恋、悠悠乡情。诗中"黄鹤",除了实体"仙鹤",它的指向应该是即"一切"之意。"白云"变幻难测,寓托着作者世事难料的吁嗟叹喟。这个词和"空悠悠"使人看到空间的广袤,"千载"则使人看到了时间的无限性。时间和空间的组合,产生了历史的纵深感和空间的开阔感,催生了乡愁。

颈联,笔锋一转,由仙人、黄鹤及黄鹤楼,转而写登黄鹤楼所见,由虚幻的传说转为眼前的所见景物,晴空下,隔水相望的汉阳城里清晰可见的树木,鹦鹉洲上长势茂盛的芳草,画面空明、悠远,为引发诗人乡愁铺垫。

尾联,写太阳落山,黑夜来临,以鸟归巢、船归航,衬游子归乡,然而天下游子的故乡又在何处呢?江上的雾霭一片迷蒙,眼底也生出的浓浓迷雾,那是一种隐隐的泪花和心系天下苍生的乡愁。"愁"字收篇,贴切地表达了日暮时分诗人登临黄鹤楼的心情,又和开篇暗喻相照应,以起伏辗转的文笔表现缠绵的乡愁,做到了言外传情,情味深永。

【例文二】

鄂州①南楼②

范成大

谁将玉笛弄中秋?黄鹤飞来识旧游。汉树有情横北渚,蜀江③无语抱南楼。烛天灯火三更市,摇月旌旗万里舟④。却笑鲈乡⑤垂钓手⑥,武昌鱼好便淹留。

注释

① 鄂州:隋开皇九年(589)改郢州为鄂州,治所在江夏(今武昌)。② 南楼:指武昌黄鹤山上的南楼。③ 蜀江:指长江。④ 摇月旌(jīng)旗万里舟:形容船舰之多,旌旗把月光搅动了。⑤ 鲈乡:莼鲈乡。西晋的张翰见秋风起,而思故乡吴中莼菜(茭白)、莼羹、鲈鱼脍,即弃官南归。作者是吴郡人,故云。⑥ 垂钓手:作者自谓。

简析

范成大(1126—1193),字至能,号石湖居士,平江吴县(今江苏苏州)人。南宋诗人。风格平易浅显,清新妩媚。与杨万里、陆游、尤袤合称南宋"中兴四大诗人"。

此诗描绘了武昌的繁华。此诗前三联写中秋之夜所见南楼及江、城形胜,尾联抒发思乡归隐之情。

"谁将玉笛弄中秋?黄鹤飞来识旧游。"点出游南楼在中秋,并闻歌管之声。借用李白"黄鹤楼中吹玉笛,江城五月落梅花"的诗意。上句从听觉写实,下句由视觉写虚。不说笛声如何美妙动听,却说连"一去不复返"的黄鹤都被笛声吸引,飞回旧日游过的地方,这种衬托手法的运用比直说效果更好,而且以无作有,以虚写实,以虚衬实,增加了诗的情趣。

"汉树有情横北渚,蜀江无语抱南楼。"写南楼形胜。南楼隔江遥对汉阳,西面、北面为长江所怀抱。"汉树"句出自"晴川历历汉阳树","蜀江"句即《吴船录》所说地"岷江自西南斜抱郡城东下"。"无语"感情浓郁,夜静如睡。"横""抱"二字,极具魅力。

"烛天灯火三更市,摇月旌旗万里舟。"写鄂州城市和江面的夜景。"灯火"是夜游所见繁华,"月"字点明中秋之节;"三更市",说夜市直到深夜;"万里"来舟,"旌旗"高插,江面喧闹热络;"烛天"点灯火之盛,"摇"字则写月联江水,气势雄壮。

"却笑鲈乡垂钓手,武昌鱼好便淹留。"作者自嘲流连鄂州景色,未能及早还乡。上三联叙事、写景,这联转为抒情,笔调应接首联,以飘逸胜,兼带风趣。鲈乡,指作者故乡苏州一带鱼米之乡,暗用张翰在洛阳思吴中鲈鱼脍之典;"垂钓手",指隐者,用以自喻;"武昌鱼好",化用三国时"宁饮建业水,不食武昌鱼"的谣谚。此联隐含归隐之心。

【例文三】

十二月十九日夜中发鄂渚①晓泊汉阳亲旧携酒追送聊为短句②

黄庭坚

接浙③报官府,敢违王事程。宵征江夏县,睡起汉阳城。邻里烦追送④,杯盘泻浊清⑤。只应瘴乡⑥老,难答故人情。

注释

① 鄂渚:相传在今湖北武昌黄鹤山上游三百步长江中。隋置鄂州,即因渚得名。世称鄂州为鄂渚。② 短句:古代的七言诗歌,人们习惯称长句,五言则为短句。③ 接浙:捧着已经淘湿的米,来不及将生米煮熟。浙,淘过的米。④ 追送:偏义复词,实指"送",殷勤地送别。⑤ 浊清:偏义复词,实指"清",清香的好酒。⑥ 瘴乡:南方瘴疠之地,易使人生病。这里指宜州(治所在今广西宜山)。

简析

此诗首联"接浙报官府,敢违王事程"描写出一片紧张、急迫的气氛;"王事"在身,不敢有片刻耽搁。次联承接上联之意,通过时间、地点的转换,具体地描写出舟行之急。这一联诗意急切,如同《诗经·召南·小星》所状写的"肃肃宵征,夙夜在公"。"王事"紧迫,江流湍急,船行飞快,诗中将那情景和气氛写得栩栩如生。颈联写邻里、朋旧赶来送行。"邻里烦追送,杯盘泻浊清",叙事中透出无限依恋的情意。"追送"就是"送","烦"字透出作者的感激之意;"浊清"偏在"清"。但是,"追送"的"追"字,又进一步把前面两联的紧迫气氛渲染出来:诗人走得那样突然,以至邻里、故旧事先都没有得到消息,而仓促之间追到汉阳为之饯行。末联写诗人的感慨:此番谪居边远之地,功名前程乃至生命都是不可卜知的,这一切诗人也不计较,只是"故人"的友谊和真挚的感情永远无法报答,这才是终身遗恨的事。作者自崇宁二年(1103)十二月十九日从武昌出发,经过长途跋涉,方于次年夏天到达宜州贬所,到宜州后仅一年,便怀着冤愤与世长辞了。老死瘴疠之乡而"难答故人情",真可谓一语成谶。

  这首诗因亲朋故旧饯行,内心感念而写,感情真挚动人,语言平易流畅,不像黄庭坚其他的诗那样刻意雕琢,讲求险怪奇丽。

  但是,诗的章法仍然是谨严细密的,四联之间,起、承、转、合的关系颇耐寻究。

思考题

1. 《红楼梦》中林黛玉教人作诗时说:"若是果有了奇句,连平仄虚实不对都使得的",请就此对《黄鹤楼》赏析之。

2. 用典与衬托,往往让抒情委婉典雅,耐人寻味。请就此结合《鄂州南楼》具体内容加以赏析。

3. 武汉,所谓"长江四大火炉"之一,而武汉人也大多生就一副火热心肠。请联系上面黄庭坚诗的相关语句赏析之。

参考答案

1. 此诗前四句看似随口说出,一气旋转,顺势而下,绝无半点滞碍。"黄鹤"二字再三出现,却因其气势奔腾直下,使读者"手挥五弦,目送飞鸿",急忙读下去,无暇觉察到它的重叠出现,而这是律诗格律上之大忌,诗人好像忘记了是在写"前有浮声,后须切响"、字字皆有定声的七律。试看:首联的五、六字同出"黄鹤";第三句几乎全用仄声;第四句又用"空悠悠"这样的三平调煞尾;亦不顾什么对仗,用的全是古体诗的句法。

2. 示例一:"谁将玉笛弄中秋?黄鹤飞来识旧游。"点出游南楼在中秋,并闻歌管之声。借用李白"黄鹤楼中吹玉笛,江城五月落梅花"的诗意。一句从听觉写实,二句由视觉写虚。不说笛声如何美妙动听,却说连"一去不复返"的黄鹤都被笛声吸引回旧日游过的地方,此处运用衬托手法以无作有,以虚写实,以虚衬实,增加了诗的情趣。

示例二:"却笑鲈乡垂钓手,武昌鱼好便淹留。"自嘲流连鄂州景色,不及早还乡。鲈乡,指作者故乡苏州一带鱼米之乡,暗用张翰在洛阳思吴中鲈鱼脍之典;"垂钓手",指隐者,用以自喻;"武昌鱼好",化用三国时"宁饮建业水,不食武昌鱼"的谣谚,此处反用其意,繁华不如家乡,但自己却为繁华而忘记了归隐。此联蕴归隐之心。

3. 古语常说,人走茶凉。但是,诗人在武汉的朋友,得知诗人被贬且匆忙启程前往被贬之地,仍然急忙赶往江边,且将最美的酒斟满为之送行,其火热深厚的情谊足见一斑。"邻里烦追送,杯盘泻浊清",这些友人甚至只是普通邻居,不仅没有因其遭贬而对待诗人淡薄,反而如此殷勤相送,侠肝义胆。后两句,诗人感怀,更衬托了这种感情的宝贵与高洁。功名前程乃至生命都是不可卜知的,这一切诗人也不计较,只是"故人"的友谊和真挚的感情永远无法报答,这才是终身遗恨的事。

【例文四】

武昌九曲亭①记

苏　辙

　　子瞻迁于齐安②,庐于江上。齐安无名山,而江之南武昌诸山③,陂陁④蔓延,涧谷深密,中有浮图⑤精舍,西曰西山⑥,东曰寒溪⑦。依山临壑,隐蔽松枥⑧,萧然⑨绝俗,车马之迹不至。每风止日出,江水伏息⑩,子瞻杖策载酒,乘渔舟,乱流而南。山中有二三子⑪,好客而喜游。闻子瞻至,幅巾⑫迎笑,相携徜徉而上。穷山之深,力极而息,扫叶席⑬草,酌酒相劳。意适忘反,往往留宿于山上。以此居齐安三年⑭,不知其久也。

　　然将适西山,行于松柏之间,羊肠九曲,而获少平。游者至此必息,倚怪石,荫茂木,俯视大江,仰瞻陵阜⑮,旁瞩溪谷,风云变化,林麓向背,皆效⑯于左右。有废亭焉,其遗址甚狭,不足以席众客。其旁古木数十,其大皆百围⑰千尺,不可加以斤斧。子瞻每至其下,辄睥睨终日。一旦大风雷雨,拔去其一,斥其所据,亭得以广。子瞻与客入山视之,笑曰:"兹欲以成吾亭耶?"遂相与营之。亭成而西山之胜始具。子瞻于是最乐。

　　昔余少年,从子瞻游。有山可登,有水可浮,子瞻未始不褰⑱裳先之。有不得至,为之怅然移日。至其翩然独往,逍遥泉石之上,撷⑲林卉,拾涧实,酌水而饮之,见者以为仙也。盖天下之乐无穷,而以适意⑳为悦。方其得意,万物无以易之。及其既厌,未有不洒然自笑者也。譬之饮食,杂陈于前,要之一饱,而同委于臭腐。夫孰知得失之所在?惟其无愧于中,无责于外,而姑寓焉。此子瞻之所以有乐于是也。

注释

① 武昌九曲亭：宋代的武昌，就是湖北鄂州城，与当时的汉阳构成武汉（汉口是后来形成的）。九曲亭，在鄂州西山九曲岭，为孙吴遗迹。② 齐安：古郡名，即黄州，今湖北黄冈。③ 江之南武昌诸山：黄州与武昌隔江相对。武昌诸山：指樊山，又名袁山。④ 陂（pō）陁（tuó）：起伏不平的样子。⑤ 浮图：梵语，指佛寺。⑥ 西山：即樊山，在鄂州城西，上有九曲岭，这里指西山寺。⑦ 寒溪：水名，在樊山下，这里指寒溪寺，一名资圣寺。⑧ 隐蔽松枥（lì）：林木丰茂，隐蔽天地。枥：同"栎"，即柞树，落叶乔木，果实叫橡，叶子可喂柞蚕。⑨ 萧然：清静寂寞的样子。⑩ 伏息：形容江水平静，缓缓流动的样子。⑪ 二三子：指若干青年儒生；语出《论语》，是孔子对他的学生们的一种称呼。⑫ 幅巾：不着冠，但以幅巾束首。裹幅巾者不着冠，以示洒脱。⑬ 席：以……为席。⑭ 居齐安三年：这篇文章作于公元1082年（元丰五年），苏轼已在黄州住三年。⑮ 陵阜（fù）：大土山。⑯ 效：呈现，显现。⑰ 百围：形容树干很粗。⑱ 褰（qiān）裳：提起衣服。⑲ 撷（xié）林卉：摘取山林之中的花草。卉，草的总称；撷，摘取。⑳ 适意：合乎自己的心意，表示自得其乐。

简析

全文记述了苏辙的哥哥苏轼重建武昌九曲亭的缘由，说明苏轼"适意为悦"的主旨，表现出苏轼游乐山水中的那份洒脱和磊落，也寄托了作者的思想。

首段写苏轼在黄州期间，常游西山。"陂陁蔓延，涧谷深密"

八字,正面勾画了一幅顺江绵延的武昌诸山远景图。而后转出西山、寒溪两寺,以两寺之"萧然绝俗"体现西山的深秀幽绝,同时巧妙引出下文。

次段写苏轼扩建九曲亭的经过,文意上,是上段的回环与强化。"羊肠九曲",点出九曲亭地处半山,地势险佳。因此坐在亭上,可以"倚怪石,荫茂木,俯视大江,仰瞻陵阜,旁瞩溪谷,风云变化,林麓向背,皆效于左右"。这段文字,写的是游人在亭上所看到的山川形势,读者还可品出其中寓意来:它隐微地勾画出一个在贬谪中以静观世事政局为乐的苏子瞻。写亭的扩建,也同样是蕴含哲理。原先的亭比较窄,是因为被"百围千尺"的古木所环据。苏轼虽然"每至其下,辄睥睨终日",但还是知其不可为而不为;后来自然界的大风雷雨把古木"拔去其一",苏轼于是得以营建新亭,则是知其可为而为之。在这里,他不过是以人力去顺应自然罢了,形象地体现出他那老庄式的旷达,而古木的结局,又隐隐含蕴了世事无常、穷通难测的经验与人才复出的希望。结尾"亭成而西山之胜始具,子瞻于是最乐",既呼应上文对西山胜景与苏轼游山之乐的描写,又因一"乐"字,引出末段。

末段集回忆与议论为一体,揭示了苏轼之乐的内涵,且归结全文。苏辙饱含感情的回忆,书写了一个逍遥山水的苏轼,与前二段的描写相印证,使形象更加完满。并由此引发议论,直接道明了苏轼的思想实质:尽管一生宦海浮沉,变故屡遭,但始终以忠君爱民为己任,洁身自好。文章最后以"有乐于是"收笔,照应了首段的游山之乐与次段的修亭之乐,结构完美。

再谈谈本文艺术成就。

首先,文章叙事写景,空灵、自然、淡泊,融人物心灵和情趣为一。无论写景还是叙事,都是为了写人,在叙事写景上空灵洒脱,恰当地表现了苏轼心境空灵、内无滞碍、与物游息、适意为悦的内心世界和人生态度。

其次,含蓄蕴藉,寄意深远。本文是在兄弟二人遭受政治迫害,受到贬逐的情况下写成的,可见这是一篇兄弟二人相互抚慰之章。虽无一句愤激语、一句悲酸言,但在恬淡洒脱的背后,其悲苦之情还是汩汩渗涌。

本文构思巧妙,富有特色。作为记事散文,能够以叙事而见人,突出展现了苏轼的思想情趣;作为记游文,巧妙把绘景、抒情融为一体,相映生辉。因而,在作者笔下,西山的一草一木、一泉一石,皆与苏轼的活动紧密相连;西山的一邀一游、一吟一咏,都与苏轼的思想情趣浑然一体。写人,毫发毕现。苏轼谪迁黄州,不居武昌,因此文章先从苏轼好游武昌诸山写起,特意指出苏轼在黄州三年"不知其久"的原因就在武昌西山风景好,山里人也好。这是为叙述建亭武昌铺垫,显出苏轼在失意遭遇中善于自得其乐。然后,引出九曲亭址之所在。这是游西山者"至此必息"的一处胜境,而且"有废亭焉",但长久无人治理,冷落荒废,古木盘踞,重建困难,使苏轼有心无力。

然而,天助人愿,一场大风雷雨刮倒一棵大树,创造了重建的条件,苏轼心愿实现,九曲亭重新建成。这就具体说明了建亭经过,委婉赞美建亭此举,兴废利众,符合天意,而苏轼获得了最大乐趣。最后,具体议论苏轼所求之乐——乃"以适意为悦":精神上求得符合心意的满足,并不计较个人的功利得失,因而处世为人,"无愧于中,无责于外"。这就含蓄地说明苏轼建亭之意图,亦为其处世为人之态度,从而赞扬其风度品德,磊落光明,洒脱超然。

思考题

1. 本文名为写景叙事，实则富含哲理。联系第二段内容赏析之。

2. 本文文眼是什么？为什么？

3. 同在长江中游一带做官，同样写到武昌，但在叙事、取景与抒情上却大有不同。对此，试将本文联系范成大的《鄂州南楼》一诗赏析之。

参考答案

1. "倚怪石，荫茂木，俯视大江，仰瞻陵阜，旁瞩溪谷，风云变化，林麓向背，皆效于左右。"这段文字，表面上写的是游人在亭上所看到的山川形势，但是读者却可品出内中深藏的寓意来，它隐微地勾画出一个在贬谪中以静观世事政局为乐的苏子瞻。写亭的扩建，也同样是蕴含哲理。原先的亭比较窄，是因为被"百围千尺"的古木所环据。苏轼虽然"每至其下，辄睥睨终日"，但还是知其不可为而不为；后来自然界本身的大风雷雨把古木"拔去其一"，苏轼于是得以营建新亭，则是知其可为而为之。在这里，苏轼不过是以人力去顺应自然罢了，形象地体现出他那老庄式的旷达，而古木的结局，又隐隐含蕴了世事无常，穷通难测的经验与人才复出的希望。

2. 本文文眼为"盖天下之乐无穷，而以适意为悦"。第一段，写游西山，从"穷山之深，力极而息，扫叶席草，酌酒相劳。意适忘反，往往留宿于山上"一节的归纳，足见苏轼兄弟，走走停停，看看坐坐，喝喝聊聊，足以"意适忘反"；第二段，无论是借静观美景而寓静观时事之顺应，还是借当初想扩建但时机不到便不扩建以表达知不可为而不为与借后来老天帮忙知时机成熟便扩建亭子以表达知其可为而为的顺应时势之举,都表达了顺应环境、乐天安命、豁达顺生的人生哲学——以适意为悦。

3. 其一,所叙之事不同。《武昌九曲亭记》写苏轼被贬黄州,与弟弟苏辙同游临近的长江南岸的武昌西山,见一废弃小亭,"其遗址甚狭,不足以席众客。其旁古木数十,其大皆百围千尺,不可加以斤斧",所以"子瞻每至其下,辄睥睨终日"。因无法拓宽,虽惋惜而无奈。但后来"一旦大风雷雨,拔去其一",子瞻就"斥其所据,亭得以广",借助老天的帮忙,苏轼得偿所愿。这一叙事,暗示了他以人力去顺应自然,形象地体现出他那老庄式的旷达。而写《鄂州南楼》的范成大,当年正在九州通衢的繁华都市武昌做官,他的这首诗,则以"谁将玉笛弄中秋?黄鹤归来识旧游"句叙述他在中秋出游南楼闻歌管之声一事,道尽了武昌都市的繁华热闹,抒发了意气风发的豪情。

其二,所见之景也有不同。虽然同写山川,同为贬官的苏辙深知苏轼,所以他眼中的苏轼所见之景则是"(倚)怪石,荫茂木,(俯视)大江,(仰瞻)陵阜,(旁瞩)溪谷,风云变化,林麓向背,皆效于左右",还有"古木数十",虽然不乏壮阔劲拔,但更是一派简古、幽静、森然,其贬谪生活的伤痕深藏其间;而范成大眼中的景物,则是北渚上高高而茂密地挺起有情的汉树,蜀江缠缠绵绵地环抱着南楼的自然美景,更有"烛天灯火三更市,摇月旌旗万里舟"的人间繁华,融入了作者春风得意的兴致。

其三,直接抒情的句子,更是画龙点睛,鲜明地抒发了异样的情感:苏辙笔下的苏轼是"适意为悦",而范成大的最后两句则是"却笑鲈乡垂钓手,武昌鱼好便淹留",足见其忘乡而乐之炽情了。

【例文五】

武汉的过年

池 莉

　　好久好久以前,鲁迅在他的小说《祝福》开头写道:"旧历的年底毕竟最像年底。"真的经典。说话间近百年过去了,星月斗转,沧桑巨变,现在我们的年底,满目都是圣诞节华彩,新年焰火晚会满世界绽放光辉。然而,在武汉,在武汉三镇大街小巷,民间深处,在大自然玄妙无声的节气转换里,却还是鲁迅那句话没有变,旧历的年底,根本才是真正的年底。武汉年底的过年,根本才是中国的过年,也就是我们的春节。

　　武汉的过年,是从冬至这一天开始的。总是从冬至这一天,徐徐,徐徐,徐徐地拉开帷幕。千家万户老百姓是不会忽略掉冬至日的。通常这一天,都有好太阳。当太阳在城市升起来以后,就有勤快人,率先挂出腊肉腊鱼来了。腌制得红彤彤的腊肉腊鱼,新鲜挂出来,在太阳底下色泽红润,富有弹性,是这样有感染力,只看一眼,那大吃大喝过大年的欲望,就已在我们心中蠢蠢欲动起来。转眼间,大江南北,三镇内外,凡有人居的地方,便布满了腊肉腊鱼。就算冬至这一天没有晒腊肉腊鱼的,也必定被惊醒,大约总是要赶紧挤点时间,去买一些大鱼大肉腌制。一年不曾动用的大沙缸、大瓦盆、大煨汤铫子,都一一地找寻了出来。主妇们脱掉棉衣,高高撸起毛衣袖子,食盐和花椒,成把成把地抓得大气和潇洒,大鱼大肉,一条条,码足了盐,紧紧实实压在一起。七八天以后,咱家也有腌制得红彤彤的腊肉腊鱼,挂晒出来了,心里高兴咱家还是赶上了腊月的太阳腊月的风。在武汉，腊月的太阳腊月的风，就是金贵，就是好得没法说，就是熏香，晒什么香透什么，风干什么香透什么，武汉的腊月有很神奇的魔力，就是要你辜负不得它。

武汉冬至一过，水寒了，江冷了，鱼虾肌肉结实了，岸草黄透了，枫叶红遍了，芦苇樱子白得镀银了，在秋季盛开的桂花，把那最后一缕甜腻香氛，结成籽籽了，而无数棵香樟，纷纷落旧叶吐新芽，散发出一股股樟木香，腊梅开始现蕾打苞——是有多少馨香的植物，在冬至以后，就会焕发多少孤傲冷香。武汉这座城香了，无数人家的腊肉腊鱼和雪里蕻萝卜干，香了。武汉旧历的年底，为新春的缓缓揭幕，竟是这么郑重，这么丰硕。我走遍了全国大多数省会城市，并不是每个城市的冬至，都拥有这份郑重和丰硕。这是大自然天赐武汉的神迹：正是这个时节，经由西伯利亚一路穿越的北风，到达武汉；另一股从唐古拉山贯穿而下的冰雪江风，也到达了武汉；因此，阳光由于空气冷冽，变得格外清澈明丽，花草树木、河流土地以及万事万物，承恩沐浴，发生着妙不可言的变化。好年景里，冬至后几天就会下雪，是那种铺天盖地的松松软软大雪，也不过于缠绵淋漓，两三天就大雪初霁，太阳一出，金晃晃的，干爽爽的。于是，腊肉腊鱼就又平添一种冷冽之磅礴大气，异香入骨。这时候的腊鱼腊肉，上笼只需蒸个十分钟，拿手撕一小块，细细咀嚼，人就香得要晕倒。

过年进入前奏，从吃腊货开始，性急的武汉人，迫不及待开吃了。腊肉腊鱼双烧、合蒸、腊肉炒菜薹、腊肉炒泥蒿、腊肉炒香干、腊肉焖莲藕、腊肉烧鸭、腊肉莲藕焖财鱼、腊肉炖芋头，等等等等，凡此种种，皆以独特的腊味，无比的馥郁和浓烈，弥漫整个城市，高楼大厦连广宇也丝毫挡不住，一时间馋嘴了多少外地客，又勾起外地游子心里的乡愁。乡愁何尝不就是一种味道呢？

乡愁正是味道。乡愁是过年的味道。武汉正是一个特别讲味道的城市。

逼近年关,天气愈发寒冷起来,零下五六度到零下九十度,每年腊月间的三九四九,总该有几天,冰碴子踩得咯吱响,腮帮子冻得发红。人们穿羽绒和皮草,而超短裙和长筒靴——美丽冻人——这是年轻女孩子的性命,冷死也要穿的。腊梅偏是要迎雪怒放的,清新脱俗的花香,却也渗透进腊月大红大绿大喧大闹的大吃大喝里头。于是武汉的腊月,便香得与众不同,不可名状。唯有是在这个城市沉下来,踏踏实实生活多年,你才可能得此妙趣,明白一二。

人们一边吃着腊肉腊鱼,一边就着手准备更为波澜壮阔的年货。年货各各都开始制作:绿豆豆豉,年糕糍粑,糯米汤圆,桂花米酒;炒坊开了,锅灶日夜不休,当年收的新鲜花生、板栗、瓜子、黄豆蚕豆、炒米,纷纷登场;油锅开了,麻糖、馓子、虾片,现做现吃。<u>走在大街上,冷不防会踩碎一粒蹦出炒锅的花生,花生的香便从脚底下往上猛一阵地窜。</u>

过年的节奏开始加快,几天就是一个好日子——腊八节,小年,腊月二十八家家都会发——这里的"发",指的是自家总要油炸一点肉丸子鱼块之类的,是为大年三十的团年饭备好半成品的菜,也是为讨彩头要吉利。再是时代不同了,再是遍地餐馆,再是超市供应大量半成品,再怎么说出去吃饭方便,真正武汉人,还是要自己准备各式各样的腊货、菜蔬、肉丸、鱼糕,家里总是兴个堆满,厨房总是兴个丰盛,糖果瓜子花生水果总是要客堂迎头摆出来,吃不吃得完,不去想的,吃不完就余着,过年就是兴个年年有余。大年三十到了,除夕夜到了,合家欢聚,互相祝福,酒瓶打开,酒杯斟满,会不会喝酒是其次,人生有些时刻,形式是必须的。夜深了,零点了,时刻到了,鞭炮点燃——当然今年彻底禁鞭了——为清洁的空气——不过有鞭无鞭都是过年,过年了!还是只听见,满城的人家,都在为这辞旧迎新的一刻,<u>齐齐鼓舞欢庆,齐齐地换上新装,新簇簇的衣装显得有点傻乎乎,人人都有笑容,也显得有点傻乎乎</u>,这点傻乎乎好生可爱,只因这一天,是中国人民最好脾气的一天。只为这一天,旧历的年底,根本才是真正的年底。

年一过,春一开,风温软起来,太阳也毛刺刺起来,身也燥热起来。剩余的过年菜,立刻就变得很难吃掉。气味不对了,馊得快。某一天,高高的苍穹,忽然传来隆隆雷声,不久春雨沙沙,瞬间桃红柳绿,武汉又是一番新天地了。

简析

当代著名作家池莉,湖北仙桃人,长期生活在武汉。本文的气息,如同她的呼吸,吐纳着武汉独有的烟火气。作者选取了武汉过年时的饮食文化与地域风习,表现了武汉特有的浓浓的年味。对照当下大多的大城市几乎基本上西方化的风习,武汉的城市精神的定力与高度的文化自信犹如黄鹤楼与汉正街一般赫然于世。

过年的"过",是过程,而"年",是节日,是归宿,是味道,更是展会与宣示。

"过"年,体现在时间长——从冬至开始,直到开春;也体现在规模大——全城总动员,全家总动员,全天候行动;还体现在全方位——从计划到步骤到细节到结果,从人到事到物到街道的每一条巷子、每一种植物或动物。

过年的"年"味,主要体现在腊味的腌制、发酵、翻晒与冷吹和烹调等散发出的各种味道。

这是作者酣畅淋漓描写的乐事:"只看一眼,那大吃大喝过大年的欲望,就已在我们心中蠢蠢欲动起来。转眼间,大江南北,三镇内外,凡有人居的地方,便布满了腊肉腊鱼。就算冬至这一天没有晒腊肉腊鱼的,也必定被惊醒,大约总是要赶紧挤点时间,去买一些大鱼大肉腌制。一年不曾动用的大沙缸、大瓦盆、大煨汤铫子,都一一找寻了出来。主妇们脱掉棉衣,高高撸起毛衣袖子,食盐和花椒,成把成把地抓得大气和潇洒,大鱼大肉,一条条,码足了盐,紧紧实实压在一起。七八天以后,咱家也有腌制得红彤彤的腊肉腊鱼,挂晒出来了,心里高兴咱家还是赶上了腊月的太阳腊月的风。在武汉,腊月的太阳腊月的风,就是金贵,就是好得没法说,就是熏香,晒什么香透什么,风干什么香透什么……"

　　这里重复最多的两个字就是"香"与"大",更见出武汉人的豪爽与酣畅。

　　年味还体现在看似与其无关的植物之香上。"是有多少馨香的植物,在冬至以后,就会焕发多少孤傲冷香。"

　　还体现在早早开吃的年味上。从而推出新一层文化:"乡愁正是味道。乡愁是过年的味道。武汉正是一个特别讲味道的城市。"

　　进一步写年味的特点,边吃腊味,边备其他年货,数量之大、品种之多也是独有的。

　　最后写年味的节奏——不断加快,每一个腊月的小节日都要过得像模像样。更见其对生活的热爱与对年味的郑重与认真。

　　总之,本文以时间为经线,以年味的主打产品与众多风味习俗为纬线,经纬交织,立体生动地再现了武汉独特的文化样态,礼赞了文化传统的美好景观与坚守和自信的精神情怀。

　　作者的语言也渗透了浓浓的武汉味道:不遮掩的自豪、笃定的自信、大气淋漓。譬如"武汉年底的过年,根本才是中国的过年,也就是我们的春节",又如关于"腊味"之"大"与"香"的描写,还如,不吝大量的排比、铺陈、叠词等的使用,这样,天地间无不荡漾着武汉式的英雄霸气。

思考题

1. 《武汉的过年》一文,多运用工笔式描写,语言呈现出火辣厚重、酣畅淋漓、极富质感的特点,对此,请选择文中第七节或第八节中划线句子加以赏析。

2. 江山易改性难移,武汉人性情,古今一脉。对此,试将《武汉的过年》联系黄庭坚的《十二月十九日夜中发鄂渚晓泊汉阳亲旧携酒追送聊为短句》予以评析。

参考答案

1. 本文通过工笔式描摹,让语言火辣厚重、酣畅淋漓,既符合武汉城市之"火炉"的地方特色,也体现了武汉人生活中特有的英雄霸气。

第七节句子:走在大街上,冷不防会踩碎一粒蹦出炒锅的花生,花生的香便从脚底下往上猛一阵地窜。

运用细节描写,"蹦出"与"窜"两个词,以物拟人,既是花生的欢蹦乱跳与恣意飞扬,也是武汉人过年的精神气象;既有视觉的灵动,也有触觉的野性,更有感觉的醉醺醺。

第八节句子:"齐齐鼓舞欢庆,齐齐地换上新装,新簇簇的衣装显得有点傻乎乎,人人都有笑容,也显得有点傻乎乎,这点傻乎乎好生可爱,只因这一天,是中国人民最好脾气的一天。只为这一天,旧历的年底,根本才是真正的年底。"

排比、叠词与反复的运用,将武汉人过年的郑重、丰硕、热烈、温暖、生机勃勃、豪情悠悠、醉意绵绵酣畅淋漓地表达出来,形象而深刻地突出了文章的主题。

2. 从池莉的《武汉的过年》中,可以一睹武汉人的集体性情:率真、厚道而又热辣、酣畅。此文着力通过"过年"来展示武汉性格:这个年,过得时间长(从冬至开始,直到开春),规模大(全城总动员、全家总动员、全天候行动),并且全方位(从计划到步骤到细节到结果,从人到事到物到街道的每一条巷子每一种植物或动物),味道浓厚(尤其是关于"腊味"之"大"与"香"的描写)。黄庭坚的这首诗,则通过自己离别时"汉阳"故旧相送的场面,淋漓尽致地表现了武汉性格。"宵征江夏县,睡起汉阳城。邻里烦追送,杯盘泻浊清。"这里先通过时间、地点的转换,写出自己要从武昌出发赶赴被贬之地的急迫。再写邻里、故旧赶来送行的情景,叙事中透出无限的情意:"追送"之"追",足见武昌人的滚滚热浪;"烦"字不仅透出作者的感激之意,更写出武昌故旧不怕送一个被贬官员而带来麻烦的厚道;"浊清"实指"清",表达了武昌故旧如清酒一样纯粹真率而热辣酣畅的性情。正面描写之外,黄诗末联通过侧面写诗人的感慨,担心"故人"的友谊和真挚的感情自己永远无法报答而产生的终身遗恨,来反衬武昌人肝胆相照、一片赤诚的集体性格。

这里,一文一诗,一今一古,光阴荏苒,但英雄之义、肝胆热肠,依旧不朽。这也是中华优秀传统文化的精神所在,或可纠正那些以洋废中、以今忘古、为功利而丢道义者的偏颇与狭隘。

三、浮光跃金,波撼岳阳
——洞庭湖篇

◎ 上海市市北中学　张骏逸

【概述】

洞庭湖位列中国五大淡水湖之一,是长江中游地区至关重要的吞吐湖泊,同时也是中国著名的旅游风景名胜区。洞庭湖这个名字,自春秋战国时期开始使用,因其湖中之洞庭山(即今日的君山)而得名,并一直沿用至今。该湖区坐落在长江中下游荆江南侧,地理坐标位于北纬28°30′至30°20′,东经110°40′至113°10′之间,总面积达2 820平方公里,海拔高度为30至35米,被誉为"八百里洞庭"。洞庭湖横跨岳阳、汨罗、湘阴、望城、益阳、沅江、汉寿、常德、津市、安乡和南县等多个县市,是中国第二大淡水湖,由东洞庭湖、西洞庭湖、南洞庭湖和大通湖四大湖泊共同组成。湖区内水产资源丰富,航运条件优越,现今是长江流域最主要的集水与蓄洪湖泊。湖区土壤肥沃,气候温和湿润,雨量充足,自然生态资源丰富多彩,是我国主要的商品粮、淡水鱼、棉花和麻类作物的生产基地。

追溯历史源头,洞庭湖名称的来历有多种说法。在《周礼》

《史记》《尔雅》等古代文献中均提及"云梦"之地。其中"梦"字，在当时楚国方言中指的是"湖泽"，与"溙"字意义相通。例如，《左传》记昭公元年，"楚子与郑伯田猎于江南之梦"。又记定公四年，楚子渡过灉水和江水，进入云梦地区。《汉阳志》也说："云在江之北，梦在江之南。"两者合称为云梦。当时的云梦泽面积曾达4万平方公里，《禹贡锥指》谓："东抵蕲州，西抵枝江，京山以南，青草以北，皆为云梦。"司马相如的《子虚赋》说："云梦者，方八九百里。"到了战国后期，由于泥沙的沉积，云梦泽分为南北两部，长江以北成为沼泽地带，长江以南还保持一片浩瀚的大湖。自此不再叫云梦，而将这片大湖称之为洞庭湖，因为湖中有一著名的君山，原名洞庭山。《湘妃庙记》称："洞庭盖神仙洞府之一也，以其为洞府之庭，故以是称。"后世以其汪洋一片，洪水滔天，无得而称，遂指洞庭之山以名湖曰洞庭湖。这就是洞庭湖名称的由来。

据清代《洞庭湖志》所载，洞庭湖具有潇湘八景，分别为洞庭湖的"洞庭秋月"、西洞庭桃源武陵溪的"渔村夕照"、永州城东的"潇湘夜雨"、衡阳回雁峰的"平沙落雁"、湘阴城江边的"远浦归帆"、橘子洲的"江天暮雪"、湘潭与长沙接壤处的昭山"山寺晴岚"以及衡山县城北清凉寺的"烟寺晚钟"。

【例文一】

望洞庭湖赠张丞相

孟浩然

八月湖水平，涵虚①混太清。气蒸②云梦泽，波撼岳阳城。欲济无舟楫,端居耻圣明。坐观垂钓者,徒有羡鱼情。

注释

① 涵虚:包涵天空,指天空倒映在水中。涵,包容。虚,虚空,空间,高空。混太清:与天混为一体。太清,指天空。② 气蒸:一作"气吞"。云梦泽:古代云梦泽分为云泽和梦泽,指湖北南部、湖南北部一带低洼地区。洞庭湖是它南部的一角。

简析

《望洞庭湖赠张丞相》诗题中的张丞相就是张九龄,他不仅是一位著名的诗人,而且官职曾升至中书令,以品行正直著称。孟浩然渴望涉足政界,实现个人的理想抱负,期待能得到贵人的推荐提携。在他赴京城参加科举考试之前,特意创作了这首诗赠予张九龄,诗中蕴含着这一层深意。

诗的开篇两句点明时节,展现出一片浩渺无垠的湖水画面,湖水与天空融为一体,构成一幅辽阔壮美的景象。"涵虚"意味着高空如同被水包容其中,即天空倒映在水中;"混太清"则是描绘水天相连的景象。这两句诗描绘的是诗人立于湖畔,遥望远方湖面景色,把洞庭湖描绘得既开阔明朗又深远含蓄,湖面浩渺如海,与天际相接,滋养着万千花卉树木,汇聚了众多江河溪流。

接下来的三四两句进一步展现湖面的广阔,视角则由远及近,从整个湖面转到湖中倒影的描绘:湖上蒸腾的水汽弥漫,似乎吞没了古代名为"云""梦"的两大湖泽区域——这两个名字代表着历史上位于长江南北两侧的湖泊,后来大部分已淤积为陆地。当西南风吹起时,湖中波涛汹涌澎湃,冲向东北方向的湖岸,其势头仿佛足以撼动岳阳城。"气蒸云梦泽,波撼岳阳城"这句诗,与王维的诗句"郡邑浮前浦,波澜动远空"有着异曲同工之妙,均属描写洞庭湖的佳句。不过二者在艺术处理上有所差异:上句通过宽阔的平面背景来映衬湖水的浩渺,下句则借助狭窄的立体空间来凸显湖水的震撼力。孟浩然笔下的洞庭湖不仅具有广袤的地域,更充满着勃勃生机与激荡的活力。

五六两句转入抒情。"欲济无舟楫",是从眼前景物触发出来的,诗人面对浩浩的湖水,想到自己还是在野之身,要找出路却没有人接引,正如想渡过湖去却没有船只一样。对方原是丞相,"舟楫"这个比喻用得极为得体。"端居耻圣明",是说在这个"圣明"的太平盛世,自己不甘心闲居无事,要出来做一番事业。这两句是正式向张丞相表白心事,说明自己目前虽然是个隐士,可是并非本愿,出仕求官还是一心向往的,不过还找不到门路而已。言外之意是希望对方予以引荐。

最后两句,再进一步,向张丞相发出呼吁,说自己坐在湖边观看那些垂竿钓鱼的人,却白白地产生羡慕之情。"垂钓者"暗指当朝执政的人物,其实是专就张丞相而言。这里,诗人巧妙地运用了"临渊羡鱼,不如退而结网"(《汉书·董仲舒传》)的古语,另翻新意;而且"垂钓"也正好同"湖水"照应,因此不大露出痕迹。诗人借了这句古语来暗喻自己有出来做一番事业的愿望,只怕没有人引荐,所以这里说"徒有",希望对方帮助的心情是在字里行间自然流露出来的。作为干谒诗,最重要的是要写得得体,称扬对方要有分寸,不失身份。措辞要不卑不亢,不露寒乞相,才是第一等文字。这首诗委婉含蓄,不落俗套,艺术上自有特色。

【例文二】

登岳阳楼

杜 甫

昔闻洞庭水,今上岳阳楼。吴楚东南坼,乾坤日夜浮。亲朋无一字①,老病有孤舟。戎马②关山北,凭轩③涕泗流。

注释

① 无一字:音讯全无。字,这里指书信。② 戎马:指战争。关山北:北方边境。③ 凭轩:靠着窗户或廊上的栏杆。

简析

《登岳阳楼》一诗展现出广阔壮丽的意境,其表现手法灵活多变。首联采用叙述方式,阐明了登楼的原因;颔联则借助描写手法,生动刻画出一幅宏阔壮观的场景,同时融入比喻元素,大大提升了作品的生动性;尾联运用抒情手法,深刻揭示了诗人内心的情感世界,进一步拓展了全诗的意境空间。此外,无论是在内容还是情感层面,诗中都存在着显著的大幅度跳跃。

从内容角度来看,首联通过"昔"与"今"的对比,体现了时间上的跨越,从讲述个人经历自然而然过渡到颔联对洞庭湖的描绘,形成了从小我到大千世界的视角转变。在描绘景色时,诗意从吴、楚两国的地界跃升至日、月苍穹的高空,完成了空间上的飞跃。颈联回归对自身境况的描写,形成了一次由宏大到细微的情感聚焦。尾联则再度扩展到对国家局势的书写,实现了又一次从小我的情境向国家大事的放大。在触及国事主题时,诗中又完成了一次从国家危难到诗人个人情感体验的跳跃。这些跳跃性的转换共同构建了诗篇纵向深远、横向宽广且跳跃性强的独特风貌。

从诗人情感发展的线索来看,首联隐约透露着欣喜,颔联洋溢着豪迈,颈联转为悲苦的基调,直至尾联深化为哀伤的情绪。诗人的感情随着诗章的递进呈现出不断演变、跳跃性极强的艺术特质。

【例文三】

望 洞 庭

刘禹锡

湖光秋月两相和,潭面无风镜未磨。遥望洞庭山水翠,白银盘[①]里一青螺[②]。

注释

① 白银盘:形容平静而又清澈的洞庭湖面。白银,一作"白云"。② 青螺:这里用来形容洞庭湖中的君山。

简析

刘禹锡的《望洞庭》描写了秋夜月光下洞庭湖的优美景色。微波不兴,平静秀美,分外怡人。诗人飞驰想象,以清新的笔调,生动地描绘出洞庭湖水宁静、祥和的朦胧美,勾画出一幅美丽的洞庭山水图,表现了诗人对大自然的热爱,也表现了诗人壮阔不凡的气度和高卓清奇的情致。

首句描写澄澈空明的湖水与素月清光交相辉映,俨如琼田玉鉴，营造出一个既空灵飘渺又宁静和谐的意境。这句诗生动展现了天地间水色与月光浑然一体、洁净无瑕的画面，"和"字运用得极为精练，准确传达出水天一色、宇宙纯净无垢的和谐画卷之意蕴。并且，它似乎还微妙地传达出了水乡之夜那流动的月光与湖水起伏呼吸般的韵律之美。

第二句进一步描绘了湖面上无风的景象，平静的湖面仿佛一块未经打磨的铜镜，雾气蒙蒙，更显柔和细腻。"镜未磨"三个字形象且恰当地展示了千里洞庭湖在无风之时水面平静如镜、祥和温润的情景，尤其是在月色之下，更带有一种朦胧而神秘之美。这是因为唯有"潭面无风"，湖面不起丝毫波澜，湖光与秋月才能相互映衬得如此和谐，若非如此，一旦湖面狂风四起、巨浪翻滚，湖光与秋月就难以形成此种相互映照的美景，自然也就谈不上"两相和"了。

第三、四句诗人的视线从广阔的湖光月色的整体画面集中到君山一点。在皓月银辉之下，洞庭山愈显青翠，洞庭水愈显清澈，山水浑然一体，望去如同一只雕镂剔透的银盘里，放了一颗小巧玲珑的青螺，十分惹人喜爱。诗人笔下秋月之中的洞庭山水变成了一件精美绝伦的工艺美术珍品，给人以莫大的艺术享受。"白银盘里一青螺"，真是匪夷所思的妙句。此句的擅胜之处，不止表现在设譬的精警上，还表现了诗人壮阔不凡的气度和寄托了诗人高卓清奇的情致。在诗人眼里，千里洞庭不过是妆楼奁镜、案上杯盘而已。举重若轻，自然凑泊，毫无矜气作色之态，这是十分难得的。把人与自然的关系表现得这样亲切，把湖山的景物描写得这样高旷清超，这正是诗人性格、情操和美学趣味的反映。既有荡思八极、纳须弥于芥子的气魄，亦有振衣千仞、涅而不缁的襟抱，极富有浪漫色彩的奇思壮采。

【例文四】

九歌·湘夫人

屈 原

　　帝子①降兮北渚,目眇眇兮愁予。袅袅兮秋风,洞庭波兮木叶下。登白薠兮骋望,与佳期兮夕张。鸟何萃兮蘋中,罾②何为兮木上?沅有茝兮澧有兰,思公子兮未敢言。荒忽兮远望,观流水兮潺湲。麋何食兮庭中?蛟何为兮水裔?朝驰余马兮江皋,夕济兮西澨。闻佳人兮召予,将腾驾兮偕逝。筑室兮水中,葺之兮荷盖。荪壁③兮紫坛,播芳椒兮成堂。桂栋兮兰橑,辛夷楣兮药房。罔薜荔兮为帷,擗蕙櫋④兮既张。白玉兮为镇,疏石兰兮为芳。芷葺兮荷屋,缭之兮杜衡。合百草兮实庭,建芳馨兮庑门。九嶷缤兮并迎,灵之来兮如云。捐余袂兮江中,遗余褋兮澧浦。搴汀洲兮杜若,将以遗兮远者。时不可兮骤得,聊逍遥兮容与。

注释

　　①帝子:指湘夫人。舜妃为帝尧之女,故称帝子。②罾(zēng):捕鱼的网。罾原当在水中,反说在木上,比喻所愿不得,失其应处之所。③荪(sūn)壁:用荪草饰壁。荪,一种香草。④擗(pǐ):掰开。蕙:一种香草。櫋(mián):隔扇。

简析

　　屈原的《湘夫人》开篇部分,直至"将腾驾兮偕逝"为止,为第一段，主要描述了湘君热切期盼与湘夫人相聚，湘夫人却未能如约而至时的那种焦急不安的心情。诗歌起首诗句写道："帝子降兮北渚，目眇眇兮愁予。"此句刻画了湘君翘首远眺，期待湘夫人自远方的北岸降临，然而视野所及却是一片空茫，不见其影。"愁予"二字饱含着因思念而不得见的深深苦楚，同时为整首诗奠定了哀婉的情感基调。

接下来的诗句展示了湘君眼前所见之景。他看到什么呢？看到的是阵阵秋风，无情地拂动着洞庭湖面的波纹，吹落了枝头的枯叶，也激起了他对恋人深深的思念。诗人通过秋日景色的描绘，烘托出湘君失意的哀愁情绪，进而引发了他的追忆、哀怨以及期盼之情。湘君站立于铺满白色芦苇的岸边，极目远眺，期待着与湘夫人的亲密相逢，然而心愿却彻底落空。"鸟何萃兮蘋中，罾何为兮木上。"这两句描写了鸟儿并未栖息在树枝上而是停在水草丛中，渔网没有安置在水中却搁置在树梢之上，一切显得如此错乱，以比喻现实中事情异常，极度不顺遂，预兆不佳。确实如此，沅水畔的香草，澧水边的幽兰，都能自由绽放，散发浓郁芬芳，唯独自己对情人那份深情厚意却"未敢言"，无处诉说。远望前方，只见一片模糊迷茫；近观江水，但听到潺潺流水声中时间流逝，而心中挂念的湘夫人始终未曾出现。"麋何食兮庭中？蛟何为兮水裔？"麋鹿本应在山林之中却出现在庭院之内，蛟龙本当居于深水之下却显现于水边，这种异乎寻常的现象，不正是暗喻自己内心期待无法达成的苦闷吗？面对如此情境，湘君又能如何？他选择了继续等待，清晨策马疾驰在江边，傍晚乘舟驶向西方水域。"闻佳人兮召予，将腾驾兮偕逝。"他多么渴望能够听见湘夫人的呼唤，然后一同驱车扬帆，奔赴美好的远方。这部分诗歌中，湘君对于幸福生活的强烈向往被表现得淋漓尽致。

第二段,从"筑室兮水中"到"灵之来兮如云",主要写湘君想象有一个美丽幽静的住所用来与湘夫人亲切相会。本段用大量的篇幅和笔墨描写房屋之坚固、陈设之华丽、环境之优美、草木之芳香。且看,房子是建在水中,房顶是荷叶盖的,墙壁是苏草装饰的,坛是紫贝砌成的,房是香椒涂的,梁是桂木做的,橡是木兰做的,门楣是玉兰做的。卧室是白芷装饰的,帷是薜荔织的,隔扇是蕙草编的,并用白玉压席,陈设石兰。房顶还加上香芷,房的四周再用杜衡缠起来,庭院里布满各种香草,就连走廊和大门前也陈列各种各样的香草。如此等等,建造之美、陈设之精,真可谓神仙境地。除此之外,本段在最后还写九嶷山的众多神仙都来迎接湘夫人的到来。湘君和湘夫人的恋情,就连九嶷山上的神仙也为之感动,希望湘夫人快点到来。大家都赶来迎接,以示庆贺。诗人在这里为湘夫人的到来安排了一个非常好的住所和场面,环境之优美、气氛之热烈,更加突出了湘君对湘夫人的思慕,对爱情的真诚,对幸福生活的向往。

第三段,自"捐余袂兮江中"至"聊逍遥兮容与",着重描绘湘君失恋后的悲痛心境。此段起首诗句"捐余袂兮江中,遗余褋兮澧浦",不仅标志着前一段热烈情感氛围的急剧冷却,而且与第一段情感脉络紧密衔接起来。深情优雅的湘夫人并未如期赴约,湘君所憧憬的美好幸福生活转瞬即化为幻影,令他沉浸在无比的伤感与失落之中。在这交织着深深眷恋与悠悠怨恨的情感纠葛中,湘君将湘夫人赠予他的珍贵衣物——外衣和内衣投入江流之中,以此举动体现他对湘夫人的爱之深切与怨之浓烈,从而更加生动鲜明地展现了失恋悲剧的场景,再次强化了诗歌中的"哀怨"基调,贴切地揭示了主题内涵。与此同时,湘君坚信他们之间的爱情是坚贞不渝的,坚信湘夫人终有一天会突然降临到他的身边。"搴汀洲兮杜若,将以遗兮远者。"湘君特意前往汀洲采摘杜若,预备在未来的团圆之时赠予那位远方的湘夫人。然而当下良机难觅,他只能在冷漠的江畔独自漫步,借此排遣心中的忧虑。此举更深层次地表现出湘君对爱情矢志不移的决心。

思考题

1. 请简要谈谈你对《望洞庭湖赠张丞相》《登岳阳楼》两首作品颔联的理解。

2. 这三首作品在艺术上均非常成功,历来为世人传诵。试举一例加以品析。

3. 联系课文《说"木叶"》,结合《湘夫人》中的具体诗句,赏析"木叶"意象。

参考答案

1. 前者的颔联从视觉、听觉、触觉三方面描绘了洞庭湖雄浑壮阔的博大气势,极富艺术感染力,尤其"蒸"字显示出洞庭湖丰富的积蓄,"撼"字衬托出洞庭湖的澎湃激荡、气魄宏大。后者的颔联是说,广阔无边的洞庭湖水,划分开吴国和楚国的疆界,日月星辰都像整个漂浮在湖水中一般。只十个字,就把洞庭湖水势浩瀚无边的巨大形象逼真地描绘出来,给人以壮美之感。(能写出自己的理解、体会即可)

2. 示例:《望洞庭湖赠张丞相》中的"欲济无舟楫,端居耻圣明",触景兴怀,巧用双关,委婉地表达了诗人想做官却无人引荐,不能在太平盛世出仕为民谋福利而深感惭愧的苦衷。

《登岳阳楼》中的"亲朋无一字,老病有孤舟。戎马关山北,凭轩涕泗流"两联写登临之感:战乱不休致使诗人与亲朋之间音讯不通,贫病交加的自己只得生活在一叶孤舟之上,况且北望关山,战乱频仍,唯有老泪纵横。这些诗句既抒写了对自己身世的感慨(穷愁潦倒、壮志未酬),更表现了诗人忧国忧民的思想感情(对祖国多灾多难现实的忧虑)。

《望洞庭》第二句"潭面无风镜未磨",将月色下的千里洞庭湖比作一面未加磨拭的巨大铜镜,写出了月下洞庭湖朦胧、静谧的美。或第四句"白银盘里一青螺",将皓月银辉下的山比成银盘中的青螺,写出了洞庭湖山水的外形美、色彩美。

3. 对于"木叶"意象,林庚先生在其《说"木叶"》一文中有深入分析,认为"木叶"在形象上蕴含的艺术特征有二:第一,"木叶"和"树叶"相比,含有落叶的因素;第二,"木叶"在色泽上给人一种落叶的枯黄与干燥感,带着秋天疏朗的因素。林庚先生继而认为"木叶"是"疏朗与绵密的交织",是"一个迢远而情深的美丽的形象",而这个形象正是旷世佳人湘夫人。《湘夫人》中的"洞庭波兮木叶下",那"迢远而情深的美丽的形象"被初为痴情郎、终成负心汉的"树"——象征男子所抛却,说明了女性在爱情中永恒的悲剧命运。

【例文五】

岳 阳 楼 记

范仲淹

庆历四年春,滕子京谪守巴陵郡。越明年,政通人和①,百废具兴②,乃重修岳阳楼,增其旧制③,刻唐贤今人诗赋于其上,属予作文以记之。

予观夫巴陵胜状,在洞庭一湖。衔远山,吞长江,浩浩汤汤④,横无际涯,朝晖夕阴,气象万千。此则岳阳楼之大观也,前人之述备矣。然则北通巫峡,南极潇湘,迁客骚人⑤,多会于此,览物之情,得无异乎？

若夫淫雨霏霏,连月不开,阴风怒号,浊浪排空,日星隐曜,山岳潜形,商旅不行,樯倾楫摧⑥,薄暮冥冥,虎啸猿啼。登斯楼也,则有去国怀乡,忧谗畏讥⑦,满目萧然,感极而悲者矣。

至若春和景明,波澜不惊,上下天光,一碧万顷,沙鸥翔集,锦鳞游泳,岸芷汀兰,郁郁青青。而或长烟一空,皓月千里,浮光跃金⑧,静影沉璧⑨,渔歌互答,此乐何极！登斯楼也,则有心旷神怡,宠辱偕忘,把酒临风,其喜洋洋者矣。

嗟夫！予尝求古仁人之心,或异二者之为,何哉？不以物喜,不以己悲；居庙堂之高则忧其民,处江湖之远则忧其君。是进亦忧,退亦忧。然则何时而乐耶？其必曰"先天下之忧而忧,后天下之乐而乐"乎！噫！微斯人,吾谁与归？

时六年九月十五日。

注释

① 政通人和:政事顺利,百姓和乐。政,政事。通,通顺。和,和乐。这是赞美滕子京的话。② 百废具兴:各种荒废的事业都兴办起来了。百,不是确指,形容其多。废,这里指荒废的事业。具,通"俱",全,皆。兴,复兴。③ 制:规模。④ 浩浩汤汤(shāng):水波浩荡的样子。汤汤,水流大而急。⑤ 迁客:谪迁的人,指降职远调的人。骚人:诗人。战国时屈原作《离骚》,因此后人也称诗人为骚人。⑥ 樯(qiáng)倾楫(jí)摧:桅杆倒下,船桨折断。樯,桅杆。楫,船桨。倾,倒下。摧,折断。⑦ 去国怀乡,忧谗畏讥:离

开国都,怀念家乡,担心(人家)说坏话,惧怕(人家)批评指责。去,离开。国,国都,指京城。忧,担忧。谗,谗言。畏,害怕,惧怕。讥,嘲讽。⑧浮光跃金:湖水波动时,浮在水面上的月光闪耀起金光。这是描写月光照耀下的水波。有些版本作"浮光耀金"。⑨静影沉璧:湖水平静时,明月映入水中,好似沉下一块玉璧。这里是写无风时水中的月影。璧,圆形正中有孔的玉。沉璧,像沉入水中的璧玉。

简析

  范仲淹自幼丧父,家境贫寒,无所依靠,然而从小就胸怀大志,以天下大事为己任。他发奋苦读,极度疲倦时,就用冷水洗脸提神;饮食不足时,便以稀粥充饥,继续读书。旁人难以忍受这样的困苦,而范仲淹却始终保持着乐观向上的态度不变。步入仕途后,他每每激昂陈词,纵论国家大事,为了革新弊政,不惜牺牲自身,因此遭到谗言诽谤,于庆历五年(1045)由参知政事(副宰相)之职被贬至邓州担任地方官。他在邓州勤于政务,爱护百姓,留下了良好的政绩,常常吟诵:"士当先天下之忧而忧,后天下之乐而乐。"

  本文共分为三个部分。

  第一部分(第一自然段),叙述了重修岳阳楼的背景及其写作此文的原因,由此奠定了全文的基础。

  第二部分(第二至第四自然段),作为文章的主体部分,描绘了"迁客骚人"面对自然景色时或悲哀或喜悦的心情变化。第一层(第二自然段)描绘了洞庭湖雄浑壮美的景观,并提出疑问:"览物之情,得无异乎?"第二层(第三、四自然段)通过两个并列的排比段,分别展示了"迁客骚人"因观景而产生的不同情感反应——

一种是忧郁悲凉,另一种则是欢愉开朗,两者形成了鲜明对比。

第三部分(第五自然段),抒发了作者宽广的胸怀和崇高的政治理想,是全文的核心所在。

第三自然段书写了触景生悲的情绪。以"若夫"开篇,引人深思且营造了一种虚构的情境,这种虚构是对众多现实情境的高度凝练、萃取和升华,具有很强的代表性。接下来,通过对淫雨、阴风、浊浪等恶劣气候的细致描绘,层层递进,烘托出一种悲凉的心境,使得日月星辰失去光辉,群山隐匿身影,商旅无法前行,尤其在黄昏时分,伴随着虎啸猿啼,让过往的贬谪官员不禁产生离乡背井的愁绪、担心遭受谗言的恐惧以及感慨至极的悲凉之情。

第四自然段则书写了触景生喜的情绪,以"至若"领起,展现了一幅明媚亮丽的画卷。"至若"的语气虽然同样是列举性质的,但在音韵上显得高昂响亮,在格调上更为轻快有力。接下去的文字,同样采用四字短句,但色调转为明亮欢快,勾勒出春风拂煦、风景秀丽、水天一色的美好画面。其间既有沙鸥翱翔,又有鱼儿悠游,甚至连水草兰花也充满生机。作者仅用寥寥数语,就刻画出一幅生动逼真的湖光春色图。值得注意的是,这一段的句式和节奏虽大致与上一段相似,但也有所变化。"而或"一句更是拓宽了意境,增强了反复咏叹的效果,将欢欣鼓舞的气氛推至高潮,使"登斯楼也"的心境转变为"宠辱偕忘"的豁达和"把酒临风"的潇洒自在。

第五自然段是整篇文章的重心,以"嗟夫"二字起始,包含抒情和议论双重意味。在列举了悲喜两种情绪之后,作者笔锋陡转,提出了超越这两种情绪之上的更高尚的人生境界,即"不以物喜,不以己悲"。尽管因事物变迁而产生感情波动是人之常情,但这并非人生的最高境界。古代的仁人志士有着坚定的意志,不因外界环境的改变而动摇信念,无论身处朝廷高位还是流放江湖之远,他们都保持忧国忧民之心,"进亦忧,退亦忧"。这样的观点似乎违背常理,令人费解。于是作者设计了一问一答的形式,借古人之口,发出了"先天下之忧而忧,后天下之乐而乐"的宏愿,文意至此达到高潮,点明了全文的主题。"噫!微斯人,吾谁与归"这句话作为结尾,情感真挚深沉,令人感慨万千。文章最后注明写作时间,与篇首相互呼应。

这篇文章体现了作者虽遭贬谪,身处偏远之地,但依然心系国家大事,即使遭受打击,也未曾放弃自己的政治理想,同时也对同样遭贬的同僚给予鼓励和安慰。《岳阳楼记》之所以享有盛名,关键在于其思想境界之高尚。同一时期的文学家欧阳修在为范仲淹撰写的神道碑文中提到,范仲淹从小就怀抱救世济民的理想,经常自诵:"士当先天下之忧而忧,后天下之乐而乐也。"由此可见,《岳阳楼记》末尾提出的"先天下之忧而忧,后天下之乐而乐",正是范仲淹一生遵循的行为准则。孟子曾说"穷则独善其身,达则兼善天下",这成为封建社会大多数士大夫奉行的处世原则。范仲淹在撰写这篇文章时正处在贬官时期,"处江湖之远",原本可以选择独善其身,过着悠闲的生活,但他却倡导正直的士人应坚守一定行为规范,主张个人的荣辱升降应淡然视之,做到"不以物喜,不以己悲",力求"先天下之忧而忧,后天下之乐而乐",以此自勉和勉励他人,这种精神品质实属难能可贵。这两句话所蕴含的精神实质,即甘于奉献、吃苦在前、享受在后的美德,至今仍具有重要的教育意义。

思考题

1. 这种"古仁人"是作者心目中的理想人物,实际也许并不存在。联系作者的有关资料,说一说作者为什么要讨论这种实际上并不存在的人物。

2. 怎样理解"先天下之忧而忧,后天下之乐而乐"这句话?

3. 《醉翁亭记》和《岳阳楼记》都是抒情散文,试比较它们所表达的思想感情有什么异同。

参考答案

1. 作者以天下为己任,常说"士当先天下之忧而忧,后天下之乐而乐也",可见这种"先忧后乐"的思想,正是作者的理想,从他力主革除弊政、为官勤政爱民的行为看,确实不是徒托空言。他借滕子京嘱写《岳阳楼记》的机会,提出这种理想化的人物来,正是为了"假托古人,自写怀抱",表明自己本来就不为个人的进退、荣辱而悲喜,虽遭贬谪,但忧国忧民之心绝不改变,同时也包含着对滕子京的慰勉。最后一句自明志向,以问句的表达形式自励励人,委婉含蓄。

2. 我国古代早有"与民同乐"的思想。孟子说:"乐民之乐者,民亦乐其乐;忧民之忧者,民亦忧其忧。乐以天下,忧以天下,然而不王者,未之有也。"这里说的"乐以天下,忧以天下"来源于民本思想。范仲淹在本文中把它发展成为"先天下之忧而忧,后天下之乐而乐"的观点,并以此作为对待仕途进退的原则,表现了他旷达的胸襟和伟大的抱负。他提倡的吃苦在前、享受在后的精神,在今天仍有着借鉴和教育的意义。

3. 同的方面,《岳阳楼记》提出"后天下之乐"的生活理想,《醉翁亭记》抒发与民同乐的思想,这两种思想境界都是积极向上的、很可贵的。异的方面,《岳阳楼记》的作者主张"不以物喜,不以己悲",以此规劝滕子京,并勉励自己,表现了崇高的精神境界;《醉翁亭记》多少含有寄情山水,借此排遣谪居之苦的郁闷情怀。

【例文六】

岳 阳 楼 记

汪曾祺

岳阳楼值得一看。

长江三胜,滕王阁、黄鹤楼都没有了,就剩下这座岳阳楼了。

岳阳楼最初是唐开元中中书令张说所建,但在一般中国人的印象里,它是滕子京建的。滕子京之所以出名,是由于范仲淹的《岳阳楼记》。中国过去的读书人很少没有读过《岳阳楼记》的。《岳阳楼记》一开头就写道:"庆历四年春,滕子京谪守巴陵郡。越明年,政通人和,百废俱兴……"虽然范记写得很清楚,滕子京不过是"重修岳阳楼,增其旧制",然而大家不甚注意,总以为这是滕子京建的。岳阳楼和滕子京这个名字分不开了。滕子京一生做过什么事,大家不去理会,只知道他修建了岳阳楼,好像他这辈子就做了这一件事。滕子京因为岳阳楼而不朽,而岳阳楼又因为范仲淹的一记而不朽。若无范仲淹的《岳阳楼记》,不会有那么多人知道岳阳楼,有那么多人对它向往。《岳阳楼记》通篇写得很好,而尤其为人传诵者,是"先天下之忧而忧,后天下之乐而乐"这两句名言。可以这样说:岳阳楼是由于这两句名言而名闻天下的。这大概是滕子京始料所不及,亦为范仲淹始料所不及。这位"胸中自有数万甲兵"的范老夫子的事迹大家也多不甚了了,他流传后世的,除了几首词,最突出的,便是一篇《岳阳楼记》和《记》里的这两句话。这两句话哺育了很多后代人,对中国知识分子的品德的形成,产生了极其深远的影响。匹夫而为百世师,一言而为天下法,呜呼,立言的价值之重且大矣,可不慎哉!

写这篇《记》的时候,范仲淹不在岳阳,他被贬在邓州,即今延安,而且听说他根本就没有到过岳阳,《记》中对岳阳楼四周景色的描写,完全出诸想象。这真是不可思议的事。他没有到过岳阳,可是比许多久住岳阳的人看到的还要真切。岳阳的景色是想象的,但是"先天下之忧而忧,后天下之乐而乐"的思想却是久经考虑,出于胸臆的,真实的、深刻的。看来一篇文章最重要的是思想。有了独特的思想,才能调动想象,才能把在别处所得到的印象概括集中起来。范仲淹虽可能没有看到过洞庭湖,但是他看到过很多巨浸大泽。他是吴县人,太湖是一定看过的。我很深疑他对洞庭湖的描写,有些是从太湖印象中借用过来的。

现在的岳阳楼早已不是滕子京重修的了。这座楼烧掉了几次。据《巴陵县志》载:岳阳楼在明崇祯十二年毁于火,推官陶宗孔重建。清顺治十四年又毁于火,康熙二十二年由知府李遇时、知县赵士珩捐资重建。康熙二十七年又毁于火,直到乾隆五年由总督班第集资修复。因此范记所云"刻唐贤、今人诗赋于其上",已不可见。现在楼上刻在檀木屏上的《岳阳楼记》系张照所书,楼里的大部分楹联是到处写字的"道州何绍基"写的,张、何皆乾隆间人。但是人们还相信这是滕子京修的那座楼,因为范仲淹的《岳阳楼记》实在太深入人心了。也很可能,后来两次修复,都还保存了滕楼的旧样。九百多年前的规模格局,至今犹能得其仿佛,斯可贵矣。

我在别处没有看见过一个像岳阳楼这样的建筑。全楼为四柱、三层、盔顶的纯木结构。主楼三层,高十五米,中间以四根楠木巨柱从地到顶承荷全楼大部分重力,再用十二根宝柱作为内围,外围绕以十二根檐柱,彼此牵制,结为整体。全楼纯用木料构成,逗缝对榫,没用一钉一铆,一块砖石。楼的结构精巧,但是看起来端庄浑厚,落落大方,没有搔首弄姿的小家气,在烟波浩淼的洞庭湖上很压得住,很有气魄。

岳阳楼本身很美,尤其美的是它所占的地势。"滕王高阁临江渚",看来和长江是有一段距离的。黄鹤楼在蛇山上,晴川历历,芳草萋萋,宜俯瞰,宜远眺,楼在江之上,江之外,江自江,楼自楼。岳阳楼则好像直接从洞庭湖里长出来的。楼在岳阳西门之上,城门口即是洞庭湖。伏在楼外女墙上,好像洞庭湖就在脚底,丢一个石子,就能听见水响。楼与湖是一整体。没有洞庭湖,岳阳楼不成其为岳阳楼;没有岳阳楼,洞庭湖也就不成其为洞庭湖了。站在岳阳楼上,可以清清楚楚看到湖中帆船来往,渔歌互答,可以扬声与舟中人说话;同时又可远看浩浩汤汤,横无际涯,北通巫峡,南极潇湘的湖水,远近咸宜,皆可悦目。"气吞云梦泽,波撼岳阳城",并非虚语。

我们登岳阳楼那天下雨,游人不多。有三四级风,洞庭湖里的浪不大,没有起白花。本地人说不起白花的是"波",起白花的是"涌"。"波"和"涌"有这样的区别,我还是第一次听到。这可以增加对于"洞庭波涌连天雪"的一点新的理解。

夜读《岳阳楼诗词选》。读多了,有千篇一律之感。最有气魄的还是孟浩然的那一联,和杜甫的"吴楚东南坼,乾坤日夜浮"。刘禹锡的"遥望洞庭山水翠,白银盘里一青螺",化大境界为小景,另辟蹊径。许棠因为《洞庭》一诗,当时号称"许洞庭",但"四顾疑无地,中流忽有山",只是工巧而已。滕子京的《临江仙》把"气蒸云梦泽,波撼岳阳城","曲终人不见,江上数峰青"整句地搬了进来,未免过于省事!吕洞宾的绝句:"朝游岳鄂暮苍梧,袖里青蛇胆气粗。三醉岳阳人不识,朗吟飞过洞庭湖",很有点仙气,但我怀疑这是伪造的(清人陈玉垣《岳阳楼》诗有句云:"堪惜忠魂无处奠,却教羽客踞华楹",他主张岳阳楼上当奉屈左徒为宗主,把楼上的吕洞宾的塑像请出去,我准备投他一票)。写得最美的,还是屈大夫的"袅袅兮秋风,洞庭波兮木叶下"。两句话,把洞庭湖就写完了!

简析

　　本文以极其轻松自如的笔调展开,首先从岳阳楼与历史人物张说、滕子京、范仲淹之间的关系说起,进而谈到范仲淹创作《岳阳楼记》的逸事,岳阳楼历经战火洗礼的历史遭遇,岳阳楼独特的建筑特色,岳阳楼之美及与其相邻的洞庭湖的紧密联系,以及对波涛与涌浪之间区别的探讨,最终以对涉及岳阳楼主题的诗词作品的鉴赏评析作为收束。

　　全文将岳阳楼的历史知识、典故、趣闻、文学评论等等融为一炉,材料丰富,显示出作家深厚的涵养、渊博的学识积累。如此内容丰富的散文作品,深深地吸引了读者,它靠的不是性情,而是真实的学养和才识。本文语言平实之中含有奇崛,行文从容不迫,错落有致,情感方面真诚朴实,不忸怩作态。

　　将本文与范仲淹的《岳阳楼记》加以比较,更显趣味盎然。正如前述,汪曾祺的文章围绕岳阳楼这一主题,纵横古今,穿插典故、趣谈,引用诗词歌赋,随意挥洒。这般挥洒自如的写作方式,没有深厚的学术修养是难以实现的。阅读汪曾祺的《岳阳楼记》,让人不禁钦佩作者的学问渊博与见识高超。而范仲淹的《岳阳楼记》则以其叙事的简洁凝练、描绘的细腻精湛、气势的磅礴宏大、情感的自然流露和议论的深刻独到而堪称鬼斧神工之作,达到了出神入化的境地。其中所展现的"不以物喜,不以己悲"的胸襟以及"先天下之忧而忧,后天下之乐而乐"的情怀,将豪迈之情与优美之文完美结合,实在令人赞叹不已。

汪曾祺的散文文风是敏感纤细、含蓄节制的,他对一切崇高的、宏大的与哲理的、神圣的东西都抱有一种本能的警惕,这也是其作品能够深入浅出、清通却不失意蕴的重要原因。

思考题

1. 从文中相关描述来看,岳阳楼之美主要体现在哪些方面?

2. 作者为什么说《岳阳楼记》的写作是"不可思议的事"?文中说"但是人们还相信这是滕子京修的那座楼",原因是什么?

3. 作者由《岳阳楼记》被千古传颂及该《记》的写作情状引发了怎样的思考?对此你有怎样的看法?

参考答案

1. 纯用木料构成,逗缝对榫,具有结构的精巧美;楼与湖是一整体,具有得天独厚的地势美;因范仲淹的一《记》而不朽,具有高度的思想美;名人登楼留下众多诗文,具有深厚的文化美。

2.(1)范仲淹根本没有到过岳阳,他是凭着自己的想象,从太湖的印象中借用过来,描绘出比许多久住岳阳的人看到的还要真切的洞庭湖万千景象。(2)因为范仲淹的《岳阳楼记》深入人心,"先天下之忧而忧,后天下之乐而乐"的名句为后人传诵。

3. 作者认为范仲淹凭想象写出《岳阳楼记》,而该《记》千古传颂,在于"先天下之忧而忧,后天下之乐而乐"的名句,由此提出

"立言的价值之重且大"的问题,说明文章的不朽主要在于真实、深刻的思想。古人说:"文以载道。"文章应表达深刻、透亮的思想,给人思想的启迪、心智的开启,予人心清意朗的审美愉悦,这样的文章才有生命力。

四、昔年仙子谪黄州
——黄州篇

◎ 上海市回民中学　石裕雄

【概述】

全国历史文化名城黄州位于湖北省东部、大别山南麓、长江中游北岸，东连浠水，北接团风，西南与鄂州隔江相望，距武汉陆路仅60公里。黄州历来为"州""府""县"驻地，素有"古名胜地，人文薮泽"之称，具有灿烂的历史文化和丰富的人文、自然资源。隋郡废，于此置黄州；唐又改为齐安郡，复改为黄州。黄州建制几经变更，中华人民共和国成立后改名黄冈县，1990年改建黄州市，1996年撤销黄州市，分设黄冈市黄州区和团风县。

黄州地势为东北部高，西南部低，为江河冲积地带，以平原为主，丘陵岗地兼有，境内多湖泊。黄州地处亚热带湿润气候区，雨量充沛，四季分明，年均降水量1 233毫米，光照充足，常年日照时数2 082小时，年平均气温16.8℃。

黄州历史悠久，人才辈出。境内有螺蛳山新石器时代遗址、战国禹王城、两晋南北朝西阳城、宋城和明城遗址，以及东坡赤壁、安国寺、文峰塔、陈潭秋故居等名胜古迹。唐代大诗人李白写有《赤壁送别歌》,杰出诗人杜牧曾任黄州刺史,北宋名臣韩琦曾寄居黄州发愤读书,文化巨匠苏轼因"乌台诗案"谪居黄州,留下了"两赋一词"等名作,更是让黄州名声大振。古代科举取士,"惟楚有才,吾黄冠楚",历代共中文科进士852人、举人3 309人,明、清共中武科进士89人。近代以来,更有中国共产党的创始人之一陈潭秋、地质学家李四光等为党的革命事业和社会主义现代化建设事业前赴后继,增光添彩。

黄州人杰地灵,名胜众多,有遗爱湖公园、东坡赤壁、李四光纪念馆等名胜。最有名者自然是东坡赤壁,又名黄州赤壁、文赤壁,俗称赤壁公园。因为有岩石突出像城壁,呈赭红色,故称之为赤壁。苏轼的《念奴娇·赤壁怀古》《赤壁赋》《后赤壁赋》让这里闻名千古。赤壁公园内有苏轼亲笔草书的《念奴娇·赤壁怀古》和告别黄州时所作的《满庭芳·归去来兮》,现有二赋堂、坡仙亭、睡仙亭、问鹤亭、酹江亭、放龟亭、挹爽楼、涵晖楼、留仙阁、鸟石塔、栖霞楼等建筑。

【例文一】

东　坡

苏　轼

雨洗东坡月色清,市人①行尽野人②行。莫嫌荦确③坡头路,自爱铿然④曳杖声。

注释

① 市人:泛指为生活名利而奔走之人。② 野人:泛指村野之

人;农夫。③荦确:怪石嶙峋的样子。④铿然:声音响亮的样子。

简析

　　东坡原来根本不是什么风景胜地,只是当时黄州州治黄冈城东一片撂荒的旧军营坡地。宋神宗元丰初年,苏轼被贬黄州,弃置闲散,生活困窘。患难之交马正卿实在看不过眼,从郡里给他申请下来这片旧军营坡地,苏轼加以整治,躬耕于这片城东的坡地。因为苏轼特别喜爱白居易的诗歌,取意于白氏被贬官忠州时所写《步东坡》一诗,遂命名此处城东的坡地为东坡。从此,东坡,一个普通之极的地名,一个平易之至的称呼,成为中国文学史乃至文化史上一个光芒万丈的名字。在东坡,东坡辛勤劳作,养家糊口;筑起居室,居家养心。东坡雪堂,同样是光彩熠熠的名字。

　　本诗起笔便把东坡置于一片清景之中。偏僻的山冈、幽静的东坡、皎洁的月色,景致已是宜人,更何况是在雨后,天地一片澄明。此时此刻,何等人物才能享受这种清景呢?汲汲于功名、碌碌于世俗的"市人"奔走闹市,热衷于嚣尘,自然是难以感受的;唯有幽人才有雅事,所以"市人行尽野人行"。这读来极自然平淡的一句诗,让人自然地从"野人"身上感受到一股幽人守志僻处而自足于怀的味道,而那份自得、自矜之意,尽在不言中。此刻,即使那坡头之路怪石丛错,凸凹不平,难以行走,那又有何妨呢?且看我东坡将拐杖着实地点在上面,铿然一声,便支撑起矫健的步伐,更加精神抖擞地前进了。没有"荦确坡头路",哪有"铿然曳杖声"?一个"莫嫌",一个"自爱",那种以险为乐、视险如夷的豪迈与洒脱,都在这一反一正的强烈感情对比中凸显出来。

　　稍作推想,这"荦确坡头路"不就是作者坎坷的仕途么?作者对待仕途挫折,从来就是抱着这种开朗乐观、意气昂扬的超然态度,不气馁,不颓丧,看得开,看得透,真可谓是"也无风雨也无晴"。再作延伸,人生之中总会遇上"荦确坡头路",关键是我们能否从东坡居士的《东坡》小诗中汲取思想的养分。大环境可以决定你的自由度,但你内心还有一个小环境,那里有你对美好生活的自由裁量权。而这完全取决于你的觉悟,取决于你对生命的观照,取决于你对世界的理解,只要你足够独立和自由,你完全可以构建一个属于你的美好世界,构建一个属于你的"东坡"。

【例文二】

卜算子·黄州定慧院寓居作

苏 轼

缺月挂疏桐,漏断①人初静。谁见幽人②独往来,缥缈孤鸿影。惊起却回头,有恨无人省③。拣尽寒枝不肯栖,寂寞沙洲冷。

注释

① 漏:更漏,古时夜间根据漏壶表示的时刻报更。这里"漏断"是指夜深。② 幽人:幽居的人。幽,《易·履卦》:"幽人贞吉",意思是说幽隐之人能守正得吉。后因用作咏隐士的典故。③ 省:理解。"无人省",意即"无人识"。

简析

《卜算子》词调是北宋初年张先首用,往往意脉贯穿,流美含蓄,平和婉转。苏轼此词一出,遂成为《卜算子》词调的正体,可见此词在词的发展史上的地位。

词的题目是"黄州定慧院寓居作"。仅仅八个字,信息量非常丰富。黄州定慧院,点明了地点。但是,这个地点不是官邸,不是驿馆,甚至不是旅舍,而是一座寺庙、一所古刹。说明苏轼被贬黄州,初来乍到,又是罪臣,无权无势,无根无据,无金无银,只能借居在寺院之中,可见当时的困窘与落魄。

寓居,也就是寄居,居住之所不是自家的。苏轼诗词中,在标题中直接标明"寓居"二字的,共六首,其中三首都跟定慧院有关。这种人生如寄的思想,在中国文人世界源远流长。曹丕《善哉行》:"人生如寄,多忧何为。"李白《春夜宴桃李园序》:"夫天地者,万物之逆旅也;光阴者,百代之过客也。"天地,是世间万物赖以寄存的旅舍;光阴,不过是千秋百代的匆匆过客。我们漂浮不定的人生如同梦幻一般,到底何处才不是寓居之所呢?苏轼在黄州写的其他一些诗篇,如"人生如逆旅,我亦是行人"(《临江仙·送钱穆父》),"此身如传舍,何处是吾乡"(《临江仙·送王缄》),敏感于"寓居",自然是因为内心隐含着大沉痛。

前两句"缺月挂疏桐,漏断人初静",营造了一种月缺桐疏、夜深人静的孤寂氛围,为"幽人""孤鸿"的出场作铺垫。月是缺月,是残缺之月,也就是不圆之月。对于月而言,一个月三十天,缺月本就是常态,圆月仅望日和既望两天,也就是农历的十五、十六两天而已。对于人生而言呢,"人有悲欢离合,月有阴晴圆缺,此事古难全",这种事本来就难以周全。桐是疏桐,是疏朗之梧桐,也是高洁之梧桐。梧桐是高树,一个"疏"字,表明梧桐枝干的挺拔俊朗。梧桐在传统文化中寓意良多。"良禽择木而栖",梧桐可以招致祥鸟凤凰,是高洁的象征。另外,因为梧桐落叶较早,民间便有了"梧桐一叶落,天下尽知秋"的说法。古人由物及人,见桐叶飘零,自然而然地联想到生命的终结。"梧桐"这一传统意象同时饱含着高洁、悲苦、凄凉等丰富的审美意蕴。一勾弯弯的残缺之月高挂在疏朗而高大的梧桐树上,一种凄清的氛围自然而然地透过简单的五个字弥漫开来。这是写自然,写天地,写氛围。

接着,是写人间,写人生,写生活。也正是在这时,孤独失眠的抒情主人公出现了,他在无声无息中入静,而"静"能够了然"群动"。果然,有一个幽独之人在缺月之下,在疏桐之下,孤独地徘徊。而且,隐隐约约之中,朦朦胧胧之间,还有一个孤零零地飞过天穹的凄清的鸿雁的影子。

思考题

1. 林语堂在《苏东坡传》的序言中称:"像苏东坡这样的人物,是人间不可无一难能有二的。"请结合上面的一诗一词,简析一下苏轼在人生低谷期的独特个性与审美。

2. 建中靖国元年(1101)九月,苏辙悼念亡兄,写下祭文名篇《祭亡兄端明文》。其中有四句为:"涉世多艰,竟奚所为?如鸿风飞,流落四维。"在苏辙看来,自己的兄长苏轼经历的世事太过艰辛,最终也不知是为了什么。反正苏轼的一生就好像鸿雁在风中飞翔,始终在天地之间四处游荡。据统计,苏轼的诗词中,"鸿"这个意象至少出现七十四次,雁这个意象至少出现过七十次,有时是鸿雁连用。看来,作为候鸟的鸿雁,成为苏轼寄托情感的一个重要意象。品读《卜算子·黄州定慧院寓居作》,谈谈你对"孤鸿"意象的理解。

参考答案

1. 卢梭曾说:"人生而自由,却无往不在枷锁之中。"

东坡在黄州,身上的枷锁较之以往更多。可是,东坡的伟大与可爱之处就在于他能够看透枷锁,挣脱枷锁,营造出能够安顿自己身心的一方世界,"东坡"是一方清朗而自得的世界,"沙洲"是一方清冷而孤傲的世界,都给人以无与伦比的艺术享受。

东坡写《东坡》一诗,其实是在失落之中颇有些自得与自矜的。几处对比可见一斑。

一是"市人"与"野人"的对比。雨洗东坡,月华清幽,天地清明,可是奔走于世俗的"市人"早已不见踪影,有的只是东坡一个山野之人。鲜明的对比中,情感的表达、价值的指向,不言而喻,心灵明澈的境界才是作者所求。

二是"莫嫌"与"自爱"的对比。"荦确坡头路",常人无不嫌恶。可是,作者偏偏拖曳着手杖在凹凸不平的石头路上敲击出响亮有力的声音,潇洒地前行,超然地享受,乐观旷达、自处泰然的自得与自矜跃然纸上。

除了这两处显性的对比之外,另有隐性的对比。

一是雨后月下东坡的清明幽静与作者曳杖于荦确坡头路的铿然响亮,在这极静之境,发极响之音,反映出的正是作者坚守信念的心音。

二是"雨洗东坡月色清"中的"清"字也隐含着作者对于仕途生活中的"不清"有着隐约的不满,因此不经意之间,特别营造了这样一个雨后清洁、月下清明的清静世界。

在《卜算子·黄州定慧院寓居作》一词中,更能够见出东坡的敏感、幽深与独特。

"谁见幽人独往来,缥缈孤鸿影。"到底是"谁"见呢?首先要理解幽人是谁?设身处地想来,在寓居寺院的大孤独中,幽人不是别人,就是诗人自己,就是天地间的寓居者,就是人生中的落魄者,就是政治上的失意者。此时,漏断人静,还有谁会关注这样一个无助的寓居者、落魄者和失意者呢?无人关心,亦无人关爱。因此,这个独往来的幽人就是诗人,这个见证幽人的"谁"也是诗人。幽人,是隐微幽远之人。影,未见其形,只见其影,正与缥缈呼应,可见是在真实与虚无之间,不必实有鸿雁飞过,但又确有孤鸿的影子飘过。因为,此时此刻,幽人就是孤鸿,孤鸿就是幽人。人即飞鸿,飞鸿即人,非鸿非人,亦鸿亦人,人不掩鸿,鸿不掩人,人与鸿融为一体,托鸿以见人,只是在虚实之间而已。在《后赤壁赋》中,东坡写鹤与道士亦是如此妙手。

"惊起却回头,有恨无人省。"惊,是惊动,是惊恐,是惊魂未定。当权者的排挤、小人物的诽谤、亲近者的疏远,都让人震惊于人生的无常与无奈。回头,是一种寻觅,有一种流连。人在孤独的时候,总会茫然四顾,总想寻觅同行者,找到知心人。有恨,有怨恨,有不满,这才是一种真实的生命。没有谁天生就是圣人。从监狱中出来,背负莫须有的罪名,怎么可能没有怨恨呢?无人省,心中的怨恨,有人能够理解吗?诗人找到知心人了吗?当然是没有。无人省,就是没有人能理解,没有人能明白。所有的幽恨、所有的不幸、所有的痛苦,茫茫天地之间,竟然没有一个知心的人能够明白。这是怎样的大悲凉?何等的大孤独?

正如林语堂在《苏东坡传》所言:"临皋亭并不见得是可夸耀,风光之美一半在其地方,另一半则在观赏风景之人。苏东坡是诗人,能见到感到别人即便在天堂也见不到感不到的美。"

2. 在此,我们看到,"缥缈孤鸿影",就是苏轼给自己画像,是苏轼给自己选定的人生意象,非常传神地反映出了苏轼的人生姿态——鸿飞高天,难免失群,自然孤独。

鸿飞高天,是苏轼自身站得高,望得远,想得深,超越了周围的人。

难免失群,是苏轼的这种超越难以为常人所理解。所以,新党说他保守,旧党说他激进。

最终,苏轼只能是一个孤独者。

在这样的大孤独面前,苏轼又是如何面对、如何化解的呢?

拣,是挑选,是选择,是选定最合适的栖息地。诗人是怎么"拣"的呢?我猜想,一定是运用智慧,放出眼光,自己来拣。原因有三:一是一个"尽"字意味深长,拣选的过程是持久的,是慎重的,是理性的,所有的梧桐寒枝全部都挑拣过了,没有适合自己的;二是栖息的枝头是梧桐,本为高洁的象征,可是孤鸿不选,是不是有"高处不胜寒"的隐喻与暗示呢?值得品味;三是"不肯"一词很有力度。不是不能栖,客观上,栖息的基本环境没有问题,而是不肯栖,关键是主观上的意愿不在此处。此处的寒枝,对于孤鸿而言,不是适宜的佳木,不是最好的栖息地。

沙洲,江河里泥沙淤积成的小片陆地。有人考证,说是鸿雁不栖息于树枝,而是栖息于沼泽。这正是焚琴煮鹤,枉负了无限诗意。孤鸿甘心忍受寂寞,只愿栖息在属于自己的沙洲里,也就是甘愿栖息在真正属于自己的天地里,哪怕这一片沙洲、这一片天地一样地寒冷,一样地凄苦,一样地寂寞。

此时,此地,在这寂寞的、苦寒的沙洲之上,孤鸿不再高飞,而是栖息于大地。而孤鸿不正是独自疗伤的诗人自己吗?苏轼是贴近着大地的。他的不肯,是不肯违背本性,不肯失去初心,不肯随波逐流。因此,在这苦寒之所,对这寂寞之境,诗人在静静的思考中洞察了世间万象的真相。他的思考是极其冷峻的,他的灵魂却是无比热切的。这种冷的热,才让苏轼成为苏轼,让东坡成为东坡。

黄庭坚评价此词:"语意高妙,似非吃烟火食人语,非胸中有万卷书,笔下无一点尘俗气,孰能至此!"黄山谷点出了本词的高旷洒脱,绝尘去俗,也通过"似非吃烟火食人语"告诉我们另一层深意:表面上的清冷,骨子里冒出的是热腾腾的人间烟火气息。这才是苏轼的人生向度。他永远向着深广的生活,向着活泼的人间,向着鲜活的生命。

【例文三】

念奴娇·赤壁怀古

苏 轼

大江东去,浪淘尽,千古风流人物①。故垒②西边,人道是,三国周郎③赤壁。乱石穿空,惊涛拍岸,卷起千堆雪。江山如画,一时多少豪杰。

遥想公瑾当年,小乔初嫁了④,雄姿英发⑤。羽扇纶巾⑥,谈笑间,樯橹⑦灰飞烟灭。故国神游⑧,多情应笑我,早生华发⑨。人生如梦,一尊还酹江月⑩。

注释

① 风流人物:指杰出的历史名人。② 故垒:过去遗留下来的营垒。③ 周郎:指三国时吴国名将周瑜,字公瑾,少年得志,二十四为中郎将,掌管东吴重兵,吴中皆呼为"周郎"。下阕中的"公瑾",即指周瑜。④ 小乔初嫁了:《三国志·吴志·周瑜传》载,周瑜从孙策攻皖,"得桥公两女,皆国色也。策自纳大桥,瑜纳小

桥"。乔,本作"桥"。其时距赤壁之战已经十年,此处言"初嫁",是言其少年得意,倜傥风流。⑤ 雄姿英发:谓周瑜体貌不凡,言谈卓绝。英发,谈吐不凡,见识卓越。⑥ 羽扇纶巾:古代儒将的便装打扮。羽扇,羽毛制成的扇子。纶巾,青丝制成的头巾。⑦ 樯橹:这里代指曹操的水军战船。樯,挂帆的桅杆。橹,一种摇船的桨。亦有版本作"强虏"。⑧ 故国神游:"神游故国"的倒文。故国,这里指旧地,当年的赤壁战场。⑨ "多情"二句:"应笑我多情,华发早生"的倒文。⑩ 一尊还酹江月:古人祭奠以酒浇在地上祭奠。这里指洒酒酬月,寄托自己的感情。尊,同"樽",酒杯。

简析

全词分上下两阕。上阕咏赤壁,重在写景;下阕怀周瑜,重在抒情,因怀古而伤己,以自身感慨作结。作者吊古伤怀,遥想古代豪杰,借古代传颂之英雄业绩,思自己历遭之人生挫折。逝者如斯,年华老去,壮志难酬,一股忧愤的情怀扑面而来。

上阕咏赤壁,着重写景,为描写人物作烘托。前三句不仅写出了大江的气势,而且把千古英雄人物都概括进来,表达了对英雄的向往之情。赤壁之战的故地,争议很大。因此,"人道是"三字下得极有分寸,宕开一笔,自然地引出所咏的人物。"乱""穿""惊""拍""卷"等词语的运用,精妙独到地勾画了想象中的古战场的险要形势,写出了它的雄奇壮丽景象,从而为下片所追思的赤壁大战中的英雄豪杰渲染了环境气氛。

下阕着重写人,借对周瑜的仰慕,抒发自己功业无成的感慨。三国众多豪杰,在此单写周瑜,写小乔意在烘托周瑜才华横溢、意气风发,突出人物的风姿;写周瑜的"羽扇纶巾",意在突出其儒雅潇洒;写周瑜的谈笑之间就大获全胜,意在突出其举重若轻。而多角度甚至是失实(小乔初嫁了)地写周瑜的人生大得意,其实全是在反衬词人自身的大失意。

  苏轼在这里极言周瑜之儒雅淡定,但感情是复杂的。"故国"两句便由周郎转到自己。周瑜破曹之时年方三十四岁,而苏轼写作此词时年已四十七岁。苏轼从周瑜的年轻有为,联想到自己坎坷不遇,故有"多情应笑我"之句,语似轻淡,意却沉郁。但苏轼毕竟是苏轼,他不是悲悲戚戚的寒儒,而是参破世间宠辱的智者。所以,他在察觉到自己的悲哀,并与周瑜作了一番比较后,虽然也看到了自己的政治功业无法与周瑜媲美,却能够上升到从整个人类的发展规律和普遍命运来观照人生,他洞察到:双方其实也没有什么大的差别。有了这样深沉的思索,于是自然地生发出结句"人生如梦,一尊还酹江月"的感慨。消极悲观不是人生的真谛,超脱飞扬才是生命的壮歌。既然人间世事恍如一梦,那么就将酒水倾洒在江心明月的倒影之中,从有限中玩味无限,从无限中获得精神上的自由。《赤壁赋》中所言:"惟江上之清风,与山间之明月,耳得之而为声,目遇之而成色。取之无禁,用之不竭,是造物者之无尽藏也,而吾与子之所共适。"正是《庄子·齐物论》思想的升华,庄子以此回避现实,苏轼以此超越现实。

【例文四】

后 赤 壁 赋

  是岁十月之望,步自雪堂,将归于临皋。二客从予过黄泥之坂。霜露既降,木叶^①尽脱,人影在地,仰见明月,顾而乐之,行歌相答。

已而叹曰:"有客无酒,有酒无肴,月白风清,如此良夜何②!"客曰:"今者薄暮,举网得鱼,巨口细鳞,状如松江之鲈。顾安所得酒乎③?"归而谋诸妇。妇曰:"我有斗酒,藏之久矣,以待子不时之须④。"

于是携酒与鱼,复游于赤壁之下。江流有声,断岸千尺;山高月小,水落石出。曾日月之几何,而江山不可复识矣。予乃摄衣⑤而上,履巉岩⑥,披蒙茸⑦,踞虎豹,登虬龙,攀栖鹘之危巢,俯冯夷之幽宫⑧。盖二客不能从焉。划然长啸⑨,草木震动,山鸣谷应,风起水涌。予亦悄然而悲,肃然⑩而恐,凛乎其不可留也。反而登舟,放乎中流,听其所止而休焉⑪。时夜将半,四顾寂寥。适有孤鹤,横江东来。翅如车轮,玄裳缟衣⑫,戛然⑬长鸣,掠⑭予舟而西也。

须臾客去,予亦就睡。梦一道士,羽衣蹁跹,过临皋之下,揖予⑮而言曰:"赤壁之游乐乎?"问其姓名,俛⑯而不答。"呜呼!噫嘻!我知之矣。畴昔之夜,飞鸣而过我者,非子也邪?"道士顾笑,予亦惊寤。开户视之,不见其处。

注释

① 木叶:树叶。② 如此良夜何:怎样度过这个美好的夜晚呢。③ 顾安所得酒乎:但是从哪儿能弄到酒呢?顾,但是,可是。安所,何所,哪里。④ 不时之须:随时的需要。须,通"需"。⑤ 摄衣:提起衣襟。摄,牵曳。⑥ 履巉(chán)岩:登上险峻的山崖。履,践,踏。巉岩,险峻的山崖。⑦ 披蒙茸:分开乱草。披,分开。蒙茸,杂乱的丛草。⑧ 俯冯夷之幽宫:低头看水神冯夷的深宫。冯夷,水神。幽,深。⑨ 划然长啸:高声长啸。划,有裂的意思,这里形容长啸的声音。⑩ 肃然:因恐惧而收敛的样子。⑪ 听其所

止而休焉:任凭那船停止在什么地方就在什么地方休息。⑫ 玄裳缟(gǎo)衣:下服是黑的,上衣是白的。玄,黑。裳,下服。缟,白。衣,上衣。⑬ 戛然:形容鹤雕一类的鸟高声叫唤的声音。⑭ 掠:擦过。⑮ 揖予:向我拱手施礼。⑯ 俛(fǔ):同"俯",低头。

简析

  元丰五年(1082),因乌台诗案而被贬黄州的苏轼分别于七月十六(七月既望)和十月十五(十月之望)两次泛游赤壁,写下了两篇以赤壁为题的赋,互为姊妹篇。后世称第一篇为《赤壁赋》,第二篇为《后赤壁赋》。

  前赋记叙了作者与朋友们月夜泛舟游赤壁的所见所感,以作者的主观感受为线索,通过主客问答的形式,反映了作者由月夜泛舟的舒畅,到怀古伤今的悲咽,再到精神解脱的达观。全赋在布局与结构安排中映现了其独特的艺术构思,情韵深致,理意透辟,在中国文学史上有着很高的文学地位,对后世的赋、散文、诗都产生了重大影响。

  与前赋内容上纯写江上泛舟、基调上重表旷达乐观不同,后赋重在记游,以登岸履险为主,也没有前赋中主客对答、谈玄说理的内容。后赋先是记叙真景真情,通过毫不雕琢的天然佳句,传达出一种壮阔而萧瑟的美感;接着对踞石攀木、俯江长啸展开了细致描写,真切地表达了月夜登临的独特情趣,最后则是叙写梦见道士化鹤,更是幻境和幻觉,空灵而奇幻,迷离而恍惚,极为真实地表现了作者内心追求超越而不得的怅然若失。

  特别是后赋写孤鹤掠舟,"梦一道士,羽衣翩跹"。仙鹤已是典型的道家象征,更重要的是此处鹤亦道士、道士亦鹤的幻境幻想,更是庄周梦蝶的另一种诗意表达。可以看出,苏轼试图从《庄子》中汲取思想养分来宽慰受伤的心灵,应对人生的坎坷,这正是一种超然而不可得的自我调适。因此,与前赋相比,后赋更为变化多端,更为虚无缥缈,也更多流露出遗弃尘世的思想。

【例文五】

苏东坡传·赤壁赋

林语堂

现在苏东坡过着快活的日子。黄州虽是贫瘠的小镇,但是万缕闲情、风光、诗人敏感的想象力、月光美酒却混合成强大的魅力,使东坡活得很诗意。农田垦好,他衣食无忧,开始享受每天的趣味。他有一群朋友,大家都和他一样自由,一样口袋空空却悠闲无比。有一位怪人李岩,若非苏东坡记下他能睡的本事,后代没有人会知道他。午饭后朋友们都在下棋,李岩躺在椅子上呼呼大睡。每隔几盘,他就醒来说:"我睡了一回合。你们下了几盘啦?"苏东坡在文章里说,李岩一个人玩四脚棋盘(床)一黑子(睡仙)的游戏。"著时自有输赢,著了并无一物"。

这是幻梦的生活,苏东坡说欧阳修这一首诗形容得最好:

夜凉吹笛千山月,路暗迷人百种花。
棋罢不知人换世,酒阑无奈客思家。

苏东坡兼住农庄雪堂和城内的临皋亭,每天来回跑。不到三分之一英里的路程变成历史上最受歌颂的脏泥路。走过城内的小店,就来到黄泥坂,通向绵延的山麓。除了绿树绿竹,一切似乎都是黄的。他在徐州建了黄楼。如今住在黄州,每天穿过黄泥坂到黄岗的东坡去。他脱下文人的衣帽,换上普通农夫的衣裳,一般人都不认识他。他每天走这段路。种田的空闲中,他常回城内小醉一回,躺在草地上睡觉,傍晚等好心的农友叫醒他。有一天他喝醉了。就写下一首浪民狂想曲,名叫"黄泥坂词",后半部如下:

朝嬉黄泥之白云兮,暮宿雪堂之青烟。喜鱼鸟之莫余惊兮,幸樵叟之我嫚。初被酒以行歌兮,忽放杖而醉偃。草为茵而块为枕兮,穆华堂之清晏。纷坠露以湿衣兮,升素月之团团。感父老之呼觉兮,恐牛羊之予践。于是蹶然而起,起而歌曰:月明兮星稀,迎余往兮饯余归。岁既晏兮草木腓。归来归来,黄泥不可以久嬉。

但是他和酒友夜游却产生了几则有趣的谣言,传遍当地与京师,多亏他爱月爱酒,这种生活使苏东坡写出了最好的散文和诗篇,他在"牛肉与酒"中写下一次颇不平凡的夜游:

今日与数客饮酒而纯臣适至。秋热未已而酒白色,此何等酒也,入腹无脏,任见大王。既与纯臣饮,无以侑酒,西邻耕牛适病足,乃以为肴,饮既醉,遂从东坡之东直出,至春草亭而归。时已三更矣。

当代有人说,春草堂就在城墙外,由这篇文章可见苏东坡喝了私酒,杀了农夫的水牛,半夜醉醺醺爬过城墙。"难道纯臣为人也不可信任?"

另外一次夜游把太守吓坏了。他在江上小船中喝酒。晚上夜空很美,他灵感大发:

夜饮东坡醒复醉,归来仿佛三更。家童鼻息已雷鸣。敲门都不应,倚杖听江声。

长恨此身非我有,何时忘却营营。夜阑风静縠纹平。小舟从此逝,江海寄余生。

第二天谣言纷起,说东坡到江畔写了这首告别词,就乘船逃走了。谣言传到太守那儿,他吓得要命,因为他有责任不让苏东坡离开黄州。他立刻出去找,发现东坡还在睡觉,鼾声如雷,最后这个谣言传到京师,连皇帝都听到了。

第二年又起了一个更严重的谣言。苏东坡手臂有风湿。后来右眼也受影响,他一连闭门数月,谁也没看到他。这时候散文大师曾巩在别的地方去世,传说苏东坡和他同一天被召回天庭。皇帝听到传说,就找一个和东坡有亲戚关系的大官来问话,这位大官说他也听到了,但不知道真相如何。皇帝正在吃午饭,一口也吃不下。他叹口气说了一声"才难"就离开餐桌。范镇也听到谣言,痛哭失声,叫家人送奠仪到苏家。他转念一想,还是先派一个朋友到黄州去看看。这时候他才知道传闻不实,原来是苏东坡闭门数月,没有人看见他,才有这个说法。苏东坡回信给范镇说:"平生所得毁誉,皆此类也。"

解放的生活使他的心灵产生蜕变,又反映到作品中。刻薄的讽刺、尖锐的笔锋、一切激情与愤怒都过去了,代之而起的是光辉、温暖、亲切、宽容的幽默感,绝对醇美,完全成熟。哲学的价值就是教人笑自己。就我所知,动物只有猩猩会笑,但是我相信只有人才会笑自己。不知道这能不能称为神祇的笑容。希腊诸神充满人性的错误和缺点,他们一定常常有机会自嘲一番;但是基督教的上帝或天使太完美了,不可能这样做。把这种自嘲的特色称为堕落人类独一的美德,该算是一大恭维吧。

苏东坡松弛自在时所写的小笔记最能表现出这种成熟的幽默

感。他开始在笔记中写下许多不连贯的短笺,不含道德训示,也没有什么作用,却是他最受欢迎的作品之一。有一篇谈到他贫穷的现状和一位经常追随他的人:"马梦得与仆同岁月生,少仆八日,是岁生者无富贵人,而仆与梦得为穷之冠。即吾二人而观之,当推梦得为首。"

有一篇故事提到两个乞丐:

> 有二措大相与言志。一云:"我平生不足惟饭与睡尔。他日得志,当饱吃饭了便睡,睡了又吃饭。"另一云:"我则异于是,当吃了又吃,何暇复睡耶。"

任何情况下,幸福都是一种秘密。但是研究苏东坡的作品,就不难探出他幸福的奥秘了。

这位慷慨的天才对世人的贡献远超过他从世上收取的一切,他到处捕捉诗意的片刻,化为永恒,使我们大家都充实不少。他现在过的浪民生活很难被视为一种惩罚或拘禁。他享受这种生活,写出四篇巨作:短词"大江东去",两篇月夜访"赤壁"的文章,以及"承天夜游"。难怪敌人要妒恨他,把他送入监狱。两篇月夜记游的文章是以"赋"体写成的。苏东坡完全靠音调和气氛写作。这两篇文章流传千古,因为短短几百个字就道出了人在宇宙中的渺小,同时又说明人在此生可以享受大自然无尽的盛宴,没有人写得比他更传神,虽然不押韵,只运用灵活的语言,他却创造出普遍的心境,无论读者读多少遍,还是具有催眠般的效果。此处道出人类在浩瀚宇宙中的渺小,效果可比美国画中的山水画。我们只看到一点点风景的细节,隐在空白的水天内,两个小人影在月夜闪亮的河上泛舟。从此,读者就迷失在那片气氛里。

苏东坡和川籍的道人杨世昌秉烛夜游。那是七月的仲夏夜。

清风徐来,水波不兴。东坡与友人喝酒吟唱。不久月亮出来,徘徊在北斗星和天牛星之间。白雾笼罩着江面,水光和月夜的雾气连成一片。他们乘小舟飘过白茫茫的大江,仿佛在空中航行,不知目的地何在。他们开始唱歌,同时敲船舷打拍子:

> 桂棹兮兰桨,击空明兮溯流光。
> 渺渺兮予怀,望美人兮天一方。

他的朋友擅长吹箫,苏东坡陪着哼唱。曲调很特别,如怨如慕,如泣如诉,余音袅袅。另一条船上的孀妇感动得哭起来,连水中的鱼儿也为之动容。

苏东坡很难过,问朋友这支曲子为什么那么悲哀。朋友说:"你不记得赤壁下的历史?"一千年前赤壁之战在此发生,决定了三国的命运。苏子难道不能想象曹操战舰如林,由江陵而下的盛景?曹操也是诗人。苏子难道不记得他"月明星稀,乌鹊南飞"的诗篇?"而今安在哉?吾与子驾一叶之扁舟,举匏樽以相属。寄蜉蝣于天地,渺沧海之一粟。哀吾生之须臾,羡长江之无穷。挟飞仙以遨游,抱明月而长终。知不可乎骤得,托遗响于悲风。"

苏东坡开始安慰他的朋友:"客亦知夫水与月乎。逝者如斯,而未尝往也。盈虚者如彼,而卒莫消长也。盖将自其变者而观之,则天地曾不能以一瞬。自其不变者而观之,则物与我皆无尽也。而又何羡乎?且夫天地之间,物各有主。苟非吾之所有,虽一毫而莫取。惟江上之清风,与山间之明月,耳得之而为声,目遇之而成色,取之无禁,用之不竭,是造物者无尽藏也,而吾与子之所共适。"

听到这句话,他的朋友微笑了。他们又洗杯洗碗大吃一顿。吃罢也不清理杯盘,倒头就睡,不知道东边已露出曙光。

过了三个月,苏东坡十月里又写了《后赤壁赋》,仍是满月,苏东坡和两个朋友从雪堂出来，要到临皋亭去。路上经过黄泥坂。地上洒满白霜，树枝光秃秃的，他们看到地上的人影，抬头望见明月，竟被夜色迷住了，开始轮流唱歌。朋友开腔了："有客无酒，有酒无肴，月白风清，如此良夜何？""今者薄暮，举网得鱼，巨口细鳞，类似松江之鲈。顾安所得酒乎？"苏东坡决定回家请太太弄些酒菜来，他太太说，家有斗酒，藏了好一段日子了。于是大家带着鱼和酒，又乘船到赤壁之下。水位已降，江面石头一一露出来，赤壁高高立在岸边。风景变化太大，苏东坡几乎认不出来。他兴致勃勃叫朋友们陪他登赤壁，朋友拒绝，他就一个人攀登，把衣裳撩起，小心绕过矮树和荆棘，终于爬到崖顶，有两只乌鸦在那儿做窝。他站在岩顶上，对夜空长啸，回声响彻山谷。突然他觉得飘飘欲仙，不知道身在何处，一股悲哀袭来，他觉得不能待太久，便回到船上，任船只随风漂泊。

　　正当午夜，四顾寂寥。两只孤鹤由东方飞来，白色的羽毛有如仙人的白衣。鸟儿戛然长叫，由舟顶向西飞，苏东坡不知有什么预兆，不久各自回家，他上床做了一个梦。梦见两个道士身穿羽衣。认出是他，就问他赤壁之游如何，东坡问他们的姓名，他们不肯说。东坡猜想："呜呼噫嘻，我知之矣，畴昔之夜，飞鸣而过我者，非子也耶？"道士笑笑，东坡就醒了。他开门看看，眼前只见空空的街道，什么也没有。

　　由这篇文章看来，苏东坡建立气氛的方法是提出另一个世界——道家仙人的梦境（白鹤便是传统的象征），使读者搞不清楚苏东坡在描写什么境界。依照中国人的信仰，此生只是我们在地球上暂时的存在，我们前生很可能是仙人，来世也会再度成仙，只是我们不知道罢了。

思考题

1. 同样写长江水滚滚东流,杜甫在《登高》中写道"不尽长江滚滚来",辛弃疾在《南乡子·登京口北固亭有怀》中直接借用为"不尽长江滚滚流",杨慎在《临江仙》中起句即写道"滚滚长江东逝水",三位大家都用了"长江"这一意象;而苏轼写《念奴娇·赤壁怀古》却用"大江东去"起笔,有何用意吗?

2. 《古文观止》评论说"前后《赤壁赋》不啻一部《南华》",请结合前后《赤壁赋》以及林语堂《苏东坡传》第十六章《赤壁赋》,谈谈你对此评论的理解。

3. 结合前后《赤壁赋》《念奴娇·赤壁怀古》和下面三则材料,谈谈你对东坡"神游"赤壁的理解。

宋代谢枋得《文章规范》:此赋学《庄》《骚》文法,无一句与《庄》《骚》相似。非超然之才、绝伦之识不能为也。潇洒神奇,出尘绝俗,如乘云御风而立乎九霄之上,俯视六合,何物茫茫?非惟不挂之齿牙,亦不足入其灵台丹府也。

元代方回《追和东坡先生亲笔陈季常见过三首》:前后《赤壁赋》,悲歌惨江风。江山元不改,在公神游中。

明代茅坤:予尝谓东坡文章仙也,读此二赋,令人有遗世之想。

参考答案

1. 同样写赤壁的两赋一词,对于赤壁所处的长江背景,在《赤壁赋》中,写的是"羡长江之无穷",点明是"长江";在《后赤壁赋》中,写的则是"江流有声""横江东来";而在《念奴娇·赤壁怀古》一词中,苏轼却用了"大江东去",通常的理解中,这个"大江",就是指长江,那么,苏轼为什么不写"长江东去"呢?

首先，可能有音律上的原因。大为仄声，长为平声，从全词的情感基调来看，仄声的确能够含蓄地表达词人的心绪。不过，《念奴娇》词牌正体的起句就是"中平中仄"，何况，《赤壁赋》中用的就是长江。看来，这不是根本原因。

其次，从词意的表达上来看，"长江"传达出的是江水的悠长绵远，是纵向的感受；而"大江"传达出的是江面的浩大壮阔，是横向的感受。而"千古风流人物"一句恰恰是从时间的长度上纵向来思考自然与人生的关系。因此，用"大江"正好极大地扩大了时空，使得作者能够以一种更加超然的视角来观照个人在天地、历史之间的坐标。这或许是苏轼的语言直觉，但是值得细细地品味。

此外，在明代徐霞客亲赴长江源头实地考察之前，古人一直以岷江为长江源头，《汉书·地理志》有载："岷山，岷江所出，故为大江。"杜诗《成都府》中即有"大江东流去，游子去日长"之句。正是在岷江这条大江的滋养与灌溉之下，成都府才成为富庶恬适的天府之国。作为眉山人，岷江对于苏轼，自然有着非常特别的意义。元丰七年四月一日，苏轼将要离开黄州时，填了一首《满庭芳》，词首句即写道："归去来兮，吾归何处？万里家在岷峨。"岷峨，岷山和峨眉山的并称，而岷江流域，即经过苏轼的家乡眉山，岷江之于苏轼，就是那遥不可及、日思夜想的乡水乡愁。苏轼在很多时候，更喜欢用"大江"，而弃用"长江"，可能就有这种潜意识的乡愁蕴涵其中，写临皋亭，如"新居在大江上"，"临皋亭下八十数步，便是大江，其半是峨眉雪水，吾饮食沐浴皆取焉，何必归乡哉！"因此，大江，在古人的广义认知中，就是长江，但在苏轼的个体认知中，却又是长江中非常特别地融入了个人思乡之情的独特一部分，那是长江，但更是故乡的代称了。因此，苏轼初到黄州，写"长江绕郭知鱼美"，恰恰是以一个外乡人的身份来适应一个全新而苦涩的环境，只不过苏轼自有一种苦中觅甘的本领。当他适应之后,"大江"又变成了他心心念念的乡水,"犹喜大江同一味,故应千里共清甘"。看来,从眉山到黄州,这片滚滚东去的江水,在苏轼的心中,始终带着说不尽道不明的乡愁,奔流不息。

2.《南华》即指《庄子》。庄子为文想象奇幻,构思巧妙,构建出多彩的思想世界和文学意境;文笔汪洋恣肆,具有浪漫主义的艺术风格,瑰丽诡谲,意出尘外,不仅是思想经典,更是文学和美学上的典范。

《古文观止》称"前后《赤壁赋》不啻一部《南华》",首先自然是思想上的脉动相似。不管是阅读前《赤壁赋》还是后《赤壁赋》,你都会觉得自己是处于月光水色的笼罩之中,在聆听一个哲人向你阐述人生的道理。两篇赋都以游乐为主题,一游后再游,都能归结到享受江山美景的乐趣,表现出旷达开朗的思想胸襟和洒脱超然的生活态度,尽管其中潜藏着抑郁和悲伤,但是表现在读者面前的依然是超逸和旷达。这与追求精神自由、主张与自然相适的《南华》,无疑是一脉相承的。

其次,则是意境上的相似。前赋写"飘飘乎如遗世而独立,羽化而登仙",词人在悠悠忽忽之中好像要离开世间,飞升成仙,这种超然独立的意境与庄子笔下的仙子形象高度神似。而后赋中的关于孤鹤、道士横空出世之笔,翻出了"道士亦鹤、鹤亦道士"的梦境描述,明显是受了"庄生梦蝶"的影响。"孤鹤化道人"这样兴会淋漓、天籁自鸣的佳构实在也只有庄子和苏子这样的天才才能描摹。

第三,还有语言风格上的相似。鲁迅先生评价庄子其文为"汪洋辟阖,仪态万方",就是说庄子的文章像浩瀚的大海,广博深厚,纵横开阖,挥洒恣肆。苏轼则自认为"吾文如万斛泉源,不择地皆可出……常行于所当行,常止于不可不止",虽说不是汪洋大海,但是作为不择地而喷涌出来的万斛泉源，行止无常之中，也是纵横恣肆，深厚广博。前后《赤壁赋》都采用了"以文为赋"的形式，在保留传统赋体具有诗的特质的同时，更多地吸取了散文的笔调和手法，骈散结合，错落有致，文势充沛，这些特点应该能够从庄子之文中找到源头。

3. 东坡在《赤壁赋》中用了一种奇特的表达方式，点明时间之后，落笔就是"苏子与客泛舟，游于赤壁之下"，此时此刻，东坡仿佛抽身出来，凌空蹈虚，像一个居高临下的"天帝"俯视人间。苏轼本是亲历者，可是在思想之际，在写作之时，他自己又抽身出来，成了一个冷峻的旁观者。一个苏轼看着另一个苏轼，一个身影瞄着另一个身影，一份孤独对着另一份孤独。这才是一份极致的缥缈与孤独！赋中的主自然是主，客其实并不是客，原本矛盾对立的主与客完美地融合为一体，而身外化身的"苏子"真的就像宋代谢枋得所论"出尘绝俗，如乘云御风而立乎九霄之上，俯视六合"，真的就像明代茅坤所评"令人有遗世之想"，而元代方回直接撷取了东坡《念奴娇·赤壁怀古》中的"神游"一词，认为江山依然是原先的江山，自然依然是本色的自然，只不过是在东坡的"神游"之中，实在是极有见地，直指东坡本心。

林语堂在《苏东坡传》中点出："他是暗示另外一个境界，一个道家的神仙境界，两只仙鹤自然是沿用已久的道家象征……根据中国人的信念，现在的人生，只是在人间瞬息的存在，自己纵然不知道，但是很可能前生是神仙，下一辈子也会再度是神仙。"林语堂的观点，其实也几乎是在说：苏轼游赤壁，就是基于神仙之思的神仙之游。

五、好为庐山谣，兴因庐山发
——庐山篇

◎ 上海市回民中学　钱佳瑾

【概述】

　　庐山，又名匡山、匡庐，坐落于江西省九江市庐山市境内。庐山北濒长江，东临婺源和鄱阳湖，南方是滕王阁，西面是京九铁路干线，素以"雄、奇、险、秀"闻名于世。这种独特的地理位置，孕育出其极具突出价值的地质地貌景观。从地貌学角度来说，庐山属于典型的"地垒式断块山"。关于庐山名称的由来，有一种观点认为源于山岳的形状。"庐"本意是庐舍，庐山高高耸立在广袤的鄱阳湖平原之上，看上去就如同《诗经·小雅·信南山》中"中田有庐"所描绘的样子。1996年，经联合国教科文组织世界遗产委员会批准，庐山风景区被成功列入"世界文化景观"名录。值得一提的是，庐山是全球首个集世界文化遗产、世界自然遗产以及世界地质公园三项顶级荣誉于一身的旅游胜地。

　　由于北靠长江，瀑布是庐山特色，河谷中，水流在发育的裂点处，造就诸多急流与瀑布。其中，最为出名的三叠泉瀑布，落差高达155米，故而流传着"不到三叠泉，不算庐山客"的说法。

庐山区有着极其深远的历史渊源。早在汉代,庐山便已成为闻名遐迩的名山。其得名时间,不会迟于汉文帝设立庐江国以及后续设立庐江郡之时,迄今已有两千一百多年历史。公元前126年,司马迁行至庐山游历,于《史记·河渠书》中留下记载:"余南登庐山,观禹疏九江",这是"庐山"之名首次见诸载籍。

庐山和中国山水文化、传统文化有紧密联系。庐山风景名胜区之中存在许多历史古韵和文化底蕴,其中有着中国田园诗、山水诗以及山水画等艺术表现形式。自东晋起,以庐山为主题的诗词歌赋数量众多,达四千余首。东晋诗人谢灵运的《登庐山绝顶望诸峤》,以及南朝诗人鲍照的《望石门》,皆为中国早期山水诗的经典之作。诗人陶渊明一生创作常以庐山为背景,他所开创的田园诗风格,对后世整个中国诗坛影响深远。唐代诗人李白曾五次到访庐山,留下了《庐山谣寄卢侍御虚舟》等十四首与庐山相关的诗作。

【例文一】

归园田居(其三)

陶渊明

种豆南山[①]下,草盛豆苗稀。晨兴理荒秽,带月荷锄归[②]。道狭草木长,夕露沾我衣。衣沾不足惜,但使愿无违[③]。

注释

① 南山:此指庐山。② 带:同"戴",披。③ 但使:只要。

简析

陶渊明的《归园田居》创作于其隐居庐山时期,其第三首生动描绘了他隐居后亲身参与躬耕劳作的场景。诗的前四句,如实展现了作者躬耕生活的具体状况。而后四句,则抒发了作者历经生活的种种磨砺,以及对社会万象、人生哲理进行深刻思考后,内心对于理想境界的执着追求,还有与黑暗现实的官场彻底决裂的坚定决心。陶渊明留存至今的一百三十多首诗文,其中绝大多数都是在庐山隐居时创作的。陶渊明有着"天下隐逸诗人之宗"之誉,堪称庐山山水田园诗派的开创者与奠基人。作为庐山隐士文化的标志性人物,陶渊明长期隐居于庐山山麓,以当地乡村生活为蓝本,创作出大量田园诗作。陶渊明的思想体系以儒家学说为基础,同时融合了道家与佛家的思想精髓。他秉持儒家安贫乐道的处世哲学,坚守自身的道德准则;又深受道家知足常乐、顺应自然思想的感染,对大自然充满热爱,极度厌恶官场世俗的束缚与羁绊,这些情感与态度在他的田园诗中均有鲜明的体现。他所崇尚的隐逸文化精神,与他在庐山创作的山水诗、田园诗紧密相连,共同构成了中华民族文化中独具特色的经典范例。

【例文二】

庐山东林杂诗

慧 远

崇岩吐清气,幽岫栖神迹。希声①奏群籁,响出山溜滴②。有客独冥游③,径然④忘所适。挥手抚云门,灵关安足辟⑤。流心叩玄肩⑥,感至理弗隔⑦。孰是腾九霄,不奋冲天翮。妙同趣自均⑧,一悟超三益⑨。

注释

① 希声:无声之音。② 溜滴:声音圆润婉转。③ 冥游:毫无踪迹地遨游,亦指精神自在游历。④ 径然:直往貌。⑤ 灵关:实现觉悟的重重关卡。辟:开辟。⑥ 流心:游移放纵的心性。玄扃:奥秘的门户。⑦ "感"与"理"是晋诗中经常出现的概念,可理解为心灵与外界的神秘沟通。⑧ 妙同:领略无与伦比的美妙境界。均:平稳端方,摒弃欲望纷扰。⑨ 三益:佛教中三界(欲界、色界、无色界)的利益,泛指众生对五欲六尘的享受。

简析

《庐山东林杂诗》是东晋名僧慧远所作。此诗格调高雅,意境悠远,字里行间尽显超凡脱俗的神韵。在写景状物方面,充分展现出方外之人独特的视角与心境。诗中,作者深入山林,独自漫步于蜿蜒小径,在茂密丛林中探寻幽境,彼时神思飘远,彻底超脱了尘世的喧嚣纷扰,一心探寻自然与宇宙蕴含的深奥玄机。诗作的最后两句堪称点睛之笔,将整首诗的主题升华至"悟道"的层面。诗人历经思索与感悟,终于领悟到"道"的所在之处。然而"道"的精妙深邃难以用言语表述,只可凭借内心去体悟领会,关键在于实现自身精神境界的提升与飞跃。这首诗不仅以细腻笔触生动勾勒出庐山那清幽秀丽的自然景致,真切记录下作者游览其间悠然自得、物我两忘的愉悦心境,更借此抒发了作者决然摆脱世俗羁绊牵缠,坚定不移修行学道的坚定意志与决心。

【例文三】

庐山谣寄卢侍御虚舟①

李 白

我本楚狂人②,凤歌笑孔丘③。手持绿玉杖,朝别黄鹤楼。五岳寻仙不辞远,一生好入名山游。庐山秀出南斗傍,屏风九叠云锦张,影落明湖青黛光。金阙前开二峰长,银河倒挂三石梁。香炉瀑布遥相望,回崖沓嶂凌苍苍。翠影红霞映朝日,鸟飞不到吴天长。登高壮观天地间,大江茫茫去不还。黄云④万里动风色,白波九道流雪山。好为庐山谣,兴因庐山发。闲窥石镜清我心,谢公行处苍苔没。早服还丹无世情,琴心三叠⑤道初成。遥见仙人彩云里,手把芙蓉朝玉京⑥。先期汗漫⑦九垓上,愿接卢敖游太清⑧。

注释

① 卢侍御虚舟:卢虚舟,字幼真,曾任殿中侍御史。其操守品性一直有着清廉的美誉,曾与李白同游庐山。② 楚狂人:春秋时楚人陆通,字接舆,因对楚昭王施政不满,佯装疯癫,拒绝入朝为官,当时的人们称他为"楚狂"。③ 凤歌笑孔丘:李白将自己比作陆通,借这一方式抒发对当下政治局势的不满情绪,表明自己决心效仿楚狂,游历名山,从此过上隐居的生活。④ 黄云:昏暗的云色。⑤ 琴心三叠:指意识思维活动如琴音和谐,使心神宁静祥和。⑥ 玉京:传说元始天尊居处。⑦ 汗漫:此处用来比喻神仙。一说为造物者。⑧ 卢敖:战国时燕国人。《淮南子·道应训》载,卢敖游北海,遇见一怪仙迎风而舞,想同他做朋友而同游,怪仙笑道:

"吾与汗漫期于九垓之外，吾不可以久驻。"遂纵身跳入云中。

简析

　　唐代文人士子喜爱并崇尚漫游，漫游能成为唐代社会生活的一个重要部分，与山水诗在盛唐达到一个新的高度有很大关系。据安旗《李白年谱》，李白在六十二年的岁月中，曾经五入庐山，留下大量庐山诗作。正如李白为人爽朗大方、放荡不羁，喜爱饮酒结友，他的庐山诗大多想象丰富，境界雄浑开阔，带给人一种雄奇壮丽的美感体验。他用大手笔写尽庐山的雄、奇、险、秀，描绘壮美的风光，表现了豪迈气概，同时也流露出因政治失意而避世求仙的愤世之情。

　　《庐山谣寄卢侍御虚舟》一诗作于唐肃宗上元元年（760），是李白流放夜郎途中遇赦回来的第二年。李白遇到大赦后，从江夏往浔阳重游庐山。在这个过程中，他经历了很多磨难，但依旧不愿向现实低头，转而走向求仙问道的道路，并将自己的情感寄托在庐山和对友人的思念之中。阅读本诗，可以结合李白其他的庐山诗，如《望庐山瀑布》《登庐山五老峰》等，比较体会作者写作于不同时期的庐山诗的不同思想情感。

【例文四】

大 林 寺 桃 花

白居易

　　人间四月芳菲尽，山寺桃花始盛开。长恨春归无觅处，不知转入此中来。

简析

《大林寺桃花》是白居易被贬谪庐山任江州(今江西九江)司马时所写。诗前有《游大林寺序》,写了本诗的写作情况。此诗体现了白居易诗歌浅显易懂的特点,但其不同于一般纪游诗的特别之处在于,诗文中饱含物候相关信息,针对"山高地深,时节绝晚"以及"与平地聚落不同"的独特景物与节令气候,进行了详细记录和生动描绘。

【例文五】

题 西 林 壁

苏 轼

横看成岭侧成峰,远近高低各不同。不识庐山真面目,只缘身在此山中。

简析

《题西林壁》写于苏轼被贬黄州,改迁汝州团练副使,赴汝州经过九江,与友人同游庐山之时,属于仕宦贬谪经由庐山的纪游诗。本诗与受漫游文化影响的唐人庐山游览诗不同,宋人的庐山纪游诗反映出闲情逸致的心态,呈现出更多感悟大自然的诗情画意和哲理。如果说宋以前的诗歌以言志言情为特点,到了宋代则出现了以言理为特色的新的诗歌风格。可以说,唐诗主情,抒情为主,多用形象思维,神采飞扬,丰腴浓烈;宋诗重理性,好发议论,追求析理透辟,具有哲学思辨的不同风貌。同时,宋代山水诗画融合的特点,更体现出诗中的画趣,哲理和画趣二者在《题西林壁》中均有体现。

【例文六】

七律·登庐山

毛泽东

一山飞峙大江边,跃上葱茏四百旋①。冷眼向洋看世界,热风吹雨洒江天。云横九派②浮黄鹤,浪下三吴③起白烟。陶令不知何处去,桃花源里可耕田?

注释

① 四百旋:庐山盘山公路三十五公里,有近四百处转弯。② 九派:作者曾在一封信上说:"九派,湘、鄂、赣三省的九条大河。究竟哪九条,其说不一,不必深究。"③ 浪下:江水流下,这里泛指长江下游。作者曾说:"三吴,古称苏州为东吴,常州为中吴,湖州为西吴。"

简析

毛泽东的《七律·登庐山》写于1959年7月1日,当时中共中央在庐山召开会议。会议空余之时,毛主席登上了庐山,一览庐山大好风光。一代伟人望着眼前的崇山峻岭,云雾缭绕,诗兴大发,写下这首雄伟壮丽的诗篇。当时中国正处于被孤立的状态,国内也出现了"三年自然灾害"和人民公社、"大跃进"的极"左"问题,作者以开阔的胸襟表现了不惧艰险、勇往直前的决心和勇气。

思考题

1. 结合地理知识,阐述"人间四月芳菲尽,山寺桃花始盛开"的原因。

2. 如果要举行一次"品读庐山——经典诗词分享会",你会选择上面的哪一首诗歌朗诵并分享给同学们?请选择一首诗歌,写一段推荐理由。

3. 说到隐士,通常想到的是一种神仙般的日子,只写情趣高雅,隐逸闲适,不触及日常生活的方方面面,但是陶渊明把这些写了出来,开创了田园诗这一流派。阅读陶渊明的《乞食》,结合《归园田居(其三)》,体会陶诗的"朴拙真率"。

乞　食

陶渊明

饥来驱我去,不知竟何之。行行至斯里,叩门拙言辞。主人解余意,遗赠岂虚来。谈谐终日夕,觞至辄倾杯。情欣新知欢,言咏遂赋诗。感子漂母惠①,愧我非韩才。衔戢②知何谢,冥报③以相贻。

① 漂母惠:像漂母那样的恩惠。漂母,在水边洗衣服的妇女。《史记·淮阴侯列传》记:当年韩信在城下钓鱼,有位漂母怜他饥饿,给他饭吃,韩信发誓日后报答此恩。后韩信帮助刘邦灭项羽,被封为楚王,派人找到那位漂母,赠以千金。② 衔戢:敛藏于心,表示由衷感激。戢,收藏。③ 冥报:死后相报,是古人表示日后重报的说法。

4. 中国历史上关于庐山的历代诗歌异常丰富,这些诗歌让庐山享有"人文圣山"的美誉。就中国山水诗而言,历代诗人词家创作山水诗,大致有游览、寓居、贬谪等情况。请研读本单元五首诗歌,理解诗歌内容、内涵,结合诗人风格,探究梳理自古以来文人创作庐山诗的不同情况,以及诗歌在不同时期呈现出的不同风貌。

参考答案

1. 地势对于气候产生的影响,重点体现在气温会随着地势的升高而降低这一方面。通常而言,海拔每上升 100 米,气温大致会下降 0.6℃。山寺海拔高,气温低,所以比山下的桃花开得晚,形成"人间四月芳菲尽,山寺桃花始盛开"的地理景观。这也是造成一些高山"一山有四季"、山顶积雪终年不化的主要原因。

2. 略。

3. 《乞食》是陶渊明创作的一首五言诗,写真实的农耕生活,悟日常生活真理。这首诗详细记述了诗人因饱受饥饿之苦,无奈出门向人借贷,最终获人慷慨馈赠并被挽留饮酒的整个过程。开篇的前四句,诗人借助一系列具体的动作描写以及对内心状态的细腻刻画,生动形象地传递出其内心交织的复杂情绪。诗的中间六句,则着重描绘了诗人受到主人热情款待的场景。从与主人轻松愉快地"谈谐",逐渐沉浸其中,不觉"情欣",到尽情酣饮,直至诗兴大发而赋诗,将这一过程展现得淋漓尽致。最后四句,诗人意在向主人表达诚挚的感激之情,然而在表述之中,却融入了悲愤的情绪,使得诗歌蕴含的感慨深远悠长,引人深思。此诗反映了诗人晚年贫困生活的一个侧面,表现了诗人朴拙真率的个性。全诗语言平淡无华,体现了诗人与邻人交往过从之乐,充满人性光辉。

4. 本题旨在引导学生把握五首诗歌内容,梳理作品中体现的情感、思想,联系作者人生境遇,梳理探析庐山诗创作的大致情况,探究文人与自然山水的关系。培养学生从作品中概括、提取、梳理有效信息的能力,初步具有梳理探究某一类文学作品的思想。

庐山诗的创作情况除了以上出现的在隐居、游览、仕官、贬谪这些情况下创作而成的以外,还有做官任期满后,寓居庐山写下的诗作,还有诗僧来庐山游方、修持写下的诗作,甚至还有未曾到过庐山、向往庐山的作品,等等。通过对这些诗歌的梳理,可大致窥测庐山诗这一文学内容在不同时期的变化发展脉络,有兴趣做更深入探究的学生还可进一步研究庐山诗在某一时期的特点,或结合庐山及其周围地理交通的发展研究庐山诗词丰富性的原因。

【例文七】

庐山草堂记

白居易

匡庐奇秀,甲天下山。山北峰曰香炉,峰北寺曰遗爱寺,介峰寺间,其境胜绝,又甲庐山。元和十一年秋,太原人白乐天见而爱之,若远行客过故乡,恋恋不能去。因面峰腋寺,作为草堂。

明年春,草堂成。三间两柱,二室四牖,广袤丰杀[①],一称心力。洞北户,来阴风,防徂暑也;敞南甍,纳阳日,虞祁寒也[②]。木斫而已,不加丹;墙圬而已,不加白。砌阶用石,羃窗用纸,竹帘纻帏,率称是焉。堂中设木榻四,素屏二,漆琴一张,儒、道、佛书各两三卷。

乐天既来为主,仰观山,俯听泉,傍睨竹树云石,自辰至酉,应接不暇。俄而物诱气随,外适内和。一宿体宁,再宿心恬,三宿后颓然嗒然[③],不知其然而然。

自问其故,答曰:是居也,前有平地,轮广十丈;中有平台,半平地;台南有方池,倍平台。环池多山竹野卉,池中生白莲、白鱼。

又南抵石涧,夹涧有古松老杉,大仅十人围,高不知几百尺。修柯戛云,低枝拂潭,如幢竖④,如盖张,如龙蛇走。松下多灌丛,萝茑叶蔓,骈织承翳⑤,日月光不到地。盛夏风气如八、九月时。下铺白石,为出入道。堂北五步,据层崖积石,嵌空垤埉⑥,杂木异草,盖覆其上。绿阴蒙蒙,朱实离离,不识其名,四时一色。又有飞泉、植茗,就以烹燀,好事者见,可以销永日。堂东有瀑布,水悬三尺,泻阶隅,落石渠,昏晓如练色,夜中如环佩琴筑声。堂西倚北崖右趾,以剖竹架空,引崖上泉,脉分线悬,自檐注砌,累累如贯珠,霏微如雨露,滴沥飘洒,随风远去。其四傍耳目杖屦可及者,春有锦绣谷花,夏有石门涧云,秋有虎溪月,冬有炉峰雪。阴晴显晦,昏旦含吐,千变万状,不可殚纪。覙缕而言⑦,故云甲庐山者。噫!凡人丰一屋,华一箦⑧,而起居其间,尚不免有骄矜之态;今我为是物主,物至致知,各以类至,又安得不外适内和,体宁心恬哉?昔永、远、宗、雷辈十八人,同入此山,老死不返;去我千载,我知其心以是哉!

矧予自思⑨:从幼迨老,若白屋,若朱门,凡所止,虽一日、二日,辄覆篑土为台,聚拳石为山,环斗水为池,其喜山水病癖如此!一旦蹇剥⑩,来佐江郡⑪,郡守以优容抚我,庐山以灵胜待我,是天与我时,地与我所,卒获所好,又何以求焉?尚以冗员所羁,余累未尽,或往或来,未遑宁处⑫。待予异日弟妹婚嫁毕,司马岁秩⑬满,出处行止,得以自遂,则必左手引妻子,右手抱琴书,终老于斯,以成就我平生之志。清泉白石,实闻此言!

时三月二十七日始居新堂;四月九日与河南元集虚、范阳张允中、南阳张深之、东西二林寺长老凑公、朗、满、晦、坚等凡二十二人,具斋施茶果以落之,因为《草堂记》。

注释

① 丰杀：增减。② 虞：防御。祁寒：严寒。③ 嗒然：形容懊丧的神情。④ 幢：古代指旗帜一类的东西。⑤ 骈：并列成双的两物。织：交织。翳：遮蔽。⑥ 坭坑：积土成堆。⑦ 靓缕：事情的原委，此指细说。⑧ 箦：竹席。⑨ 矧：况且。⑩ 蹇剥：均是《易经》卦名，这里指时运不济。⑪ 来佐江郡：指任江州司马一职。⑫ 未遑宁处：没有闲暇安稳地居住。⑬ 岁秩：做官的任期。唐朝地方官一般是三年一任。

简析

《庐山草堂记》是白居易个性风格的体现。作者在表达自己酷爱庐山山水的同时，并注入自己的身世感、沧桑感，赋予庐山山水别样的灵魂，使其拥有了独一无二的韵味和深厚内涵，因而读者能从文中窥见作者的爱好与志趣。同时，庐山草堂的设置及格局在作者笔下是率真且写实的，因此，本文对于人们研究中国古代园林也是不可或缺的重要史料。

【例文八】

白 鹿 洞 赋

朱 熹

承后皇之嘉惠，宅庐阜之南甄。闵原田之告病①，惕农扈之非良②。粤冬孟之既望，夙余驾乎山之塘。径北原以东骛，陟李氏之崇冈。揆厥号之所繇③，得颓址于榛荒。曰昔山人之隐处，至今永久而流芳。自升元之有土,始变塾而为庠。俨衣冠与弦诵,纷济济而洋洋。

在叔季而且然④,矧休明之景运。皇穆穆以当天⑤,一轨文而来混⑥。念敦笃于化原,乃搜剔乎遗逭⑦。盼黄卷以置邮,广青衿之疑问⑧。乐菁莪之长育⑨,拔隽髦而登进。迨继照于咸平,又增修而罔倦。旋锡冕以华其归⑩,琛亦肯堂而诒孙⑪。怅茂草于熙宁,尚兹今其奚论?

夫既启余以堂坛,友又订余以册书。谓此前修之逸迹,复关我圣之宏抚。亦既震于余衷,乃谋度而咨諏。尹悉心以纲纪⑫,吏竭蹶而奔趋⑬。士释经而敦事⑭,工殚巧而献图⑮。曾日月之几何,屹厦屋之渠渠⑯。山葱珑而绕舍,水汨虢而循除⑰。谅昔人之乐此,羌异世而同符⑱。

伟章甫之峨峨,抱遗经而来集。岂颛眈听之为娱⑲?实觊宫墙之可入。愧余修之不敏,何子望之能给。矧道体之无穷⑳,又岂一言而可缉㉑。请姑诵其昔闻,庶有开于时习。曰明诚其两进㉒,抑敬义其偕立㉓。允莘挚之所怀㉔,谨巷颜之攸执㉕。彼青紫之势荣㉖,亦何心乎俯拾㉗?

乱曰㉘:涧水触石锵鸣璆兮㉙,山木苯䔿枝相樛兮㉚。彼藏以修息且游兮㉛,德隆业茂圣泽流兮。往者弗及余心忧兮,来者有继我将焉求兮。

注释

①告病:指平原、田地贫瘠。②惕:通"伤",忧伤。③所繇:前往的方向。④叔季:没落、末世。且然:此指白鹿洞书院尚且这样兴盛。⑤当天:顺应天命。⑥一轨文:此喻指作者把追求学问作为人生之路。⑦搜剔:搜寻。遗逭:遗亡缺失。⑧广:推

衍,解答。⑨ 菁莪：育才。⑩ 锡：同"赐"。冕：孙冕。宋太宗时期进士。⑪ 肯堂：愿意建立堂基，比喻儿孙后代能继承父祖的事业。⑫ 尹：官吏。⑬ 竭蹶：用尽。⑭ 敦事：勤勉做事。⑮ 工：工匠。巧：巧思。图：设计草图。⑯ 渠渠：深广貌。⑰ 汩虢：流水的声音。循除：沿着台阶。⑱ 羌：语气助词。同符：道理相合。⑲ 颙：恭谨的样子。眺听：视听，耳目所及。⑳ 矧：况且。道体：道的本体、主旨。㉑ 缉：概括归纳。㉒ 明诚：明智和真诚。㉓ 敬义：恭敬和仁义。偕立：共同树立。㉔ 莘挚：伊尹，本名为挚，生于莘国伊水。怀：志向。㉕ 巷颜：颜回所居住的陋巷，指代简陋的居处。攸执：所执着者。㉖ 青紫：古时公卿绶带之色，借指高官显爵。势荣：时运亨通不衰。㉗ 俯拾：低头拾取。㉘ 乱：乐章的尾声或辞赋文末总结全篇思想内容的文字。㉙ 璆：美玉。㉚ 苯尊：草木丛生。相樛：相互缠结，纠结交错。㉛ 藏以修：即"藏修"，专心学习。息且游：即"息游"，休闲休憩。

简析

　　白鹿洞书院坐落于今江西省九江市境内，地处庐山五老峰南麓的后屏山下。唐代时，李渤曾在此潜心苦读，还养了一只白鹿陪伴自己，当时人尊称他为"白鹿先生"。此地被群山环绕，从高处俯瞰，整体形状宛如一个山洞，故而得名"白鹿洞"。东晋南朝以来，有不少南方文人聚集于庐山地区读书学习。南唐昇元四年（940），白鹿洞正式成为学馆，亦称"庐山国学"，后来规模扩大成为书院，与湖南的岳麓书院、河南的嵩阳书院以及应天书院一同并称为"四大书院"。

　　一千多年来，书院历经沧桑，屡兴屡废，直到南宋理学家朱熹出任南康（今江西庐山市）知军时重建书院，并亲自在此讲学，方得以兴盛。朱熹为白鹿洞书院制定《白鹿洞书院学规》，将其作为书院的教育方针与学生守则。这部学规博采儒家经典语句，读来朗朗上口，方便学子记诵。它的诞生意义非凡，不仅让书院从此走上制度化发展道路，更推动了书院与理学深度融合，开启了书院发展的全新格局。

该赋六次换韵，大致可分为五个层次。第一层，追忆白鹿洞书院曾为李渤隐居之地，南唐时创建为书院，赞美书院在南唐时期盛极一时，学生济济一堂，弦歌不绝。第二层，记述白鹿洞书院在北宋时期的历史。在唐末五代的乱世中，白鹿洞就能成为读书之所，到了天下统一、国盛民富的宋代，更是得到了极大的发展。赞赏真宗时期书院为国培养人才，同时对书院荒废衰败深表惋惜。第三层，写兴复书院的过程及成果。经过作者与友人悉心谋划，精心建设，书院屋舍俨然，草木苍翠，环境幽雅，读书讲学，怡然自得。第四层，写书院讲学的要领。回忆书院修复之后，选录品学兼优的学子，邀请著名学者讲学。订立院规，从德行与学问两方面培养学生"明诚""敬义"素养。第五层，抒发德业无穷之思。白鹿洞水流潺湲，山林青葱，是读书治学、修身进德的好地方，强调学生应刻苦学习，并期望后继者兢兢业业，继承先贤的德业。

《白鹿洞赋》以纪实取胜，行文平淡，内涵丰富，没有骈辞丽句、铺排夸饰，体现了宋代诗赋散文化、理性化的文学风尚，也反映了朱熹作为一个理学家的创作风格。

朱熹复兴白鹿洞书院这一举措，在中国书院发展历程中占据极为重要的地位。白鹿洞书院脱颖而出，成为中国古代四大书院之首，此后数百年间，宋明理学以此为据点，深深扎根，长久传承。作为宋代理学的集大成者，朱熹继承了北宋程颢、程颐（二程）的理学思想，并在此基础上融会贯通，不断创新，最终形成了一套完整且独具特色的理学体系。在其理论体系中,"格物致知""即物穷理"的理念被着重强调,指引着后世学者通过对万事万物的深入探究,以达到穷极事物之理、获取知识与智慧的目的。有兴趣和能力的学生,也可进一步阅读探究朱熹的多首庐山诗,更深入了解其思想,了解书院文化精神。

拓展阅读:〔宋〕朱熹《白鹿洞学规》,〔清〕恽敬《游庐山记》。

思考题

1. 庐山风景独秀,有许多景色留在了文人笔下。历来中国文人都有着自己独特的表达方式,也都在山水中寻找人生归宿。课外拓展阅读清代恽敬的《游庐山记》,结合《庐山草堂记》,梳理赏析两篇文章作者所记之景,体会两位作者独特的情感与追求,请以"暂将心灵寄山水,神与物契我自安"为主题,写一篇札记。

2. 白鹿洞书院坐落于庐山五老峰南麓,被誉为"海内第一书院",它作为庐山的一部分入选世界遗产名录。书院是古代的一种独立的教育机构,它发端于唐代,成熟于宋代,一般由名儒乡绅私家创办,以聚徒讲授儒家学说,研究学问为主。从宋代绵延至清代,书院与朱子理学携手并肩,肩负起"治国平天下"的宏大使命。它们如熠熠生辉的明灯,在开启民智的漫漫长路上光芒闪耀;似春风化雨,大力推广儒学,让儒家思想润泽人心;像辛勤园丁,精心培育出一代又一代杰出人才。正因如此,二者不愧为孕育、传播中国传统文化的摇篮。

如果你是庐山的一名导游,你会如何介绍白鹿洞书院?请结合朱熹的《白鹿洞赋》的内容,梳理白鹿洞书院的兴衰历史,以及作者寄寓在文中的情感、理想,设计一段白鹿洞书院的解说词。

参考答案

1. 中国古代写景散文面貌多样,本任务旨在引导学生了解古代写景散文的多样特点,领会其蕴含的情感与理趣,欣赏语言与章法,同时提升个人阅读审美,表达体验。

2. 本任务旨在引导学生读懂文本,梳理行文脉络,领会作者的情感与追求,并结合生活情景,产生思考,形成表达。解说词应体现出白鹿洞书院屡兴屡废的经历,以及朱熹在本文中表现出的诗意栖居的生活。

【例文九】

游石钟山记

季羡林

幼时读苏东坡《石钟山记》,爱其文章奇诡,绘声绘色,大为钦佩,爱不释手,往复诵读,至今犹能背诵,只字不遗。但是,我从来也没有敢梦想,自己能够亲履其地。今天竟能于无意中来到这里,真正像做梦一般,用金圣叹的笔调来表达,就是"岂不快哉!"

石钟山海拔只有五十多米,摆在巍峨的庐山旁边,实在是小巫见大巫。但是,山上建筑却很有特点,在非常有限的地面上,"五步一楼,十步一阁,廊腰缦回,檐牙高啄,各抱地势,钩心斗角"。今天又修饰得金碧辉煌,美轮美奂。从山下向上爬,显得十分复杂。从怀苏亭起,步步高升,层楼重阁,小院回廊,花圃清池,佛殿明堂,绿树奇花,翠竹修篁,通幽曲径,花木禅房,处处逸致可掬,令人难忘。

这里的碑刻特别多,几乎所有的石头上都镌刻着大小不同字体不同的字。苏轼、黄庭坚、郑板桥、彭玉麟等等,还有不知多少书法家或非名家都在这里留下手迹。名人的题咏更是多得惊人,从南北朝至清代,名人咏石钟山之诗多达七百多首。从陶渊明、谢灵运起直至孟浩然、李白、钱起、白居易、王安石、苏轼、黄庭坚、文天祥、朱元璋、刘基、王守仁、王渔洋、袁子才、蒋士铨、彭玉麟等等都有题咏。到了此地,回忆起将近二千年来的文人学士,在此流连忘返,流风余韵,真想发思古之幽情。

此地据鄱阳湖与长江的汇流处,历代兵家必争之地,在中国历史上几次激烈鏖兵。一晃眼,仿佛就能看到舳舻蔽天,烟尘匝地的情景。然而如今战火久熄,只余下山色湖光辉耀祖国大地了。

我站在临水的绝壁上,下临不测,碧波茫茫。抬眼能够看到赣、皖、鄂三个省份,云山迷蒙,一片锦绣山河。低头能够看到江湖汇流,扬子江之黄与鄱阳湖之绿,泾渭分明,界线清晰,并肩齐流,一泻无余,各自保持着自己的颜色,决不相混,长达数十里。"楚江万顷庭阶下,庐阜诸峰几席间",难道不能算是宇宙奇迹?我于此时此地极目楚天,心旷神怡,仿佛能与天地共长久,与宇宙共呼吸。不由得心潮澎湃,浮想不已。我想到自己的祖国,想到自己的民族。我们的祖先在这里勤奋劳动,繁殖生息,如今创造了这样的锦绣山河万里。不管我们目前还有多少困难与问题,终究会一一解决,这一点我深信不疑。我真有点手舞足蹈,不知老之将至了。这一段经历我将永远记忆。

我游石钟山时,根本没想写什么东西。有东坡传流千古的名篇在,我是何人,敢在江边卖水,圣人门前卖字!但是在游览过程中,心情激动,不能自已,必欲一吐为快,就顺手写了这一篇东西。如果说还有什么遗憾的话,那就是我没有能在这里住上一夜,像苏东坡那样,在月明之际,亲乘一叶扁舟,到万丈绝壁下,亲眼看一看"如猛兽奇鬼,森然欲搏人"的大石,亲耳听一听"噌吰如钟鼓不绝"的声音。我就是抱着这种遗憾的心情,一步三回首,离开了石钟山。我嘴里低低地念着不知道是什么时候在我心中吟成的两句诗:"待到耄耋日,再来拜名山",我看到石钟山的影子渐小渐淡,终于隐没在江湖混茫的雾气中。

  1986年8月6日七十五周岁生日,写于庐山九奇峰下。

简析

  《游石钟山记》这篇游记散文主体部分写了登山过程中所见到的景象:多而美的建筑,特别多的石刻,湖光山色等,其中作者着重写了建筑、石刻等人文景观,含蓄地表现了几千年来,石钟山吸引着人,而人的力量又使石钟山变得更美。文章开头和结尾都提到苏轼的《石钟山记》,不仅是结构上的遥相呼应,更显现了石钟山文化渊源的力量,更起着加深文章内涵的作用。

【例文十】

庐山游记(节选)

丰子恺

  "咫尺愁风雨,匡庐不可登。只疑云雾里,犹有六朝僧。"(钱起)这位唐朝诗人教我们"不可登",我们没有听他的话,竟在两小时内乘汽车登上了匡庐。这两小时内气候由盛夏迅速进入了深秋。上汽车的时候九十五度,在汽车中先藏扇子,后添衣服,下汽车的时候不过七十几度了。赴第三招待所的汽车驶过正街闹市的时候,庐山给我的最初印象竟是桃源仙境:土地平旷,屋舍俨然;有茶馆、酒楼、百货之属;黄发垂髫,并怡然自乐。不过他们看见了我们没有"乃大惊",因为上山避暑休养的人很多,招待所满坑满谷,好容易留两个房间给我们住。庐山避暑胜地,果然名不虚传。这一天天气晴朗。凭窗远眺,但见近处古木参天,绿阴蔽日;远处岗峦起伏,白云出没。有时一带树林忽然不见,变成了一片云海;有时一片白云忽然消散,变成了许多楼台。正在凝望之间,一朵白云冉冉而来,攒进了我们的房间里。倘是幽人雅士,一定大开窗户,欢迎它进来共住;但我犹未免为俗人,连忙关窗谢客。我想,庐山真面目的不容易窥见,就为了这些白云在那里作怪。

　　庐山的名胜古迹很多,据说共有两百多处。但我们十天内游踪所到的地方,主要的就是小天池、花径、天桥、仙人洞、含鄱口、黄龙潭、乌龙潭等处而已。夏禹治水的时候曾经登大汉阳峰,周朝的匡俗曾经在这里隐居,晋朝的慧远法师曾经在东林寺门口种松树,王羲之曾经在归宗寺洗墨,陶渊明曾经在温泉附近的栗里村住家,李白曾经在五老峰下读书,白居易曾经在花径咏桃花,朱熹曾经在白鹿洞讲学,王阳明曾经在舍身岩散步,朱元璋和陈友谅曾经在天桥作战……古迹不可胜计。然而凭吊也颇伤脑筋,况且我又不是诗人,这些古迹不能激发我的灵感,跑去访寻也是枉然,所以除了乘便之外,大都没有专诚拜访。有时我的太太跟着孩子们去寻幽探险了,我独自高卧在海拔一千五百公尺的山楼上,看看庐山风景照片和导游之类的书,山光照槛,云树满窗,尘嚣绝迹,凉生枕簟,倒是真正的避暑。

　　含鄱口左望扬子江,右瞰鄱阳湖,天下壮观,不可不看。有一天我们果然爬上了最高峰的亭子里。然而白云作怪,密密层层地遮盖了江和湖,不肯给我们看。我们在亭子里吃茶,等候了好久,白云始终不散,望下去白茫茫的,一无所见。这时候有一个人手里拿一把芭蕉扇,走进亭子来。他听见我们五个人讲土白,就和我招呼，说是同乡。原来他是湖州人。我们石门湾靠近湖州边界，语音相似，我们就用土白同他谈起天来。土白实在痛快，个个字入木三分，极细致的思想感情也充分表达得出。这位湖州客也实在不俗，句句话都动听。他说他住在上海，到汉口去望儿子，归途在九江上岸，乘便一游庐山。我问他为什么带芭蕉扇，他回答说，这东西妙用无穷：热的时候扇风，太阳大的时候遮阴，下雨的时候代伞，休息的时候当坐垫，这好比济公活佛的芭蕉扇。因此后来我们谈起他的时候就称他为济公活佛。互相叙述游览经过的时候，他说他昨天上午才上山，知道正街上的馆子规定时间卖饭票，他就在十一点钟先买了饭票，然后买一瓶酒，跑到小天池，在革命烈士墓前奠了酒，游览了一番，然后拿了酒瓶回到馆子里来吃午饭，这顿午饭吃得真开心。这番话我也听得真开心。白云只管把扬子江和鄱阳湖封锁，死不肯给我们看。时候不早，汽车在山下等候，我们只得别了济公活佛回招待所去。此后济公活佛就变成了我们的谈话资料。姓名地址都没有问，再见的希望绝少，我们已经把他当作小说里的人物看待了。谁知天地之间事有凑巧：几天之后我们下山，在九江的浔庐餐厅吃饭的时候，济公活佛忽然又拿着芭蕉扇出现了。原来他也在九江候船返沪。我们又互相叙述别后游览经过。这时候我想：倘能象我们的济公活佛那样富有诗趣就开心多了。

在九江的浔庐餐厅吃饭，似乎同在上海差不多。山上的吃饭情况就不同：我们住的第三招待所离开正街有三四里路，四周毫无供给，吃饭势必包在招待所里。价钱很便宜，饭菜也很丰富。只是听凭配给，不能点菜，而且吃饭时间限定。原来这不是菜馆，是一个膳堂，仿佛学校的饭厅。我有四十年不过饭厅生活了，颇有返老还童之感。跑三四里路，正街上有一所菜馆。然而这菜馆也限定时间，而且供应量有限，若非趁早买票，难免枵腹游山。我们在轮船里的时候,吃饭分五六班,每班限定二十分钟,必须预先买票。膳厅里写明请勿喝酒。有一个乘客说:"吃饭是一件任务。"我想:轮船里地方小,人多,倒也难怪;山上游览之区,饮食一定便当。岂知山上的菜馆不见得比轮船里好些。然而庐山给我的总是好感,在饮食方面也有好感:青岛啤酒开瓶的时候,白沫四散喷射,飞溅到几尺之外。我想,我在上海一向喝光明啤酒,原来青岛啤酒气足得多。回家赶快去买青岛啤酒,岂知开出来同光明啤酒一样,并无白沫飞溅。啊,原来是海拔一千五百公尺的气压的关系!庐山上的啤酒真好!

1956年9月作于上海

简析

本文是作者的游记散文《庐山游记》的一部分,略有删改。作者按照地点变化,从上山、下山、回九江和到家的顺序,一路写景状物,叙事记人,风格从容不迫,随意自然,又极富情趣,体现了作者自然、平和、闲逸的情致和对人世的乐观态度。开头作者巧妙地引用古代诗文中的意境,抓住庐山景物多雾的特征,生动地描写了庐山的魅力。在庐山众多胜迹里,作者只选取天桥(本文节选删除部分)和含鄱口两处。游含鄱口写了一个风趣放达的湖州客,写了他的蒲扇,写了与九江重遇。尤其"湖州白"的议论,化俗为雅,富有情趣和生活气息。文章记述饮食仍然继承整篇游记的乐观风趣的基调,最后以"庐山上的啤酒真好"作结,既交代了趣味常识,又引发读者绵长的回味。本文情感率真,语言朴实,在平淡中写出了耐人寻味的意蕴,颇具匠心。

思考题

1. 小冯在阅读了季羡林的《游石钟山记》和学习了统编教材

选择性必修下册苏轼的《石钟山记》后,对石钟山心生向往,更对石钟山的命名由来心存好奇。小冯的父亲作为大学资源与环境工程学院的教授,在暑假正好有一次探访石钟山的考察任务,小冯便跟随父亲前往。

(1)在探访石钟山的过程中,考察队首先来到石钟亭,亭中放置一块巨石,供游客参观、敲打,聆听其"如钟的响声"。亭柱上刻有一副楹联。你认为楹联上的内容最有可能是以下哪一副内容?

A. 浊浪自分清浪影,真山从作假山看。

B. 对月抒怀,问钟响何因,万古悬疑归此记;临风把酒,看大江东去,千秋绝唱属斯翁。

C. 疏凿巨岩禹王伟迹,访敲双石李氏遗踪。

D. 曲径通幽,翠竹躬迎千里客;悬崖访胜,红梅报俏一枝春。

(2)请根据所学物理知识,探究亭中巨石被敲击后发出铜钟声的原因。

(3)在接下去的探访考察过程中,小冯父亲的考察队发现,响石现象并非石钟山独有,在位于石钟山南侧,与石钟山相距不到十千米的鞋山,也发现了这样的响石。同时考察队发现石钟山三面面水,鞋山四面环水,两山的山体大部分物质是石灰岩。请你根据以上信息和地理、生物知识,探究响石现象的原因。

(4)为了验证苏轼关于石钟山命名的原因"空中而多窍,与风水相吞吐",考察队也选择了夜访石钟山,小冯的确在夜晚的山下听到了苏轼所描绘的声音。请你探究在夜晚听到这样的声音可能具备的条件。

(5)《石钟山志》记载:"上钟崖与下钟崖,其下皆有洞,可容数百人,深不可穷,形如覆钟。"曾国藩《求阙斋日记》说:"石钟山者,山中空,形如钟。东坡叹李渤之陋,不知坡亦陋也。"考察队也在石钟山下的洞穴中发现其形像钟,你认为外形像钟的山体和石钟山得名是否有必然联系?

(6)小冯通过此次跟随父亲考察队的探访,对石钟山的命名得出了自己的结论:从"水石相搏,声如洪钟"到"深不可穷,形如覆钟",石钟山的确以形得名,以声得名,形声兼备,因此"形声结合说"得名更符合实际。请你根据小冯的结论,替他完成一篇此次探访石钟山的考察报告。

2. 季羡林、丰子恺两位文学大师的散文被称为"治愈系"散文,请你阅读这两篇散文,梳理脉络,欣赏语言,品味作品所描绘的人物、景物或场景,领会作者独特的情感和追求,说说它们被称为"治愈系"散文的原因。

参考答案

1.(1)选C。大禹跟石钟山的关系,源于传说大禹疏九江,治彭蠡,开凿石钟山时始得钟石金声,山名遂流传于世。而李渤在唐穆宗长庆元年(821)曾任江州(今江西九江)刺史,是石钟山得名另一种说法的解读者。石钟亭楹柱上刻着"疏凿巨岩禹王伟绩,访敲双石李氏遗踪",高度地概括了两人对石钟山的贡献。

(2)石头被敲击后发出声响,石头发声震动后带动周围介质震动,产生了声波。石头产生的声音各异,和石头的形状、厚度有关。不同物体通过震动会发出或清脆、或浑厚的声音。声音的低沉与清亮主要与物体震动的频率有关,物体震动频率较低,发出声音较低沉,反之较为清亮。

(3)石钟山和鞋山的山体大部分由石灰岩组成,石灰岩易被水侵蚀。当石灰岩被水侵蚀后,石头内部容易出现许多空隙,出现空腔的可能性变大,较容易发出清亮的金属声响。

（4）时间：四月到十月,鄱阳湖丰水期间,水位上涨进入大型洞穴,却又没有完全淹没洞穴的时间点。合适风力：风力带动水浪,猛烈冲击洞顶与四壁。夜晚：石钟山安静,月球对地球的引潮力,会让鄱阳湖水更加活跃,配合上风力,更有可能听到石钟之声。

（5）几亿年前石钟山地区是一片汪洋大海,随着地壳运动,以及水流不断冲击山体,最终形成了像钟一样的洞穴,但山体中空也并不是石钟山独有的特征,在我国云南、广西、贵州等地的山体中都有类似的天然洞穴。因此,并不能说明这些外形像钟的山体和石钟山得名有必然联系。

（6）考察报告要求：记叙和论述兼而有之,观点支配和统帅材料,语言和材料客观准确。

2. 两篇文章语言明白晓畅、通俗易懂。描写景物较有特色,如季文"步步高升,层楼重阁,小院回廊,花圃清池,佛殿明堂,绿树奇花,翠竹修篁,通幽曲径,花木禅房,处处逸致可掬,令人难忘",多用四字词语铺陈,优美隽秀,韵律和谐,朗朗上口,如诗如画。丰子恺文"看看庐山风景照片和导游之类的书,山光照槛,云树满窗,尘嚣绝迹,凉生枕簟,倒是真正的避暑",亦用四字短语描绘富有诗意的画面,体现作者沉浸其中、悠然自得的心境。"正在凝望之间,一朵白云冉冉而来,攒进了我们的房间里。倘是幽人雅士,一定大开窗户,欢迎它进来共住；但我犹未免为俗人,连忙关窗谢客。我想,庐山真面目的不容易窥见,就为了这些白云在那里作怪。"又用幽默风趣的语言,将白云拟人化,生动形象地表现出庐山白云多而善变的特点,为下文想看扬子江和鄱阳湖却不得做铺垫。两文都表现出作者淡泊随意的人生态度,不刻意附庸风雅,能真正享受美景、沉浸于美景,内心充满诗趣,能发现生活中的趣味。这与今天在快节奏忙碌生活中人们刷景点、打卡网红地、旅游只为发朋友圈的游览行为有云泥之别。文学是一种疗救,读两位作家的文章,能让心灵不被世俗完全摧毁或同化,能让内心的情感和感知得到陶冶与升华。

六、吴楚分疆第一州
——安庆篇

◎ 上海市第六十中学 吴志锋 赵 翀 陈 硕

【概述】

安庆市,是安徽省辖地级市。安庆古称"舒州",别称宜城,位于安徽省西南部,长江下游北岸,是长江流经安徽省的第一个北岸港口城市,素有"万里长江此封喉,吴楚分疆第一州"的美誉。安庆历史悠久,人文济盛,是沿江北岸著名的历史文化名城,享有"文化之邦""戏剧之乡""禅宗圣地"的美誉,是"桐城派"的故里、黄梅戏发展成熟的地方、京剧鼻祖"徽班"成长的摇篮,也是安徽境内较早受到近代文明影响的地区。

安庆历史起源较早,随着历代王朝的兴衰与地方行政制度的沿革,安庆的地名与在省内的地位几经更迭。早在五千多年前新石器时代的薛家岗文化,就有先民们在此劳作、生息、繁衍。秦统一后,这里由楚国辖地改隶九江郡,两汉时属扬州庐江郡。隋唐重建大一统后,改此地为舒州,北宋政和五年(1115)置舒州德庆军,南宋绍兴十七年(1147)改为舒州安庆军,安庆之名始于此。南宋嘉定十年(1217)安庆知府黄榦奏请朝廷,在"盛唐湾、宜城渡之阴"即今城区所在地建筑新城,以备战守抵抗金军南下。此为安庆建城之始,至今已有八百多年历史。

  安庆山清水秀,风光无限,诸多文人骚客留下了赞美安庆境内名胜的诗文。中国四大民间传说之一的七仙女与董永的故事即发生在安庆。怀宁县小市镇的小吏港,因汉代长篇乐府诗《孔雀东南飞》而得名。安庆下辖的望江县的雷池,因"不敢越雷池一步"的成语而闻名于世。同时,安庆境内的天柱山也以奇秀闻名于世。无论是李白的"清晏皖公山,巉绝称人意",还是白居易的"天柱一峰擎日月,洞门千仞锁云雷",都称赞了天柱山的雄奇。南宋时陆游沿长江赴四川任职,途经小孤山写下了《过小孤山大孤山》的名篇。安庆的一方水土还滋养了清代文坛上最大的散文流派——桐城派。此外,安庆也是佛教领袖赵朴初、"两弹"元勋邓稼先、中国"计算机之父"慈云桂、"将军外交家"黄镇、通俗小说大师张恨水等诸多杰出人物的故乡。

【例文一】

江上望皖公山[①]

李　白

  奇峰出奇云,秀木含秀气。清晏[②]皖公山,巉绝[③]称人意。独游沧江[④]上,终日淡无味。但爱兹岭高,何由讨灵异。默然遥相许,欲往心莫遂。待吾还丹成,投迹归此地。

注释

  ① 皖公山:又名皖山、天柱山,在今安庆潜山市,其山三峰鼎

峙,叠嶂重峦,拒云概日,登陟无由。② 晏:无云。③ 巉(chán)绝:形容山势高峻。④ 沧江:江水。以江水呈苍色,故称。

简析

  大江日夜流,慷慨歌未央。长江一进入安徽境内,就与皖公山相伴。当诗人李白漫游吴越经过皖江,远眺皖公山时,就为之眼前一亮,精神一振。

  诗人在开篇处便将皖公山的山峰云气和满山佳木凝练为两"奇"两"秀",又补充说无论是晴朗无云的天气还是高峻陡峭的山峰都契合自己的心意。也正是如此山水相依的奇秀之景才一改诗人途中的沉闷和惆怅情绪,因而,他毫不吝啬地表达了自己的赞美之意。

  接着,诗人似与老友倾诉一般,默默与皖公山约定:尽管如今不便留于此地,但待丹药炼成,将归隐于此。诗人对皖公山的钟情与偏爱由此表露无遗。《避地司空原言怀》中"我则异于是,潜光皖水滨。卜筑司空原,北将天柱邻"几句也表明:之后李白的确避地于此,选择禅宗道场司空山筑屋定居,与皖公山北面相邻,由此表达寄怀山水之情及出世求仙之念。

  皖公山空青积翠,万仞如翔,仰摩层霄,俯瞰广野,瑰奇秀丽,不可名状。历代文人墨客尝为此驻足,皖江山水丰富了他们的精神世界,而他们则通过丰富的创作加以回报,留下千古绝唱,使得皖江成为长江诗路的重要一环。

【例文二】

题舒州山谷寺石牛洞泉穴①

王安石

水泠泠②而北出,山靡靡③以旁围④。欲穷源而不得,竟怅望以空归。

注释

① 诗名一作《留诗三祖山谷寺石壁》。作者自注云:"皇祐三年九月十六日,自州之太湖(今属安徽,非苏州之太湖),过怀宁县山谷乾元寺,宿。与道人文锐、弟安国拥火游石牛洞,见李翱习之书,听泉久之。明日复游,乃刻习之后。"山谷寺,即乾元寺,为舒州皖公山(又名三祖山,为禅宗三祖僧璨隐居地)名胜,在安徽省怀宁县,怀宁时属舒州。② 泠泠:指水声清越。③ 靡靡:迟缓貌,这里指山势低缓。④ 旁围:一作"环围",见于三祖寺旁"山谷流泉摩崖石刻"。

简析

仁宗皇祐三年(1051)初秋,王安石由鄞县知县调任舒州通判。起初,他还担心这里偏僻闭塞,民风愚昧,无人交往,学问也得不到长进(见《到舒州次韵答平甫》),但到了舒州后才知道,明山秀水足以优游,潜楼高台得以夜读。王安石到任后不久,与人同游舒州名胜山谷寺石牛洞,爱其山水,遂题此诗于李翱后。

前半景语,写水声清越,山势壮丽,对仗工整,言简意明。后半情语,山谷深幽,泉源诡秘,令人流连而忘归,但诗人也因未能穷究泉水之源而怅然若失。这首诗不仅描绘了深山洞穴的清幽之境,还展现了诗人欲穷其源的求实探索精神。这与他在《游褒禅山记》中所说的"世之奇伟、瑰怪、非常之观,常在于险远,而人之所罕至焉,故非有志者不能至也"在精神内涵上保持一致。

至和元年(1054)三月,王安石任舒州通判三年期满,朝廷命他为集贤校理,他却四次上书力辞。集贤校理在宋代士大夫眼中是清要之职,百计谋求而不可得;地方官则是浊吏,王安石却不顾流俗,不求虚名(见《舒州被召试不赴偶书》)。或许是舒州的景色清雅、民风朴厚令其徘徊留恋,又或许正是这段任地方官经历才让这位致力于改革的政治家深深体会到民生疾苦,发现了施政之弊,萌生出求新意识,从而成就了改革的蓝图。

【例文三】

念奴娇·过小孤山

秦　观

长江滚滚,东流去,激浪飞珠溅雪。独见一峰青崒崒①,当住中流万折。应是天公,恐他澜倒②,特向江心设。屹然今古,舟郎指点争说。

岸边无数青山,萦回紫翠,掩映云千叠。都让洪涛恣汹涌,却把此峰孤绝。薄暮烟扉,高空日焕,谙历③阴晴彻。行人过此,为君几度击楫。

注释

① 崒(zú)嵂(lǜ)：山峰高峻高耸的样子。② 澜倒：狂澜倾倒。③ 谙历：熟习,有经验。

简析

小孤山处在安徽省宿松县城东南六十五公里的长江之中,山体奇特秀美,东看一支笔,西望太师椅,南观如撞钟,北观啸天龙,是万里长江的绝胜。这首词气象恢宏雄伟,一改秦少游清丽婉约的风格。第一句,先写长江的水势,"滚滚""激浪"来形容水流湍急。第二句奇峰突现,一座高峻的山峰,挡住了汹涌的江水。第三句,将孤山傲立此处的原因想象为天公设立,增加了山的神秘感,既表明小孤山这座挺立急流中的山峰是自然界的杰作,又凸显小孤山周围环境之险,可谓神来之笔。下阕用拟人的手法,写出两岸群山在汹涌的江水面前都退缩了,以此衬托只有小孤山不管阴晴,耸立于此,注视着来往的行人。这首词境界开阔,想象奇绝,为少游豪放词中的佳作。

【例文四】

安 庆 府

文天祥

风雨宜城①路,重来白发新。长江还有险,中国②自无人。枭獍蕃遗育③,鱣鲸④蛰怒鳞。泊船休上岸,不忍见遗民。

注释

①宜城:即安庆府,古称舒州,今安庆市。一作"宣城"。②中国:指国中。③枭獍(jìng):旧说枭为恶鸟,生而食母;獍为恶兽,生而食父。因此常用枭獍来比喻不孝或凶恶而忘恩负义之人。蕃遗育:子孙繁衍,后代增多。④鳣(zhān)鲸:海中大鱼,这里指爱国志士。

简析

南宋祥兴元年(1278),文天祥被俘,次年被押赴元都燕京。途经安庆府时,诗人抚今追昔,感慨万千。

诗歌开头"风雨"一词既指十年来家国飘摇,山河破碎,又指诗人个人战斗过程中的艰难险阻,用语凝练,情感沉郁,诗味隽永。权臣贻误战局的往事对于诗人而言仍历历在目。当年元军占领鄂州、江州后,乘势攻安庆、池州。宋方有精兵可用,有山险可守,江南江北可以联防,元伯颜还担心难以进攻。可贾似道专用自己的心腹,命令在襄樊战役中临阵脱逃的范文虎守安庆,元兵刚到即拱手献城。安庆虽失,贾似道还有精兵十三万,可一决雌雄;夏贵有战舰二千多艘,也可横江拦截。可是夏贵畏敌如虎,按兵不动;贾似道龟缩在鲁港,造成鲁港之役惨败。元军进占建康,南宋行都临安失去屏障。诗人苦战东南,终于无可挽回。而如今国命已绝,诗人身为囚徒,不禁在历史的回想中发出"江山依旧,可以凭恃;国中无人,奸邪当道"的深沉喟叹。旧恨添新愁,怎能不使人一夜之间白发骤增呢?

颈联中,诗人借用"枭獍"和"鳣鲸"这两个意象寄予褒贬。以父母为食的禽兽枭獍在大地上繁衍着后代,那么国土尽让的叛臣、背义忘恩的降将呢?本可奋鳍远游的鳣鲸此刻收敛起自己怒张的鳞片,而有志复国的豪杰之士也为形势所迫忍怒潜形。万般无奈与深刻仇恨从字里行间流露而出。

诗人在尾联中"愧见遗民"的心态与细节更是真切、感人。他暗责自己匡扶不力,未能挽回颓败之局,不从客观上推诿,而从主观上承担,与颔联中慨叹"中国无人"形成呼应。由此,诗人对于百姓的负罪感、对于国家兴亡的使命感和高尚博大的襟怀可见一斑。

思考题

1. 联系《江上望皖公山》的写作背景,思考作者为什么会有"独游沧江上,终日淡无味"之感。

2.《念奴娇·过小孤山》气势恢宏,但又不乏清丽秀美,结合全词进行分析。

3. 试比较《过零丁洋》与《安庆府》在情感表达上的异同。

参考答案

1. 开元十二年(724),诗人李白伴着峨眉山半轮秋月和清澈的平羌江水,意气风发,发清溪,过三峡,顺流而下,一路吟诗。过了湖北荆门山之时,映入眼帘的是地势平坦、一望无际的景象,"山随平野尽,江入大荒流",这种有江无山的辽阔壮美场景,能带来一时纵目骋怀的快感,但缺少山阴道上那种应接不暇的景致和乐趣。一览无余的景色很容易形成审美疲劳,不免让他回首从群山万壑中奔腾而出的长江。山水相依,才能相映生辉,"一生好入名山游"的李白,哪里适应长时间有水无山的景象? 于是,他就有了"独游沧江上,终日淡无味"的惆怅和沉闷。

2. 词的第一句用"滚滚"两字写出了长江壮阔东流的样貌,

"激浪飞珠溅雪"用比喻的手法写出了激起的浪花如飞起的珍珠,既写出了水流之急,又写出了水的晶莹剔透,激昂恢宏与温柔婉约交相辉映。下片写两岸青山连绵,回旋环绕,如同紫色的翠玉,掩映着数重云朵。而这青山却都躲开奔流汹涌的江水,使这座山峰显现出了高峻的身姿,山水之间的相互映衬尽显壮美之姿。

3.《过零丁洋》前两联从国家和个人两方面展开铺叙,颈联追述今昔不同的处境和心情,战将沦为阶下囚,流露出满腔悲愤。尾联笔势一转,诗人超脱现实,表明理想,情感也由沉郁转为豪放、洒脱。《安庆府》一诗中,诗人同样是基于国家局势与个人沉浮抒发感慨,但情感基调更显低沉,无奈和自责之意溢于言表。

【例文五】

登大雷①岸与妹书

鲍 照②

吾自发寒雨,全行日少,加秋潦浩汗,山溪猥至,渡泝无边,险径游历,栈石星饭,结荷水宿,旅客贫辛,波路壮阔,始以今日食时,仅及大雷。涂登千里,日逾十晨,严霜惨节,悲风断肌,去亲为客,如何如何!

向因涉顿,凭观川陆;遨神清渚,流睇方嚁;东顾五州③之隔,西眺九派④之分;窥地门之绝景,望天际之孤云。长图大念,隐心者久矣。

南则积山万状,负气争高,含霞饮景,参差代雄,凌跨长陇,前后相属,带天有匝,横地无穷;东则砥原远隰,亡端靡际,寒蓬夕卷,古树云平,旋风四起,思鸟群归,静听无闻,极视不见。北则陂池潜演,湖脉通连,苎蒿攸积,菰芦所繁,栖波之鸟,水化之虫,智吞愚,强捕小,号噪惊聒,纷乎其中;西则回江永指,长波天合,滔滔何穷,漫漫安竭?创古迄今,舳舻相接。思尽波涛,悲满潭壑。烟归八表⑤,终为野尘⑥。而是注集,长写不测,修灵⑦浩荡,知其何故哉?

西南望庐山,又特惊异。基压江潮,峰与辰汉相接。上常积云霞,雕锦缛。若华⑧夕曜,岩泽气通,传明散彩,赫似绛天。左右青霭,表里紫霄。从岭而上,气尽金光,半山以下,纯为黛色。信可以神居帝郊,镇控湘汉者也。

若潭洞所积,溪壑所射,鼓怒⑨之所豗击,涌浣之所宕涤,则上穷荻浦,下至狶洲;南薄燕辰,北极雷淀⑩,削长埤短,可数百里。其中腾波触天,高浪灌日,吞吐百川,写泄万壑。轻烟不流,华鼎振涾⑪。弱草朱靡,洪涟陇蠥。散涣长惊⑫,电透箭疾。穷溢⑬崩聚,坻飞岭复。回沫冠山,奔涛空谷。磴石为之摧碎,碕岸为之鳘落。仰视大火⑭,俯听波声,愁魄胁息⑮,心惊慓矣!

至于繁化殊育,诡质怪章,则有江鹅、海鸭、鱼鲛、水虎之类,豚首、象鼻、芒须、针尾之族,石蟹、土蚌、燕箕、雀蛤之俦,折甲、曲牙、逆鳞、返舌之属⑯。掩沙涨,被草渚,浴雨排风,吹涝弄翩。

夕景欲沈,晓雾将合,孤鹤寒啸,游鸿远吟,樵苏一叹,舟子再泣。诚足悲忧,不可说也。风吹雷飙,夜戒⑰前路。下弦⑱内外⑲,望达所届。

寒暑难适,汝专自慎,凤夜戒护,勿我为念。恐欲知之,聊书所睹。临涂草蹙⑳,辞意不周。

注释

① 大雷:地名。在今安徽省望江县。晋置大雷戍,刘裕讨卢循,自雷池进军大雷,即此。其源叫大雷水,自今湖北黄梅县界东

流,经安徽宿松县至望江县东南,积而成雷池。② 鲍照(414—466),南朝宋文学家,后人将其与谢灵运、颜延之并称为元嘉三大家。字明远,东海(今山东郯城西南)人。出身贫寒,曾作过临川王刘义庆的王国侍郎,以后又作过几任县令,最后担任临海王刘子顼的前军参军,因此后世称之为"鲍参军"。③ 五州:地名,因长江中有五洲相接,故称。④ 九派:此处指作者赴任目的地江州。⑤ 八表:八方之外,指极远的地方。⑥ 野尘:天地间的游气、尘埃。《庄子·逍遥游》:"野马也,尘埃也,生物之以息相吹也。"⑦ 修灵:河神,此代指河流。⑧ 若华:若木之花。神话说若木长在日落处,青叶红花。此代指霞光。⑨ 鼓怒:湖水振荡奔腾。⑩ 雷淀:指雷池。淀,湖泊。⑪ 华鼎振涾(tà):形容彭蠡湖(今鄱阳湖)如华丽的鼎中之水在振荡沸溢一样。涾,水沸溢。⑫ 散涣长惊:湖水四处流散,如受惊奔逃一般。⑬ 穹(qióng)溘(kè):大浪。《尔雅》:"穹,大也。"《玉篇》:"溘,水也。"⑭ 大火:星宿名,即心宿。《尔雅·释天》:"大火谓之大辰。"郭璞注:"大火,心也,在中最明,故时候主焉。"⑮ 胁息:敛缩气息。⑯ "则有"四句:十六种水生动物,有的实有其物,有的来源神话。俦(chóu):类。⑰ 戒:登程,出发。⑱ 下弦:旧历每月二十三日前后。这时只能看见月球东边的半圆,这种月相称下弦。以月相如弓而得名。⑲ 内外:犹言"前后""左右"。⑳ 草戚(cù):犹言仓猝。

简析

宋文帝元嘉十六年(439),临川王刘义庆出镇江州,引鲍照为佐吏。同年秋天,鲍照由建康(今南京)赴江州(今江西九江)就职,途中经大雷岸(在今安徽境内),即景抒情,于是给他的妹妹鲍令晖写了这封骈体书信。

作者首先叙述了离家远游、备尝旅途艰辛的情形,文章中似乎看不出鲍照对到江西上任的旅程感到丝毫的愉悦,"寒雨""严霜""悲风"使整个气氛感染了一丝清冷。旅途的艰辛,更增加了他对亲人的思念。

　　接下来作者以凝练的文字总写大雷岸地形。作者虽出身低微,处处受到压制,但却有宏图之志。可以说刘义庆对他的欣赏使他得到了一次施展壮志的机会。赴任途中,放眼川陆,一腔久藏于心的壮志豪情不免喷涌而出。作者从南、东、北、西四个方向分别描写了途中所见的高山、平原、湖泽、江河。他用拟人化手法写出了崇山峻岭怒起竞胜、雄壮飞动的气势;用白描手法对比写出了暮色来临时秋野的静谧、肃杀与湖泽的喧嚣、繁茂,"静听无闻,极视不见"突出的是原野的宁静,"号噪惊聒,纷乎其中"突出的是湖泽的嘈杂,"寒蓬夕卷,古树云平"突出了秋野的萧条空疏,"苎蒿攸积,菰芦所繁"突出的是湖泽的繁盛茂密。面对奔腾向东的大江,络绎不绝的舟船,作者不禁有了感叹。"思尽波涛,悲满潭壑"写出了他处处受制于人的处境,"烟归八表,终为野尘"写出了对士族门阀制度的不满、蔑视、反抗。

　　在对景物作了全方位的观照之下,作者又把视线聚焦于庐山。他写出庐山在烟云夕照的变幻中气象万千、雄伟壮丽,接着写洞壑驰骋,大江恣肆,排山倒海,瞬息万变之势,这种惊心动魄的壮观景象,让作者不由感到"愁魄胁息,心惊慓矣"。

　　在淋漓尽致地描写了惊涛骇浪之后,作者突然把笔锋一转,悠然地描写起水中的草木虫鱼,这些奇禽异兽出没于沙丘草洲之间,悠然自得,为整幅汹涌澎湃的水景图增添了一番优雅闲逸的情趣。最后,作者通过"夕景""晓雾""孤鹤""游鸿""樵苏""舟子"等意象,渲染了一幅萧疏的画面,并托眼前的孤鹤游鸿给妹妹寄出无限情思,表达了对妹妹的关爱。

这是一篇色彩瑰丽、写景如绘的骈文家书。作者运用生动的笔触、夸张的语言,描写他登大雷岸远眺四方时所见的景物,高山大川、风云鱼鸟,都被他绘声绘色地表现出来,成为一幅风格雄伟奇崛而又秀美幽洁的图画。同时作者也写了自己离家远客的旅思和路上劳顿的情形,感情与景物交融,使文章充满了抒情气息。

【例文六】

过小孤山大孤山①

陆 游

八月一日,过烽火矶②。南朝自武昌至京口,列置烽燧③,此山当是其一也。自舟中望山,突兀而已。及抛江④过其下,嵌岩窦穴⑤,怪奇万状,色泽莹润,亦与它石迥异。又有一石,不附山,杰然特起⑥,高百余尺,丹藤翠蔓,罗络其上,如宝装屏风⑦。是日风静,舟行颇迟,又秋深潦缩⑧,故得尽见。杜老⑨所谓"幸有舟楫迟,得尽所历妙"⑩也。

过澎浪矶、小孤山,二山东西相望。小孤属舒州宿松县,有戍兵。凡江中独山,如金山、焦山、落星之类,皆名天下,然峭拔秀丽皆不可与小孤比。自数十里外望之,碧峰巉然⑪孤起,上干云霄,已非它山可拟,愈近愈秀,冬夏晴雨,姿态万变,信造化之尤物也⑫。但祠宇极于荒残,若稍饰以楼观亭榭,与江山相发挥⑬,自当高出金山之上矣。庙在山之西麓,额曰"惠济",神曰"安济夫人"。绍兴初,张魏公自湖湘还,尝加营葺,有碑载其事。又有别祠在澎浪矶,属江州彭泽县,三面临江,倒影水中,亦占一山之胜。舟过矶,虽无风,亦浪涌,盖以此得名也。昔人诗⑭有"舟中估客莫漫狂,小姑前年嫁彭郎"⑮之句,传者因谓小孤庙有彭郎像,澎浪庙有小姑像,实不然也。晚泊沙夹,距小孤一里。微雨,复以小艇游庙中,南望彭泽、都昌诸山,烟雨空濛,鸥鹭灭没,极登临之胜,徙倚⑯久之而归。方立庙门,有俊鹘抟⑰水禽,掠江东南去,甚可壮也。庙祝云,山有栖鹘甚多。

二日早,行未二十里,忽风云腾涌,急系缆。俄复开霁,遂行。泛彭蠡口,四望无际,乃知太白"开帆入天镜"⑱之句为妙。始见庐山及大孤。大孤状类西梁,虽不可拟小孤之秀丽,然小孤之旁,颇有沙洲葭苇,大孤则四际渺弥⑲皆大江,望之如浮水面,亦一奇也。江自湖口分一支为南江,盖江西路也。江水浑浊,每汲用,皆以杏仁澄之,过夕乃可饮。南江则极清澈,合处如引绳,不相乱。晚抵江州,州治德化县,即唐之浔阳县,柴桑、栗里,皆其地也;南唐为奉化军节度⑳,今为定江军。岸土赤而壁立,东坡先生所谓"舟人指点岸如赪"者也。泊湓浦,水亦甚清,不与江水乱。自七月二十六日至是,首尾才六日,其间一日阻风不行,实以四日半溯流行七百里云。

注释

①《过小孤山大孤山》选自《陆游集·入蜀记》,题目是编者加的。小孤山,在今江西彭泽北,安徽宿松东,与南岸彭浪矶相对,俗讹小姑山。大孤山,在今江西九江市南鄱阳湖出口处,与小孤山遥遥相对。②烽火矶:设置烽火台的江边小山。矶,水边突出的岩石。③烽燧:也称烽火台、烽台、烟墩、烟火台。如有敌情,春秋时白天燃烟叫烽,夜晚放火叫燧;而唐时白天燃烟叫燧,夜晚放火叫烽。是古代传递军事信息最快、最有效的方法。④抛江:抛锚

停船于江中。⑤ 嵌岩窦穴：裂缝的岩石和各式岩洞。嵌，形容山石如张口的样子。窦，孔，洞。⑥ 杰然特起：高俊雄伟地拔地而起。杰然，形容高大的样子。特起，拔地而起。⑦ 宝装屏风：宝石镶嵌的屏风。⑧ 潦缩：水位下降。潦，积水。⑨ 杜老，指杜甫。⑩ 幸有舟楫迟，得尽所历妙：引自杜甫《次空灵岸》。意思是幸而船只行驶缓慢，因此能尽情欣赏所经历的一切美景。⑪ 巉然：险峻陡峭的样子。⑫ 信造化之尤物：诚然是自然界风景最优美的地方。造化，这里指天地、自然界。尤物，特异之物，这里指风景最美的地方。⑬ 与江山相发挥：楼观亭榭与山光水色互相辉映。⑭ 昔人诗：指北宋文学家苏轼的诗。⑮ 舟中估客莫漫狂，小姑前年嫁彭郎：引自苏轼《李思训画〈长江绝岛图〉》。估客，贩货的行商。漫狂，纵情、放荡。世俗将彭浪转称彭郎，将小孤转称小姑，并传说彭郎为小姑婿。⑯ 徙倚：徘徊不忍去。⑰ 拏：持，抓。这里指俊鹘用利爪抓住水禽。⑱ 开帆入天镜：引自李白《下寻阳城泛彭蠡寄黄判官》。大意为开船进入明亮如镜、水天一色的鄱阳湖。⑲ 渺弥：形容水势浩淼，广阔无边。⑳ 奉化军节度：奉化军管辖。军，南唐至宋朝时的区划名称。节度，这里是管辖的意思。

简析

　　本文是写山川景物形象的游记，其中蕴含着丰富的情趣。陆游船行于长江小孤山至大孤山一段，以其精彩多变的笔法，利用不同的写法与视角描景状物。各处景物在作者的笔下各具特点，在各景点中，以对小孤山的描写最为充分。作者用笔灵活多变，从各个角度写这一江中绝景，既随角度变化显现作者是在江行中览眺景物，又从多个角度充分展现了山水景物的千姿百态。作者在记述山川景物、名胜古迹过程中，随时抒发情志，议论感慨，其中的传闻轶事、前人诗句、地方沿革、地理特点等因素增强了作品的趣味性和可读性,使写景纪游具有思想深度和文化内涵。

【例文七】

游媚笔泉①记

姚 鼐

桐城之西北,连山殆数百里,及县治②而迤平。其将平也,两崖忽合,屏蠹墉回,崭横若不可径。龙溪③曲流,出乎其间。

以岁三月上旬,步循溪西入。积雨始霁,溪上大声汹然,十余里旁多奇石、蕙草、松、枞、槐、枫、栗、橡,时有鸣巂④。溪有深潭,大石出潭中,若马浴起,振鬣⑤宛首而顾其侣。援石而登,俯视溶云,鸟飞若坠。

复西循崖可二里,连石若重楼,翼乎临于溪右。或曰:"宋李公麟⑥之垂云沜⑦也。"或曰:"后人求公麟地不可识,被而名之。"石罅生大树,荫数十人,前出平土,可布席坐。

南有泉,明何文端公⑧摩崖书其上,曰:"媚笔之泉"。泉漫石上,为圆池,乃引坠溪内。左丈学冲⑨于池侧方平地为室,未就,要客九人饮于是。日暮半阴,山风卒起,肃振岩壁榛莽,群泉矶石交鸣,游者悚焉,遂还。

是日,姜坞先生⑩与往,鼐从,使鼐为记。

注释

① 媚笔泉:在今安徽桐城市西北。② 县治:县政府所在地,指桐城县城。③ 龙溪:溪水名。④ 巂(guī):鸟名,即子规,杜鹃

鸟,善鸣。⑤振鬣(liè):形容马脖子挺伸着。鬣,马颈上的长毛。⑥李公麟:字伯时,舒州(今安徽潜山)人。北宋元祐年间进士,官至御史检法。晚年居桐城龙眠山,号龙眠山人。⑦垂云沜(pàn):李公麟隐居住处名。⑧何文端公:何如宠,字康侯,桐城人。明代万历年间进士,累官礼部尚书、武英殿大学士,死后谥曰"文端"。⑨左文学冲:左世容,字学冲。清乾隆三年举人,曾任武进县教谕。文,老人。⑩姜坞先生:姚范,字南菁,号姜坞。乾隆六年进士,授编修。后辞官,主讲天津、扬州书院。姚鼐伯父。

简析

　　媚笔泉地处桐城西北,是姚鼐家乡的一处名胜,本文就是他随伯父姜坞先生游览该地时所作的一篇游记。

　　文章第一段简要交代桐城西北山水的特色。龙眠山绵亘数百里,险峭秀丽,龙溪于跌宕中曲流而出。随后,作者便循溪而入。正值阳春三月,宿雨初晴,龙溪沿途十余里景物丰富,色彩缤纷,而溪水又与鸟鸣交相回荡,画面立体生动,使读者如临其境。潭中雄奇不凡的大石忽然映入眼帘,它状如带水扬鬣、顾盼同伴的骏马。游人援石而登,浮云、飞鸟映入潭底,别有一番趣味。

　　第三段中,一行游人继"循溪"而入后,又"循崖"而游,一山一水,前后照应。两用"或曰"记录人们对桐城名人李公麟垂云沜的存疑之意。石楼罅隙中生树,已奇;生大树,尤奇;能荫数十人,特奇。这就为石楼增添了峥嵘气象。山水跌宕,作者终于点明正题:媚笔泉。左学冲筑室于池侧,可谓雅人深致;室未成而邀客宴饮,可谓雅兴不浅。池畔宴饮之际,日暮风起,气候突变,游人乐此游而至于悚,一日的游程至此戛然而止。

　　姚鼐的游记虽没有柳宗元的蕴藉深沉,没有欧阳修的迂回缱卷,没有苏东坡的豪雄奔放,但他文字简洁生动,状物写景传神,由远及近,层层写来,逐步深入,尽显山水本色与人物神采。

思考题

1. 《登大雷岸与妹书》中,作者不仅善于融情于山水,还善于根据山水的不同特点,运用各种艺术手法描绘山川之美。试举例分析并简要说明这样写景的好处。

2. 在姚鼐的游记名篇中,《登泰山记》以壮丽胜,《游灵岩记》以幽邃胜,你认为这篇《游媚笔泉记》以何为胜?

3. 苏轼曾经写过著名题画诗《李思训画〈长江绝岛图〉》,请再次阅读陆游的《过小孤山大孤山》,试比较二者之间各自的特点。

李思训画《长江绝岛图》

苏　轼

山苍苍,水茫茫,大孤小孤江中央。崖崩路绝猿鸟去,惟有乔木攙天长。客舟何处来?棹歌中流声抑扬。沙平风软望不到,孤山久与船低昂。峨峨两烟鬟,晓镜开新妆。舟中贾客莫漫狂,小姑前年嫁彭郎。

参考答案

1. 写庐山,抓住烟云多变的特征,泼墨绘其色;写山下之水,扣住山高川急的特点,着力状其险;登高四望,是写庐山山川的陪衬,故只作点染;江鸥鱼虫一节是紧接在险川之后,因作缓语,以求其节奏变化。这样写景,就不落入俗套,也不呆板了。

2. 《游媚笔泉记》以柔媚胜。作者虽对媚笔泉本身着墨不多,但文中无不闪耀着柔媚的水色波光。作者所到之处皆有龙溪或媚笔泉水相伴,溪流蜿蜒,蕙草馥郁,子规和鸣。况且作者笔致也如水般纤敏柔细,他不作繁缛的描绘,不为高深的议论,巧妙回环,曲折有致,尽显探幽揽胜的情趣和高雅洒脱的襟怀。

3. 苏轼的题画诗是潇洒飘逸的,所展现的形象,有山水苍茫、天高地远的感觉;而陆文则明显风格不同,它质朴写实,从多种侧面,作了细致真实的描写。苏轼的诗体现了浪漫的想象,让读者对此景心向往之;而陆游的文章则如带领我们同游此景,有身临其境之感。

【例文八】

面朝大海,春暖花开

海 子[①]

从明天起,做一个幸福的人
喂马、劈柴,周游世界
从明天起,关心粮食和蔬菜
我有一所房子,面朝大海,春暖花开

从明天起,和每一个亲人通信
告诉他们我的幸福
那幸福的闪电告诉我的
我将告诉每一个人

给每一条河每一座山取一个温暖的名字

陌生人,我也为你祝福
愿你有一个灿烂的前程
愿你有情人终成眷属
愿你在尘世②获得幸福
我只愿面朝大海,春暖花开

1989 年 1 月 13 日

注释

① 海子(1964—1989):原名查海生,出生于安徽省安庆城外的高河镇查湾村。② 尘世:佛教、道教用语,指的是人世间,现实世界。

简析

这是海子流传最广的作品之一。尽管对于这首诗歌的主旨认定向来存在分歧,但主要归结为两种观点:一种认为这是高歌生命的暖诗;另一种认为这是诀别世俗的哀歌。无论如何,诗人海子用清澈的语言和纯净的精神为世人创设了一个安顿心灵的归所。

全诗共三节。诗人在第一节中描述自己对幸福的具体想象。其中,既包含"喂马、劈柴""关心粮食和蔬菜"等对质朴单纯的世俗世界的拥抱,也包含"周游世界""面朝大海,春暖花开"等对自由独立的脱俗境界的追求,二者并存,勾勒出"我的幸福"的模样。第二、第三节写诗人找到幸福后难以抑制、喷薄而出的喜悦之情,于是他与亲人分享、与每个人分享,连陌生人也要真挚地祝福,甚至连千山万水都要泽被到。

但在诗人溢于言表的幸福想象背后,我们依然能看到他区别于芸芸众生的选择和冷静孤独的坚守。

诗歌中三次写到"从明天起",而非"从今天"或"从当下"就做一个幸福的人。由此,我们可以感受到:诗人在对明天的肯定中隐含着对今天的否定。这种被主观建构起来的幸福并不客观存在,因而,他将幸福寄托于未来和未知,他将目光投向无尽的远方。结尾处,诗人通过"只愿"表达对当下的肯定,与此同时又隐含对明天的否定。"幸福"就这样在诗人的笔下被不断地推翻和重建,由此形成欣喜与失落、骚动与平静。

另外,诗歌结尾处还三次出现"愿你",这里的"你"指"陌生人",是与诗人自己区隔开来的"他者"。诗人"愿你"获得尘世的幸福,而当他面临人生的真正抉择时,更愿做自己。诗歌中的主语自始至终都是"我",有我对幸福的构想,有我与他人的分享,有我对世界的祝福……这些都是单向度的思维、表达和行动,幸福从我的天地出发,逐渐去亲近和拥抱外界,但最终又回归自身的平静和超脱。

【例文九】

邓 稼 先[①]

杨振宁[②]

从"任人宰割"到"站起来了"

一百年以前,甲午战争和八国联军时代,恐怕是中华民族五千年历史上最黑暗最悲惨的时代,只举 1898 年为例:

德国强占山东胶州湾,"租借"99 年。

俄国强占辽宁旅顺大连,"租借"25 年。

法国强占广东广州湾,"租借"99年。

英国强占山东威海卫与香港新界,前者"租借"25年,后者"租借"99年。

那是中华民族任人宰割的时代,是有亡国灭种的危险的时代。

今天,一个世纪以后,中国人民站起来了。

这是千千万万人努力的结果,是许许多多可歌可泣的英雄人物创造出来的伟大胜利。在20世纪人类历史上,这可能是最重要的、影响最深远的巨大转变。

对这一转变作出了巨大贡献的,有一位长期以来鲜为人知的科学家:邓稼先。

"两弹"元勋

邓稼先于1924年出生在安徽省怀宁县。在北平上了小学和中学,于1945年自昆明西南联大毕业。1948年到1950年赴美国普渡大学读理论物理,获得博士学位后立即乘船回国,1950年10月到中国科学院工作。1958年8月奉命带领几十个大学毕业生开始研究原子弹制造的理论。

这以后的28年间,邓稼先始终站在中国原子武器设计制造和研究的第一线,领导许多学者和技术人员,成功地设计了中国的原子弹和氢弹,把中华民族国防自卫武器引导到了世界先进水平。

1964年10月16日中国爆炸了第一颗原子弹。

1967年6月17日中国爆炸了第一颗氢弹。

这些日子是中华民族五千年历史上的重要日子,是中华民族完全摆脱任人宰割危机的新生日子!

1967年以后邓稼先继续他的工作,至死不懈,对国防武器作出了许多新的巨大贡献。

1985年8月邓稼先做了切除直肠癌的手术。次年3月又做了第二次手术。在这期间他和于敏联合署名写了一份关于中华人民共和国核武器发展的建议书。1986年5月邓稼先做了第三次手术，7月29日因全身大出血而逝世。

"鞠躬尽瘁，死而后已"正好准确地描述了他的一生。

邓稼先是中华民族核武器事业的奠基人和开拓者。张爱萍将军称他为"'两弹'元勋"，他是当之无愧的。

邓稼先与奥本海默

1936年到1937年，稼先和我在北平崇德中学同学一年；后来抗战时期在西南联大我们又是同学；以后他在美国留学的两年期间我们曾住同屋。50年的友谊，亲如兄弟。

1949年到1966年我在普林斯顿高等学术研究所工作，前后17年的时间里所长都是物理学家奥本海默。当时，他是美国家喻户晓的人物，因为他曾成功地领导战时美国的原子弹制造工作。高等学术研究所是一个很小的研究所，物理教授最多的时候只有5个人，奥本海默是其中之一，所以我和他很熟识。

奥本海默和邓稼先分别是美国和中国原子弹设计的领导人，各是本国的功臣，可是他们的性格和为人却截然不同——甚至可以说他们走向了两个相反的极端。

奥本海默是一个拔尖的人物，锋芒毕露。他二十几岁的时候在德国哥廷根镇做玻恩的研究生。玻恩在他晚年所写的自传中说研究生奥本海默常常在别人做学术报告时（包括玻恩做学术报告时）打断报告，走上讲台拿起粉笔说："这可以用底下的办法做得更好……"我认识奥本海默时他已四十多岁了，已经是妇孺皆知的人物了，打断别人的报告，使演讲者难堪的事仍然时有发生。不过比起以前要少一些。佩服他、仰慕他的人很多,不喜欢他的人也不少。

邓稼先则是一个最不要引人注目的人物。和他谈话几分钟,就看出他是忠厚平实的人。他真诚坦白,从不骄人。他没有小心眼儿,一生喜欢"纯"字所代表的品格。在我所认识的知识分子当中,包括中国人和外国人,他是最有中国农民的朴实气质的人。

我想邓稼先的气质和品格是他所以能成功地领导各阶层许许多多工作者,为中华民族作了历史性贡献的原因:人们知道他没有私心,人们绝对相信他。

"文革"初期,他所在的研究院(九院)和当时全国其他单位一样,成立了两派群众组织,对吵对打。而邓稼先竟有能力说服两派继续工作,于1967年6月成功地制成了氢弹。

1971年,在他和他的同事们被"四人帮"批判围攻的时候,如果别人去和工宣队、军宣队讲理,恐怕要出惨案。而邓稼先去了,竟能说服工宣队、军宣队的队员。这是真正的奇迹。

邓稼先是中国几千年传统文化所孕育出来的有最高奉献精神的儿子。

邓稼先是中国共产党的理想党员。

我以为邓稼先如果是美国人,不可能成功地领导美国原子弹工程;奥本海默如果是中国人,也不可能成功地领导中国原子弹工程。当初选聘他们的人,钱三强和葛罗夫斯,可谓真正有知人之明,而且对中国社会、美国社会各有深入的认识。

民族感情? 友情?

1971年,我第一次访问中华人民共和国。在北京,见到阔别了22年的稼先。在那以前,也就是1964年中国原子弹试爆以后,美国报章上就已经再三提到稼先是这项事业的重要领导人。与此同时还有一些谣言说,1948年3月去了中国的寒春曾参与中国原子弹工程。(寒春曾于40年代初在洛斯阿拉姆武器实验室做费米的助手,参加了美国原子弹的制造,那时她是年轻的研究生)

1971年8月,我在北京看到稼先时,避免问他的工作地点,他自己只说"在外地工作"。但我曾问他,寒春是不是参加了中国原子弹工作,像美国谣言所说的那样。他说他觉得没有,但是确切的情况他会再去证实一下,然后告诉我。

1971年8月16日,在我离开上海经巴黎回美国的前夕,上海市领导人在上海大厦请我吃饭。席中有人送了一封信给我,是稼先写的,说他已证实了,中国原子武器工程中,除了最早于1959年底以前曾得到苏联的极少"援助"以外,没有任何外国人参加。

这封短短的信给了我极大的感情震荡。一时热泪满眶,不得不起身去洗手间整容。事后我追想为什么会有那样大的感情震荡,是为了民族而自豪?还是为了稼先而感到骄傲?我始终想不清楚。

"我不能走"

青海、新疆,神秘的古罗布泊,马革裹尸的战场,不知道稼先有没有想起过我们在昆明时一起背诵的《吊古战场文》:

> 浩浩乎!平沙无垠,夐不见人。河水萦带,群山纠纷。黯兮惨悴,风悲日曛。蓬断草枯,凛若霜晨。鸟飞不下,兽铤亡群。亭长告余曰:"此古战场也!常覆三军。往往鬼哭,天阴则闻!"

也不知道稼先在蓬断草枯的沙漠中埋葬同事、埋葬下属的时候是什么心情？

"粗估"参数的时候，要有物理直觉；昼夜不断地筹划计算时，要有数学见地；决定方案时，要有勇进的胆识和稳健的判断。可是理论是否准确永远是一个问题。不知稼先在关键性的方案上签字的时候，手有没有颤抖？

戈壁滩上常常风沙呼啸，气温往往在零下三十多摄氏度。核武器试验时大大小小突发的问题必层出不穷。稼先虽有"福将"之称，意外总是不能完全避免的。1982年，他做了核武器研究院院长以后，一次井下突然有一个信号测不到了，大家十分焦虑，人们劝他回去，他只说了一句话："我不能走。"

假如有一天哪位导演要摄制《邓稼先传》，我要向他建议采用五四时代的一首歌作为背景音乐，那是我儿时从父亲口中学到的：

中国男儿　中国男儿

要将只手撑天空

长江大河　亚洲之东　峨峨昆仑

古今多少奇丈夫

碎首黄尘　燕然勒功　至今热血犹殷红

我父亲诞生于1896年，那是中华民族任人宰割的时代，他一生都喜欢这首歌曲。

永恒的骄傲

稼先逝世以后，在我写给他夫人许鹿希的电报与书信中有下面几段话：

——稼先为人忠诚纯正，是我最敬爱的挚友。他的无私的精神与巨大的贡献是你的也是我的永恒的骄傲。

——稼先去世的消息使我想起了他和我半个世纪的友情,我知道我将永远珍惜这些记忆。希望你在此沉痛的日子里多从长远的历史角度去看稼先和你的一生,只有真正永恒的才是有价值的。

——邓稼先的一生是有方向、有意识地前进的。没有彷徨,没有矛盾。

——是的,如果稼先再次选择他的人生的话,他仍会走他已走过的道路。这是他的性格与品质。能这样估价自己一生的人不多,我们应为稼先庆幸!

注释

① 邓稼先(1924—1986),出生于安徽怀宁。中国科学院院士、著名核物理学家、中国核武器研制工作的开拓者和奠基者,为中国核武器、原子武器的研发做出了重要贡献。1999年被追授"两弹一星"功勋奖章。1993年7月29日,是邓稼先逝世七周年。著名物理学家、诺贝尔奖获得者杨振宁教授写了这篇评传作为纪念。② 杨振宁,1922年出生于安徽省合肥市。著名美籍华裔理论物理学家。和李政道提出"弱相互作用中宇称不守恒"原理,获得1957年的诺贝尔物理学奖。此外他还曾在统计物理、凝聚态物理、量子场论、数学物理等领域做出多项贡献。

简析

1993年7月29日,是邓稼先逝世七周年。著名物理学家、诺贝尔奖获得者杨振宁教授写了这篇文章作为纪念。这是一位科学家为另一位科学家写的评传。作者和邓稼先是中学同学、大学同学,在美留学期间又是同学。他自己说是"50年的友谊,亲如兄弟"。读杨振宁教授的回忆文章,可以进一步了解邓稼先的才能、风格、思想和为人。文章先叙述了中国近代一百多年的屈辱历史，由此引出主人公邓稼先，接着简单介绍邓稼先的生平经历和贡献。文章将美国的"原子弹之父"奥本海默与邓稼先进行对比，突出邓稼先作为中国科学家的纯朴气质和高尚品格。最后，表达了作者为中国人自己制造出原子弹而激动、自豪和骄傲之情，高度评价了邓稼先崇高的精神品质以及为中国国防做出的贡献。

思考题

1. 在海子的诗集中，有一首不起眼的诗篇，诗人写到了自己的家乡——安庆。1979 年，一位少年以这座南方小城为起点，走向更广阔的天地。多年后，曾经的少年以诗为媒，寄缱绻的情愫，随北方的雁阵穿越时空。

给 安 庆

海 子

五岁的黎明

五岁的马

你面朝江水

坐下

四处漂泊

向不谙世事的少女

向安庆城中心神不定的姨妹

打听你。谈论你

可能是妹妹

也可能是姐姐

可能是婚姻

也可能是友情

1987 年

试结合《面朝大海,春暖花开》《给安庆》及海子的其他诗歌,谈谈对"马"这个意象的理解。

2. 2021 年 7 月 29 日是"两弹"元勋邓稼先逝世 35 周年纪念日,社会各界齐聚安庆市怀宁县市民广场邓稼先雕像前举行缅怀活动,以表怀念与敬仰之情。请你结合杨振宁的这篇文章,写一段想对邓稼先说的话,以表达内心的敬意。

3. 邓稼先和杨振宁都是安徽人,他们从小就是最要好的同学和朋友。这两位志趣相投的同乡自青少年时代起便树立了远大的理想:将来事业有成,一定报效祖国!之后他们都赴美留学,但在回国还是留美的选择上,邓稼先和杨振宁给出了不同的答案,也成就了不同的人生。对此,你有何想法?

参考答案

1. 海子诗歌中的"马"不胜枚举,其中直接以"马"命名的就有《马(断片)》《祖国(或以梦为马)》《马、火、灰——鼎》等。很多时候,诗人会将"马"和"梦"联系在一起。例如《面朝大海,春暖花开》中,诗人拟想的幸福兼有世俗的日常生活和超脱的"周游世界""以梦为马"。除此之外,"马"也可视作诗人对于理想追求、孤独苦难、野性等的认识,他借此表征自己的内心,同时也将这种隐秘的内心袒露在读者面前。

2. 示例:您以身许国,为国奉献,干惊天动地的事,做隐姓埋名的人。您作为科学家,带领团队在极端艰苦的条件下研制出了中国第一颗原子弹、第一颗氢弹。您那种舍身为国的情怀催人奋进,驱人前行。作为当代青年,我们不会忘记您对国家的贡献,更要将革命先辈的吃苦精神延续下去,将"两弹一星"精神传递给更多的人。

3. 示例:两位科学家都实现了自己的人生价值,对物理学研究做出了巨大的贡献,对中国的科技发展有着卓越的贡献。一位是"两弹"元勋,成功地实现了核爆炸,使中国变得更加强大;一位是诺贝尔奖获得者,帮助改变中国落后世界的局面,两位科学家都是中华民族的骄傲。我们应该看到,人生的道路上,每个人都有自己的价值选择,更应该以宽容的心态去理解并尊重不同的选择。虽然选择不同,但他们都在以自己的实际行动为中国科学贡献力量,都值得我们钦佩。

七、曾有惊天动地文
——采石矶篇

◎ 上海市市北初级中学　刘　蕙

【概述】

采石矶，又名牛渚矶，坐落在安徽省马鞍山市西南五公里处的长江东岸，南接鱼米之乡芜湖，北连六朝古都南京，峭壁千寻，突兀江流，水湍石奇，风景清绝，文物古迹遍山铺陈，自然景观与人文景观相得益彰。自古以来，采石矶都是雄踞长江南北天险、扼守东西咽喉之冲的重要战略之地，素有"金陵屏障、建康锁钥"的美誉。清代地理学者马征麟在《长江图说》中论述长江沿岸各地军事地位时，曾特别指出："中流最紧者二：鄂之武昌，太平之采石。"

采石作为军事重镇已有近二千年的历史，人们视"采石之险甲于东南"。历史上许多战争都与采石矶有关，且多为江山易主之战。据史料记载，发生在采石矶最早的战争是春秋吴楚长岸之战。自汉以降，在此发生了五十多场重要战事，其中尤为著名的战争有孙策挥师攻打牛渚，展现出非凡的军事谋略与果敢；韩擒虎伐陈时攻克牛渚，为统一大业奠定基础；樊若水献策架设浮桥，助力北宋攻克采石,进而灭掉南唐;虞允文在采石矶大败金兵完颜亮,力挽狂澜,捍卫了南宋半壁江山;常遇春大战采石矶,勇猛无畏,立下赫赫战功;陈友谅于采石称帝,短暂地改写了历史的进程;太平军与清军在采石展开长达十年的鏖战,战火纷飞,见证了时代的风云变幻。战争的烽火、历史的沧桑,不仅造就了无数的英雄豪杰,更给采石矶罩上了一层神秘而厚重的历史面纱。

采石矶兼有山川之美和人文之盛,有"诗魂萦绕,贯穿古今"的诗词文化,有"战略要地,兵家必争"的军事文化,有周兴嗣一夜编就千字文的蒙学文化,有李之仪千古绝唱的爱情文化,还有以采石书院为代表的书院文化,以宋山古墓为代表的六朝文化,以广济寺为代表的佛教文化等各种文化的汇聚和积淀,让采石矶愈发璀璨夺目,成为人们心中向往的文化圣地。从唐代大诗人李白多次登矶挥毫,写下《望天门山》《夜泊牛渚怀古》《横江词六首》等不朽佳作开始,便开启了一段诗词的传奇篇章。近千位文人墨客如同迁徙的雁阵,纷纷慕名飞临采石矶。他们或深情缅怀诗仙李白,追寻着诗仙的足迹;或喟叹人生的悲欢离合,感慨命运的无常;或感慨时代的兴衰更迭,抒发内心的壮志豪情,留下了众多脍炙人口的诗文。如刘禹锡《晚泊牛渚》、杜牧《和州绝句》、白居易《李白墓》、梅尧臣《采石月赠郭功甫》、祝穆《牛渚山》、文天祥《采石》、王世贞《登太白楼》、张之洞《登采石矶》、郭沫若的《水调歌头·登采石矶太白楼》、郁达夫的《采石矶》等,每一篇都是文人墨客对采石矶的深情告白,是历史与文化的珍贵记忆。

【例文一】

望天门山[①]

李 白

天门中断[②]楚江[③]开,碧水东流至此[④]回[⑤]。两岸青山[⑥]相对出,孤帆一片日边来。

注释

[①] 天门山:位于安徽省境内的长江两岸,东为东梁山(又称博望山),西为西梁山(又称梁山)。两山隔江对峙,宛如天然设置的门户,天门山便由此得名。[②] 中断:长江水从中间隔断两山。[③] 楚江:即长江。因古代长江中游地区属于楚国,所以长江在此段被称作楚江。[④] 至此:意为东流的长江水在此处转而向北流。[⑤] 回:回旋,回转。指此段江水由于地势险峻而使流向有所改变,水流更加汹涌。[⑥] 两岸青山:指东梁山和西梁山。

简析

这首千古绝唱宛如一颗明珠,诞生于青年李白初出巴蜀的传奇旅程之中。初至采石矶一带的李白,青春的热血如同汹涌的江水般奔腾不息,金色的梦想如同璀璨的星辰般熠熠生辉。他渴望着去拥抱广阔的天地,去建立不朽的功勋。途经当涂时,一座雄伟壮丽的天门山猝不及防地撞入他的视野,也撞进他的诗心。

诗的开篇犹如一幅气势恢宏的山水画卷徐徐展开。首句"天门中断楚江开",精准扣题,着重展现出浩浩荡荡、奔腾东流的楚江,冲破天门山时一往无前的磅礴气势。天门山所在之处素以水势凶险著称。然而,李白却并未将笔墨过多地倾注在水势的险恶之上,而是别出心裁地关注起"山"与"水"之间微妙而激烈的矛盾关系。寥寥数字引发人无尽遐想:原本紧密相连的天门两山,如同坚固的堡垒一般阻挡着汹涌的江流。然而,楚江的怒涛凭借着排山倒海的冲击力,一次又一次地撞击着山峦,终于,在漫长的岁月里撞开了"天门",使之断裂为东西两山。李白笔下的楚江仿佛被赋予了强大的生命力,拥有冲破一切阻碍的神奇力量,而天门山也仿佛心有灵犀地在这场力量的较量中,默默地为楚江让出了一条前行的通道。

第二句"碧水东流至此回",视角陡然一转,着重刻画了夹江对峙的天门山对汹涌奔腾的楚江所产生的强大约束力。一个"至"字将长江水流的变化刻画得入木三分。这种急剧的大转向如同一场激烈的战斗,让江水措手不及。江水因突然拐弯而流速受阻,水流变得不畅;水流不畅,江水便开始积聚,形成汹涌的波浪与不断的漩涡,使得水势愈发险恶。而这一险象的成因正是那夹峙的两山。浩渺长江流经狭窄通道时,激起回旋,从而造就了波涛汹涌的奇观。前一句是借山势来衬托水的汹涌澎湃,后一句则是借水势来凸显山的奇崛险峻。

第三句承接首句,以细腻的笔触描绘出天门两山那雄伟壮丽的姿态。第四句承接第二句,将视野拉远,展现出长江江面那辽阔无边的远景。这两句明确了"望"的立足点,一个"出"字宛如神来之笔,赋予原本静止的山峦以灵动的动态之美。此时的李白身处激流险滩却无心关注脚下的滔滔江水与飘摇之舟,而是完全沉醉在这奇险壮阔的景色所带来的兴奋之中。他的心中满是豪情壮志,仿佛世间的一切险阻都无法阻挡他前行的脚步。夹江对峙的天门山仿佛正满腔热情地向诗人迎面走来,用自己独特的方式表达着对远客的诚挚欢迎。

全诗以题目中的"望"字贯穿全篇,虽不见一个"望"字,却句句皆是"望"中所得,字字饱含诗人对天门山的深情凝视。这首诗不仅是李白对自然的礼赞,更是他对人生的宣言,不断激励着后人勇往直前地去追寻心中的梦想。

【例文二】

李 白 墓[①]

白居易

采石江边李白坟,绕田[②]无限草连云。可怜荒垄[③]穷泉[④]骨,曾有惊天动地文。但是诗人多薄命,就中[⑤]沦落不过君。

注释

① 李白墓:唐代大诗人李白逝世于当涂(今属安徽)。初葬龙山,唐宪宗元和十二年(817)正月,迁葬至青山。今安徽马鞍山南采石山下采石镇犹存李白墓的遗址。② 田:墓地。③ 荒垄:荒芜的坟墓。④ 穷泉:泉下,指埋葬逝者的地下,即墓中。⑤ 就中:其中,当中。

简析

古往今来,无数文人墨客途经李白墓时,都被诗仙的传奇人生与绝世才情深深触动,留下了诸多谒墓凭吊的动人诗篇。在那浩如烟海的诗作里,白居易的这首诗最能引发人们内心深处的共鸣。

唐宪宗元和年间,因宰相武元衡被刺身亡愤而上书被贬的白居易,来到李白墓前。白居易怀着对李白的敬慕,在感慨万千中写下了这首凭吊诗作。

诗歌开篇的笔触轻落在采石江边李白的坟墓。这一处简陋又荒凉的所在,长久无人悉心打理,萋萋荒草在风中摇曳,似在诉说着无尽的孤寂与落寞,烘托出一种萧索悲凉的氛围,让人心生戚戚。而当我们深入探寻,便会发现李白与采石矶之间那千丝万缕、难以割舍的深厚渊源。他一生钟爱此地,生前曾多次欣然踏足,沉醉于这方山水之间,挥笔写下四十多首脍炙人口的诗文,每一篇都饱含着他对生活的热爱、对自然的赞美和对人生的思索。晚年,他也选择在此地度过人生最后的时光,甚至还留下了"跳江捉月,骑鲸上天"的动人传说,为这片土地增添了一抹神秘的色彩。

诗歌第三、四句直抒胸臆,既是诗人为李白坎坷多舛的命运鸣不平,亦是对他辉煌灿烂的一生给予最真挚的肯定。"可怜"与"曾有"形成鲜明对比,鲜明地展示出李白诗文的伟大与他死后墓地的凄凉这一令人痛心疾首的矛盾,毫无保留地抒发了诗人心中强烈的同情与悲愤之情。诗人站在李白墓前,往昔李白的才情横溢、意气风发与眼前的荒芜凄凉不断交织,悲从中来,难以自抑。才华盖世的谪仙人,命运竟然薄如白纸,不禁让人唏嘘。"惊天动地"一词是白居易对李白诗文的高度赞誉,恰似杜甫所云"笔落惊风雨,诗成泣鬼神",生动形象地展现出李白诗文那震撼人心的力量。然而,这样一位名垂千古的文学巨匠,死后却遭受如此凄凉冷漠的对待,实在令人唏嘘不已。

最后两句,诗人笔锋一转,从高瞻远瞩的历史视角对自身所属的文人群体的命运进行了深刻概括:"但是诗人多薄命",旗帜鲜明地提出"才愈高则命愈薄"这一发人深省的观点。"诗人多薄命"短短五个字,字字饱含着诗人无限的辛酸与悲哀,那是他在漫长人生旅途中历经风雨后的沉痛感慨,也是他对自身坎坷遭际的深刻反思,更蕴含着他对李白的无限敬意与追思。

此诗在形式上采用七律变体,虽仅有短短六句,却包孕着丰富深厚的情感与内涵。全诗以李白耀眼的成就、坎坷的命运、死后墓地的萧条和后世文坛的黯淡形成了多重对比,不仅是白居易对李白个人命运的深情挽歌,更是对整个文人命运的深沉喟叹。即便穿越千年,它依旧能触动我们内心最柔软的角落。

【例文三】

夜泊牛渚①怀古

李 白

牛渚西江②夜,青天无片云。登舟望秋月,空忆谢将军③。余亦能高咏,斯人④不可闻。明朝挂帆席⑤,枫叶落纷纷。

注释

① 牛渚:山名,在今安徽省马鞍山市西北采石矶,山北突入长江。此地即谢尚闻袁宏咏史处。② 西江:从江西、安徽延伸至南京的一段长江水域。③ 谢将军:东晋谢尚,今河南太康县人,官至镇西将军。据《晋书·袁宏传》记载,东晋时袁宏有才华,孤贫,以运租为业。镇西将军谢尚镇守牛渚时,秋夜泛舟赏月,听到袁宏在船上吟诵自己的咏史诗,大加赞赏,并邀袁宏到船上谈论至天明,从此袁宏声名大著。题中"怀古"即指此事。④ 斯人:指谢尚。⑤ 挂帆:扬帆。

简析

《夜泊牛渚怀古》的创作背景主要有两种说法。其一,认为此诗作于李白青年时代声名未振之际,疑开元十五年(727)秋完成"东涉溟海"后,溯江往洞庭拟安葬友人吴指南途经牛渚采石矶时所作。其二,则认为是开元二十七年(739),李白从安宜沿江而上,船泊采石矶时挥笔而成。无论创作于何时,此时诗人的心境与初次途经采石矶时已大相径庭。诗人在不得志时,有感于谢尚与袁宏知音相赏的故事,以怀古为由,抒发仕途未卜、怀才不遇的婉转愁思。

首联,开门见山,照应题目。诗人以简洁明快之笔点明行舟夜泊的时间、地点、节气与环境,宛如一幅素淡的水墨画。在一个碧空如洗、秋意飒爽的夜晚,李白乘舟缓缓抵达采石矶。万里无云的苍穹、苍茫浩渺的长江,在月夜下显得空明澄澈。诗人仿佛与无边夜色悄然相融,沉醉在这天地的静谧之中。

颔联,诗人笔锋一转,由眼前的景致过渡到对历史的追思。诗人静听着江水滔滔,周身沐浴着如水月光。一个"望"字如同一把神奇的钥匙,开启了跨越数百年的时光之门,勾起了诗人对古人的深深缅怀。此刻,诗人所处的牛渚西江,眼前所见的青天朗月与东晋时期谢尚偶遇袁宏的场景何其相似,怀古之情在诗人心中油然而生。那高悬天际、千古不变的明月,恰似一座连接今古的桥梁。诗人凝视着这无声的明月,心中似有万千疑问:"如今,像谢尚那般慧眼识才的伯乐,又从何处寻觅呢?"毕竟,世上若无伯乐,即便有绝世的千里马,也难以一展雄风。一个"空"字道尽了这份对往昔的追忆注定无果,与颈联中的"不可闻"形成深沉的慨叹。

颈联,诗人以自我道白的方式,将古今进行对比,内心的不平与愤慨如汹涌的潮水般喷薄而出,深切感受到世态的炎凉。诗人伫立船头,仰望青天明月,遥想几百年前身居高位的谢将军,能够冲破世俗的樊篱,不论贫富贵贱、地位高低,以宽广的胸怀爱护人才,尊重人才,识拔人才。这正是诗人在现实中梦寐以求却始终无法得到的。尽管自己恰似当年的袁宏那般才高八斗,然而像谢尚这样的伯乐却再难寻觅。"不可闻"与上文的"空忆"相呼应,将诗人怀才不遇的深沉感叹抒发得淋漓尽致。

尾联,诗意宕开一笔,诗人转而描绘景物,诗人想象自己明朝挂帆离去的情景,极其富有诗情画意。秋风瑟瑟,片帆高高扬起,客舟即将驶离江渚;枫叶纷纷飘落,好似在默默送别寂寞远行的船只。落在诗人身后的片片枫叶,承载着一个陨落的大唐盛世和诗人年轻时的梦想。即使前途未卜,他仍旧坚信自己只是欠缺一个伯乐。如斯场景进一步渲染出诗人知音难觅的孤寂心境,余韵悠长,令人感怀。

【例文四】

晚 泊 牛 渚

刘禹锡

芦苇晚风起,秋江鳞甲①生。残霞忽变色,远雁有余声。戍鼓②音响绝,渔家灯火明。无人能咏史③,独自月中行。

注释

① 鳞甲:形容风吹水的波纹像鱼鳞。② 戍鼓:驻防军营的鼓声。③ 咏史:东晋时代出身贫寒的袁宏,因善咏史诗而被镇守牛渚的镇西将军谢尚提携发迹。

简析

　　长庆四年(824),刘禹锡自夔州赴任和州刺史途中,晚泊于牛渚山下。晋代袁宏夜泊于此咏史,从而被镇西将军谢尚赏识提拔的典故,不禁触发了刘禹锡内心深处思古的幽情,于是,这首《晚泊牛渚》应运而生。全诗围绕一个"晚"字展开,不着痕迹地表现时间的推移,情感也随之发生着变化。由莫可名状的惆怅,到漂泊天涯的孤独,再到精神世界的流浪。

　　首联,诗人以极为精准而生动的笔触,描绘出诗人晚泊之地的季节特征。一个"晚"字,将整个场景笼罩在一片暮色沉沉之中,尽显时光的幽邃与静谧;一个"秋"字,让全诗包裹于一层清冷肃杀的氛围之下。这简简单单的两个字,不仅勾勒出眼前的实景,更巧妙地投射出诗人彼时内心的主观感受。刘禹锡一生宦海浮沉,此时前途未卜,心中满是凄凉与怅惘。这"晚"与"秋"正是他内心世界的真实写照,为全诗奠定了萧瑟凄冷的基调。

　　颔联,诗人从视觉与听觉两个维度,进一步拓展了眼前的景致,将一幅更为广阔而深远的画面徐徐展开。诗人举目遥望西方,只见水天相接之处,晚霞似被一双无形的大手肆意涂抹,刹那间变换了颜色。那绚丽的色彩,或橙黄如金,或绯红似火,却又在转瞬之间渐渐黯淡,仿佛在诉说着时光的匆匆流逝。与此同时,远处天边飞行的大雁正匆匆掠过。大雁扇动翅膀的声音和偶尔传来的鸣叫声,隐隐约约飘进诗人的耳中,让人不由怀想大雁在漫漫征途中的艰辛。一种莫名的寂寥情绪,如潮水般涌上诗人的心头,与眼前的景色相互交融,营造出一种悠远而深沉的意境。

　　颈联,诗人巧妙地由动返静,在自然之景向人文之景的转换间不着痕迹地暗示了时间的悄然推移。万籁俱寂的夜晚,连整日忙碌的兵士们也纷纷进入了梦乡,原本回荡在军营中的鼓声也渐渐停歇,悄无声息。唯有江面上的渔家灯火却如繁星点点,在茫茫夜色中显得格外明亮,仿佛是黑暗中的希望之光。藩镇割据,战火纷飞,国家已不复往昔的太平繁华。诗中对"戍鼓"这一象征着军营传呼警戒的声音的点染,不仅是对眼前场景的如实描绘,更是对当时严峻时代背景的深刻揭示,让读者透过这简单的两个字直面那个时代的沉重。

  尾联是诗人情感的集中抒发。面对眼前的山川景色,遥想历史的兴衰变迁、人事的更迭交替,诗人触景生情,万千思绪在心中澎湃翻涌。这两句诗,表面看似是在感叹当世已无人能像袁宏那样咏史,因而也不必期待能遇到像谢尚那样的伯乐。然而,细细品味,却能发现其中蕴含着诗人深深的自伤与无奈。刘禹锡隐隐以谢尚自况,抒发当世没有像袁宏那样有才华的人与自己一见如故的伤感。同时,他也借这两句诗,含蓄而深刻地批判了当下国家正值用人之际,却不能发现人才、重用人才的社会现实。这种批判犹如一把锐利的匕首,直刺时弊,发人深省,让整首诗的主题得到了进一步的升华。

【例文五】

西江月·渔父词

辛弃疾

  千丈悬崖削翠①,一川落日镕金②。白鸥来往本无心。选甚③风波一任。

  别浦④鱼肥堪脍⑤,前村酒美重斟。千年往事已沉沉。闲管兴亡则甚⑥。

注释

① 削翠：陡峭的绿崖。② 镕金：熔化金属。形容落日之美。③ 选甚：不论怎么。④ 别浦：河流入江海之处称浦，或称别浦。⑤ 脍：把鱼切成薄片。⑥ 则甚：做甚，做什么。

简析

南宋淳熙五年（1178），辛弃疾踏上了从临安前往湖北赴任转运副使的旅程。南渡后的十三年间，他在宦海之中起起落落，满心壮志却难以实现。舟行至采石矶时，辛弃疾心中的感慨如汹涌的潮水般澎湃，于是，一首饱含深情的抒情言志词《西江月·渔父词》就此诞生。

词的上片，开篇便将一幅绚丽壮美的采石黄昏图展现在读者眼前。千丈高的悬崖峭壁之上，草木郁郁葱葱，蓬勃的生命力在这片天地间肆意张扬。那落日的余晖，宛如一层金色的薄纱，轻柔地洒落在江面上，一川江水波光粼粼，仿佛是被熔化的金子般灿烂夺目。"镕金"与"削翠"，金黄与翠绿相互映衬，色彩鲜明得如同画家精心调配的画卷，给人以强烈的视觉冲击。这两句对仗极为工整，气势雄浑磅礴，乍看之下，只是渔父眼中的寻常江景，然而细细品味，却不难发现其中隐藏着辛弃疾那"气吞万里如虎"的豪迈气概。他虽身处仕途困境，可心中的壮志豪情从未被磨灭，眼前的壮丽山河正是他内心渴望驰骋、收复失地的映照。

接着，画面中出现了自由翱翔的白鸥。它们在江面上自在轻盈地飞舞，没有任何的束缚，也没有明确的目的，只是尽情享受着这广阔的天地。而江面上的游人则乘坐轻舟在波涛间遨游。面对起伏的风浪，依旧泰然自若。这看似寻常的场景描写，实则蕴含着辛弃疾对自由洒脱生活的向往，更与他在现实中受到诸多限制、壮志难酬的处境形成了鲜明的对比。

词的下片,词人以鸥鸟来比喻渔父,同时也暗喻自己,着重抒发江行途中的感受。"别浦鱼肥堪脍,前村酒美重斟"两句紧密呼应开头的景色描写,为我们展现了长江下游富饶的景象。在那水流分支的河汊处,鱼儿肥美鲜嫩,正是烹饪佳肴的绝佳食材;前行不远处的江村,酒香四溢,一杯杯美酒正等待着旅人去细细品味。其中,"别浦鱼肥堪脍"巧妙地化用了西晋张翰鲈鱼脍的典故。当年张翰因思念家乡,毅然弃官归隐,辛弃疾在此化用此典,表达了自己对隐居生活的向往。在这宦海沉浮的岁月里,他身心俱疲,渴望能像张翰一样,寻得一方宁静的天地,远离尘世的喧嚣与纷扰。

采石矶作为江防的重要战略要地,自古以来便是兵家必争之地。历代的南北战争,大多在此处渡江。它宛如一位沧桑的历史见证者,目睹了无数王朝的兴起与衰落。千年的往事,如同那滚滚东逝的江水,都已渐渐销声匿迹。"千年往事已沉沉,闲管兴亡则甚",这句词看似洒脱,仿佛是在说历史的变革、王朝的兴衰都已成为过去,何必再去过多在意。

词的结句,表面上是借渔父之口,故作旷达,劝自己放下对国家兴亡之事的牵挂。然而,辛弃疾一生都在为恢复中原、统一国家而努力奋斗,这份对国家兴亡的执着早已深入骨髓。词人在这里故作反语,恰恰是因为壮志难酬而产生的悲愤与无奈。他自言不管兴亡,实际上却是对国家命运的深切担忧,这种曲折的表达方式,让我们更能体会到他内心的痛苦与挣扎。

思考题

1. 请赏析例文一《望天门山》的符号意义。
2. 例文三、四、五均运用了典故来抒发作者的思想感情,请任选一首简要分析。

3. 请结合历史、地理等因素,尝试分析李白多次踏足采石矶的原因。

参考答案

1.(1)"天门"这一符号蕴含着浓厚的神话意蕴。"天门""中断"与"开"这三个词语,宛如三把神奇的钥匙,能开启人们浪漫的神思大门。循着神话逻辑,我们仿佛能探寻到天门山被分置于两岸、楚江得以开阔奔流的奇幻缘由,在想象的世界里感受大自然的鬼斧神工与神话的神秘魅力。

(2)山水元素成为诗境构图的主体符号。诗中以山的巍峨轮廓为骨骼,以水的灵动界面为脉络,构建起诗境的主要框架。由山与水相互交织组合而成的符号体系所传递出的自然景象信息,淋漓尽致地反映出诗人初次见到天门山时,内心涌起的那种豁然开朗的喜悦之情,仿佛能带着读者一同领略那震撼人心的美景。

(3)行舟帆影显示的人事符号。其中一个"孤"字,意蕴丰富,它既可能是诗人当时孤身一人出行的真实写照,也可能是为了让全诗的构图更显和谐精妙,又或许是为了充分抒发他人难以体会、唯有诗人自己能够独享的独特情感体验,可谓是"言有尽而意无穷"。

2.《夜泊牛渚怀古》的首联描绘出诗人夜宿牛渚的场景,秋江之上一片寂寥,天空与江水融为一体,空旷而寂静。在这样的秋江空寂氛围中,李白自然而然地联想到谢尚对袁宏的赏识与提携。颔联则直接怀古,着重表达对谢将军的怀念已无实际用处,在这字里行间,作者知音难觅、怀才不遇的落寞情绪,与上联所营造的空寂之景完美交融,读来令人心生感慨。

《晚泊牛渚》的尾联表面上看似在感慨当世已无人能像袁宏那样咏史,所以不必期待能遇到谢尚这样的伯乐,实则诗人借袁宏因咏史而获谢尚提携的故事,委婉地抒发了当世并无良才可供自己赏识的哀伤,同时也含蓄地批判了社会上排斥贤才的不良现象,展现出诗人对社会现实的深刻洞察与无奈。

《西江月·渔父词》"别浦鱼肥堪脍"巧妙化用西晋张翰鲈鱼脍的典故,借此表达出诗人想要效仿张翰,因思念家乡而弃官归隐的志向。然而,"千年往事已沉沉,闲管兴亡则甚"一句又化用"大江东去,浪淘尽,千古风流人物",表面上是借渔父之口故作豁达,声称不必过问国家兴亡之事,劝自己学会放下,但实际上,这是诗人在曲折地表达自己壮志难酬的悲愤与无奈,这种欲说还休的表达方式,更增添了诗词的深沉韵味。

3.(1)采石矶是诗人前往长江中下游的必经之地,其特殊的地理位置,使得诗人在行程中频繁与它相遇,为诗人在此留下诸多诗作提供了契机。(2)此地滔滔不绝的江水、连绵险峻的绝壁,构成了雄伟壮观的景色,这种大气磅礴的自然景观,与诗人自在洒脱、豪迈不羁的气质不谋而合,成为诗人心中"性分之所适"的理想之地,激发了诗人的创作灵感。(3)诗人本不愿通过常规的科考途径获取功名,而是期望通过半隐山林的生活方式赢得声誉,从而得到君王的赏识与任用。然而,唐玄宗后期朝政日益腐败,生性正直的诗人屡屡遭受奸人的谗言诋毁,最终被迫辞官。此后,他只能在岩居野外、茂树清泉之间辗转漂泊,沉醉于大自然的怀抱,而采石矶也成为他旅途中情感抒发的重要载体。(4)诗人晚年因病投奔当涂县令李阳冰,采石矶恰好是他寻求晚年依靠的落脚之地。在这里,诗人的人生经历与情感世界都与这片土地紧密相连,留下了许多动人的诗篇,成为后人研究诗人情感与创作的重要线索。

【例文六】

容斋随笔·李太白

洪 迈

世俗多言李太白在当涂采石,因醉泛舟于江,见月影俯而取之,遂溺死,故其地有"捉月台"。予按李阳冰①作《太白草堂集序》云:"阳冰试弦歌于当涂,公疾亟,草稿万卷,手集未修,枕上授简,俾为序。"又李华②作《太白墓志》亦云:"赋《临终歌》而卒。"乃知俗传良不足信,盖与杜子美因食白酒牛炙而死者同也。

注释

① 李阳冰:字仲温,是李白的堂叔。宝应元年(762)任当涂县令。为李白诗集作序。② 李华:字遐叔。天宝间官监察御史,为权幸所嫉,后去官归隐。为李白撰写墓志。

简析

南宋洪迈的《容斋随笔》是一部内容包罗万象、见解鞭辟入里的鸿篇巨制,其涉猎范围之广令人惊叹。从经史子集、诗词歌赋到历代典章制度,再到医卜、星历等诸多领域,均有深入论说。书中对各类知识的考证辨析清晰细密,议论评价切中要害,字里行间尽显作者的深厚学识与敏锐洞察,备受后世学者赞誉。

这部著作最为重要的价值与贡献,在于对前朝史实的严谨考证,涵盖政治制度的沿革、重大历史事件的来龙去脉、具体年代的厘定,以及人物生平事迹的梳理等。作者洪迈对历代经史典籍重新审视,辨析真伪,订正讹误,提出众多独到且深刻的见解,纠正了诸多流传已久的错误认知。可以说《容斋随笔》在中国历史文献学领域占据重要地位,具有深远影响。本篇摘选的《李太白》一文,即充分展现出作者对待历史一丝不苟的考据态度。

《李太白》一文揭示了一个重要道理:切勿轻信谣言。世俗间曾传言李白是醉酒后失足落水而亡。然而,作者通过严谨的考证发现,李白实则是在病重之时,仍笔耕不辍,"手集未修"而与世长辞。由此可见,世俗传言往往真假混淆,不可遽信。我们不妨将其当作茶余饭后的谈资,但切不可盲目听信,凡事都应当经过科学严谨的考察论证,才能得出可靠结论。

【例文七】

牛 渚 山

祝 穆

在当涂县①北三十里。山下有矶,古津渡也,与和州横江陵相对。

隋师伐陈,贺若弼从此北渡。六朝以来,为屯戍之地。《舆地志》②:"牛渚山,昔有人潜行,云此处通洞庭,傍达无底。见金牛③状异,乃见怪而出。"温峤平苏峻乱,进录尚书事,逊不受。还藩,至牛渚矶,水深不可测。世云下多怪物,峤遂燃犀烛照之,须臾,水族覆灭,奇形怪状,或乘车马,著赤衣衣帻。其夜,梦人谓曰:"与君幽明道别,何意相照!"峤至镇,未旬而卒。谢尚镇牛渚,尝秋夜乘月,与左右微服泛江。会袁宏在舫中讽咏,声既清畅,词又藻拔,遂迎升舟,与之谈论。宏自此名誉日茂。

刘禹锡《泊牛渚诗》:"芦苇晚风起,秋江鳞甲生。残霞忽改色,远雁有余声。戍鼓音响绝,渔家灯火明。无人能咏史,独自月中行。"李白诗:"牛渚西江夜,青天无片云。登舟望秋月,空忆谢将军。余亦能高咏,斯人不可闻。明朝挂帆席,枫叶落纷纷。"又诗:"绝壁临巨川,连峰势相向。乱石流洑涧,回波自成浪。但惊群木秀,莫测精灵状。更听猿夜啼,忧心醉江上。"介甫诗:"历阳之南有牛渚,一风微起万舟阻。华戎蛮蜀支百川,合为大江神所缠。山盘水怒不得泄,到此乃有无穷源。朱衣乘波作官府,操制生杀无非权。阴灵秘怪不欲露,燃犀得祸却偶然。"

注释

① 当涂县:位于安徽省东南部,长江安徽段南岸。② 《舆地志》:为南朝梁陈间的顾野王所编,是一部关于古代地理学的志书。③ 金牛:此处即"金牛出渚"的传说,据《舆地志》记载,有人潜水入洞,见一头金牛卧于洞中,此洞就被叫作金牛洞。洞中有金牛钻出,即所谓"金牛出渚"。

简析

本文节选自南宋祝穆所撰方志《方舆胜览》。这部著作以宏大的视角详细记载了南宋临安府为首浙西路、浙东路、江东路、江西路等十七路的风土人情,内容涵盖建置、沿革、郡名由来、风俗传统、杰出人物、名胜古迹、特色土产以及山川风貌等多个方面,宛如一部生动的唐宋时期社会百科全书,为后世学者深入探究唐宋时期的人文地理与经济地理提供了丰富翔实的资料,具有独特的历史魅力。

本文则紧紧围绕当涂县北的牛渚矶徐徐铺陈开来,巧妙融合了地理位置的精准描述、历史典故的生动讲述以及名家诗作的精妙赏析,全方位地展现出牛渚矶是一个兼具地理险要、历史厚重、神话奇幻与人文诗意的独特存在。

开篇之际,作者运用简洁却极具表现力的笔触,寥寥数语,便将牛渚山一带独特的地形地貌清晰勾勒,使读者仿佛身临其境,瞬间对牛渚矶周边的地理环境有了直观且深刻的认知。

第二段,作者巧妙地引经据典,将牛渚山一带悠久且神秘的历史画卷徐徐展开于读者眼前。"六朝以来,为屯戍之地",此句堪称全文的神来之笔,宛如一颗璀璨的明珠镶嵌在牛渚山的历史长河中,极大地增添了牛渚山的历史厚重感。牛渚山凭借自身险要的地势见证了无数次的战争与和平,每一次历史的变迁都在这片土地上留下了不可磨灭的印记,其重要的军事战略意义不言而喻。

紧接着,作者援引《舆地志》中"金牛出渚"的古老传说,描述牛渚矶下江水"傍达无底"、直通洞庭的神奇景象,为采石矶又名牛渚矶的缘由赋予了充满神秘色彩的诠释,更激发了人们对牛渚矶地下世界的无尽遐想。随后,作者又娓娓讲述东晋大臣温峤在此燃犀烛照水族妖魅的传说,这一充满奇幻色彩的故事,为牛渚矶蒙上了一层更加神秘的面纱,让这片土地散发着令人难以抗拒的吸引力。段末所叙袁宏月下咏史得到谢尚赏识重用的轶事,则为牛渚矶注入了一股人文的暖流,不仅展现了牛渚矶独特的人文魅力,更使之成为后世文人墨客心中的精神灯塔,激励着他们在追求理想的道路上奋勇前行。

第三段,作者选取吟咏牛渚的古典诗作,如刘禹锡的《泊牛渚诗》、李白的《夜泊牛渚怀古》和《姑孰十咏·牛渚矶》、王安石的《牛渚》等作为结语。刘禹锡笔下"芦苇晚风起,秋江鳞甲生。残霞忽改色,远雁有余声",通过细腻的笔触,描绘出牛渚矶秋夜的静谧与灵动,尽显自然之美;李白"牛渚西江夜,青天无片云。登舟望秋月,空忆谢将军",借景抒情,表达了自己怀才不遇的惆怅与对知音的渴望;王安石"历阳之南有牛渚,一风微起万舟阻。华戎蛮蜀支百川,合为大江神所缠",则从宏观视角,展现了牛渚矶的险要地势与神秘传说。这些诗作不仅展现了牛渚矶作为军事要地的雄浑壮阔,更凸显了其作为文人雅集、才情交流之所的浓厚文化氛围,为牛渚矶注入了源源不断的人文活力,使其在历史的长河中熠熠生辉。

【例文八】

宋史·曹彬传(节选)

曹彬字国华,真定灵寿人。彬始生周岁,父母以百玩之具罗于席,观其所取。彬左手持干戈,右手取俎豆①,斯须取一印,他无所视,人皆异之。

(显德)五年,使吴越,致命讫即还。私觌②之礼,一无所受。吴越人以轻舟追遗之,至于数四,彬犹不受。既而曰:"吾终拒之,是近名也。"遂受而籍之以归,悉上送官。

初,太祖典禁旅,彬中立不倚,非公事未尝造门,群居燕会,亦所罕预,由是器重焉。建隆二年,自平阳召归,谓曰:"我畴昔常欲亲汝,汝何故疏我?"彬顿首谢曰:"臣为周室近亲,复忝内职,靖恭守位,犹恐获过,安敢妄有交结?"

(开宝)七年,将伐江南。九月,彬奉诏与李汉琼、田钦祚先赴荆南发战舰,潘美帅步兵继进。十月,诏以彬为升州西南路行营马步军战棹都部署,分兵由荆南顺流而东,破峡口砦,进克池州,连克当涂、芜湖二县,驻军采石矶。十一月,作浮梁③,跨大江以济师。十二月,大破其军于白鹭洲。

长围中,彬每缓师,冀煜归服。城垂克,彬忽称疾不视事,诸将皆来问疾。彬曰:"余之疾非药石所能愈,惟须诸公诚心自誓,以克城之日,不妄杀一人,则自愈矣。"诸将许诺,共焚香为誓。明日,稍愈。又明日,城陷。煜与其臣百余人诣军门请罪,彬慰安之,待以宾礼,请煜入宫治装,彬以数骑待宫门外。左右密谓彬曰:"煜入或不测,奈何?"彬笑曰:"煜素懦无断,既已降,必不能自引决。"煜之君臣,卒赖保全。

初,彬之总师也,太祖谓曰:"俟克李煜,当以卿为使相。"副帅潘美预以为贺。彬曰:"不然。夫是行也,仗天威,遵庙谟,乃能成事,吾何功哉,况使相极品乎?"美曰:"何谓也?"彬曰:"太原未平尔。"及还,献俘。上谓曰:"本授卿使相,然刘继元未下,姑少待之。"既闻此语,美窃视彬微笑。上觉,遽诘所以,美不敢隐,遂以实对。上亦大笑,乃赐彬钱二十万。彬退曰:"人生何必使相,好官亦不过多得钱尔。"

咸平二年,被疾。上趣驾临问,手为和药,仍赐白金万两。六月薨,年六十九。上临哭之恸。

注释

① 俎豆:俎和豆。古代祭祀时盛放祭品的礼器。② 觌(dí):会见。③ 浮梁:浮桥。

简析

本文节选自《宋史》。《宋史》是二十四史之一,由元代的丞相脱脱和阿鲁图先后主持修撰。《宋史》将"第一良将"的头衔授予了开国名将曹彬,称"君子谓仁恕清慎,能保功名,守法度,唯(曹)彬为宋良将第一"。《曹彬传》精心选择了曹彬一生中几件意义重大的事件,将记言与记行巧妙地结合在一起,记录了传奇人物波澜壮阔的一生,展现了北宋历史中一道璀璨的风景线。

选文第二段着重刻画了曹彬为官清廉且懂得灵活变通的形象。在执行公务时,他坚决拒绝借机谋取私利。即便面对他人执意相送的礼品,他也会先收下,随后便原封不动地上交,丝毫不占公家便宜,公私分明的态度令人钦佩。

第三段展现了曹彬为官清正的高尚品格。他既不会为了讨好宋太祖而刻意逢迎巴结,也不会与同僚们拉帮结派,结党营私。在复杂的官场环境中,始终坚守自己独善其身、刚正不阿的处世原则。

第四段凸显了曹彬卓越的军事才能与非凡智慧。在战场上,他率领宋军英勇奋战,一路南下,直抵江南。凭借着出色的指挥战略,接连攻克多个重要军事重镇,为平灭南唐与江南地区的稳定统一立下了赫赫战功,成了国家稳固的坚实后盾。

第五段则体现了曹彬的仁爱与睿智。在即将破城之际,他深知战争的残酷,为避免城中百姓遭受屠戮,以装病为由,要求部下诚心立誓破城后不妄杀一人。城破之后,他又极为尊重南唐的投降者,保障他们的人格尊严和生命安全,尽显人道主义关怀。

第六段描绘出曹彬低调谦逊、不居功自傲的性格特点。在征讨南唐之前,宋太祖曾亲口承诺,待攻克李煜后,便任命他为使相。然而,曹彬灭南唐归来,却将所有功劳都归结于皇帝的天威与朝廷的精心谋划,对自己在战争中的卓越表现只字不提,其谦逊的态度令人动容。

第七段通过描写皇帝在曹彬患病去世后痛哭流涕的场景,从侧面有力地烘托出曹彬的难得与重要。他在朝堂上的影响力、对国家的重要贡献,都在皇帝的悲痛中彰显得淋漓尽致。

综观全文,作者生动形象地塑造了一个德才兼备、宽容仁爱、足智多谋的曹彬形象。他的种种事迹与高尚品格,堪称后世为官者学习的标杆,垂范千古。

思考题

1. 国风画师昔酒的作品《李白之死》走红网络。在这幅画中,昔酒勾画出李白在当涂采石矶附近因捉月落水而亡的画面。历史上关于李白之死的原因历来说法不一,争论激烈,特别是李白在采石矶"捉月而死"的说法则听起来更像是天方夜谭,你如何看待这种说法?

2. 祝穆在《牛渚山》一文中援引了诸多与牛渚山相关的历史典故和文人诗作,这些内容对展现牛渚山有何作用?请结合文本

分析。

3. 据史料记载,采石矶最早的战争发生在春秋末期,之后采石矶多次成为战场,其中不乏颠覆政权的战事。《宋史·曹彬传》就记载了北宋将领曹彬攻打南唐,南唐凭借长江天险据守。曹彬军队便在采石矶的江面上架起横跨长江的浮桥,几十万宋军迅速过江,攻破了南唐的都城金陵,俘虏了南唐后主李煜。请结合采石矶的地理位置,尝试分析采石矶成为古代战争多发地的原因。

参考答案

1. 支持"捉月而死":李白是我国浪漫主义的丰碑人物,他的一生也隽永而飘逸。皓月当空,江水如银,泛舟而行,酒醉的诗人为美景所醉,伸手去碰触水中的月影,却飘飘然落入水中,与明月、清辉融为一体。只有这般充满艺术感与浪漫气息的仙逝方式,才足以匹配那个"绣口一吐,就是半个盛唐"的诗仙李白,他用生命的终结,为自己浪漫的一生画上了一个最为诗意的句号。

不支持"捉月而死":艺术化的想象固然美好,却终究不能取代历史的真相。尽管李白被后世尊称为"诗仙",但本质上,他仍是凡胎肉身的普通人。"水中捞月"的传说,虽充满浪漫色彩,却始终难以让后人全然信服。且从这篇随笔中也能看出,世俗流传的说法未必属实,我们不妨将其当作趣谈一听而过,切不可盲目信以为真。对待这类传说,唯有经过科学严谨的考察论证,才能确定其真实性,毕竟历史的真相需要经得起推敲的证据支撑。

2. 作者引用隋师伐陈时贺若弼从此北渡的典故,侧面反映出牛渚山地理位置险要,凸显出牛渚山在军事战略上的重要地位。"有人潜行通洞庭见金牛"及"温峤燃犀烛照怪物"等传说,为牛渚山增添了神秘奇幻的色彩,让人对其心生遐想。而谢尚与袁宏的故事,则表明此地是文人雅士交流的场所,增添了人文底蕴。作者引用刘禹锡、李白、王安石等人的诗作,从不同角度描绘了牛渚山的自然景色,如刘禹锡诗中描绘的秋夜牛渚山的萧瑟、李白诗中展现的月夜牛渚山的清幽等,进一步渲染了牛渚山的自然美。

3. 采石矶堪称连接安徽与江浙地区的江河门户。沿着采石矶顺江而下,便能抵达著名的古都南京;往上游前行,则是素有米乡之称的芜湖;朝东望去,是江东地区广袤无垠的田园。采石矶一带,临江的崖壁陡峭险峻,江水奔腾湍急,有着"山盘水怒不得泄"和"一风微吹万舟阻"的独特地貌。这种特殊的地理条件,使其对长江水道有着天然的遏制作用。正因如此,古往今来,采石矶一直都是扼守长江天险的重要战略要地,在历史的长河中,见证了无数的金戈铁马与朝代更迭,成为兵家必争之地。

【例文九】

采石矶(节选)

郁达夫[①]

仲则写完了最后的一句,把笔搁下,自己就摇头反复的吟诵了好几遍。呆着向窗外的晴光一望,他又拿起笔来伏下身去,在诗的前面填了"秋夜"两字,作了诗题。他一边在用仆役拿来的面水洗面,一边眼睛还不能离开刚才写好的诗句,微微的仍在吟着。

他洗完了面,饭也不吃,便一个人走出了学使衙门,慢慢的只向南面的龙津门走去。十月中旬的和煦的阳光,不暖不热的洒满在冷清的太平府城的街上。仲则在蓝苍高天底下,出了龙津门,渡过姑熟溪,尽沿了细草黄沙的乡间的大道,在向着东南前进。道旁有几处小小的杂树林,也已现出了凋落的衰容,枝头未坠的病叶,都带了黄苍的浊色,尽在秋风里微颤。树梢上有几只乌鸦,好象在那里赞美天晴的样子,呀呀的叫了几声。仲则抬起头来一看,见那几只乌鸦,以树林作了中心,却在晴空里飞舞打圈,树下一块草地,颜色也有些微黄了。草地的周围,有许多纵横洁净的白田,因为稻已割尽,只留了点点的稻草根株,静静的在享受阳光。仲则向四面一看,就不知不觉的从官道上,走入了一条衰草丛生的田塍小路里去。走过了一块干净的白田,到了那树林的草地上,他就在树下坐下了。静静地听了一忽鸦噪的声音。他举头却见了前面的一带秋山,划在晴朗的天空中间。

"相看两不厌,只有敬亭山。"

这样的念了一句,他忽然动了登高望远的心思。立起了身,他就又回到官道上来了。走了半个钟头的样子,他过了一条小桥,在桥头树林里忽然发现了几家泥墙的矮草舍。草舍前空地上一只在太阳里躺着的白花犬,听见了仲则的脚步声,呜呜的叫了起来。半掩的一家草舍门口,有一个五六岁的小孩跑出来窥看他了。仲则因为将近山麓了,想问一声上谢公山是如何走法的,所以就对那跑出来的小孩问了一声。那小孩把小指头含在嘴里,好象怕羞似的一语也不答又跑了进去。白花犬因为仲则站住不走了,所以叫得更加厉害。过了一会,草舍门里又走出了一个头上包青布的老农妇来。仲则作了笑容恭恭敬敬的问她说:

"老婆婆,你可知道前面的是谢公山不是?"

老妇摇摇头说:"前面的是龙山。"

"那么谢公山在哪里呢?"

"不知道,龙山左面的是青山,还有三里多路啦。"

"是青山么?那山上有坟墓没有?"

"坟墓怎么会没有！"

"是的,我问错了,我要问的,是李太白的坟。"

"噢噢,李太白的坟么？就在青山的半脚。"

仲则听了这话,喜欢得很,便告了谢,放轻脚步,从一条狭小的歧路折向东南的谢公山去。谢公山原来就是青山,乡下老妇只晓得李太白的坟,却不晓得青山一名谢公山,仲则一想,心里觉得感激得很,恨不得想拜她一下。他的很易激动的感情,几乎又要使他下泪了。他渐渐的前进,路也渐渐窄了起来,路两旁的杂树矮林,也一处一处的多起来了。又走了半个钟头的样子,他走到青山脚下了。在细草簇生的山坡斜路上,他遇见了两个砍柴的小孩,唱着山歌,挑了两肩短小的柴担,兜头在走下山来。他立住了脚,又恭恭敬敬的问说：

"小兄弟,你们可知道李太白的坟是在哪里的？"

两小孩好象没有听见他的话,尽管在向前的冲来。仲则让在路旁,一面又放声发问了一次。他们因为尽在唱歌,没有注意到仲则;所以仲则第一次问的时候,他们简直不知道路上有一个人在和他们斗头的走来,及走到了仲则的身边,看他好象在发问的样子,他们才歇了歌唱,忽而向仲则惊视了一眼。听了仲则的问话,前面的小孩把手向仲则的背后一指,好象求同意似的,回头来向后面的小孩看着说：

"李太白？是那一个坟吧？"

后面的小孩也争着以手指点说：

"是的,是那一个有一块白石头的坟。"

仲则回转了头,向他们指着的方向一看,看见几十步路外有一堆矮林,矮林边上果然有一穴,前面有一块白石的低坟躺在那里。

"啊,这就是么？"

他的这叹声里,也有惊喜的意思,也有失望的意思,可以听得出来。他走到了坟前,只看见了一个杂草生满的荒冢。并且背后的那两个小孩的歌声,也已渐渐的幽了下去,忽然听不见了,山间的沉默,马上就扩大开来,包压在他的左右上下。他为这沉默一压,看看这一堆荒冢,又想到了这荒冢底下葬着的是一个他所心爱的薄命诗人,心里的一种悲感,竟同江潮似的涌了起来。

"啊啊,李太白,李太白!"

不知不觉的叫了一声,他的眼泪也同他的声音同时滚下来了。微风吹动了墓草,他的模糊的泪眼,好象看见李太白的坟墓在活起来的样子。他向坟的周围走了一圈,又墓门前来跪下了。

他默默的在墓前草上跪坐了好久。看看四围的山间透明的空气,想想诗人的寂寞的生涯,又回想到自家的现在被人家虐待的境遇,眼泪只是陆陆续续的流淌下来。看看太阳已经低了下去,坟前的草影长起来了,他方把今天睡到了日中才起来,洗面之后跑出衙门,一直还没有吃过食物的事情想了起来,这时候却一忽儿的觉得饥饿起来了。

他挨了饿,慢慢的朝着了斜阳走回来的时候,短促的秋日已经变成了苍茫的白夜。他一面赏玩着日暮的秋郊野景,一面一句一句的尽在那里想诗。敲开了城门,在灯火零星的街上,走回学使衙门去的时候,他的吊李太白的诗也想完成了。

注释

① 郁达夫(1896—1945):现代著名散文家、革命家,著有《沉沦》《迟桂花》《故都的秋》等。郁达夫的散文是"自我的表现",而且是"自叙传"式的自我表现,是最为坦诚、露骨的自我表现。在郁达夫看来,小说带有作家的自叙传的性质,"现代的散文,却更是

带有自叙传的色彩。"

简析

　　《采石矶》是一部别具一格的历史小说，它以清代诗人黄景仁为主人公，将其创作太白楼会宴名诗《笥河先生偕宴太白楼醉中作歌》的曲折过程作为主要情节，生动地讲述了黄景仁在对伪儒的满腔激愤中，登临采石矶，拜谒李白墓，而后大病初愈，挥笔写下这篇语惊四座的七言古体的精彩故事。

　　小说在创作上极为尊重黄景仁真实的人物生平。黄景仁（1749—1783），字汉镛，又字仲则，是清代诗坛的一颗璀璨明星。他四岁丧父，家境清贫，少年时即负诗名，为谋生计，曾四方奔波。一生怀才不遇，穷困潦倒，后拜官县丞，未及补官即在贫病交加中客死他乡，年仅三十五岁，令人扼腕叹息。尽管在仕途上失意，他在诗文领域却成就斐然，作为"毗陵七子"之一，其诗文备受赞誉。他对诗仙李白推崇备至，将其视为先贤楷模，所作诗篇大多抒发内心的穷愁不遇、寂寞凄怆，也不乏针砭时弊、愤世嫉俗的佳作。

　　这部小说的作者郁达夫，在创作时与主人公黄景仁的处境有着诸多相似之处。郁达夫在为金天民《欣赏丛书·黄仲则诗词》所作的序言中，袒露了创作《采石矶》的最初缘由。一次偶然的机会，他阅读了洪亮吉在黄仲则去世后所撰写的行状，内心涌起异样的辛酸，于是便以黄仲则为主人公，写下了这部小说。当时的郁达夫，同样深陷失业、贫困的泥沼，在文坛中也处于孤立无援的状态，因此对黄仲则的悲惨遭遇有着切肤之痛，这种感同身受也融入他的创作之中。

　　小说中的人物个性鲜明，跃然纸上。主人公黄景仁性格孤僻桀骜，不擅交际，却才华横溢，犹如遗世独立的孤松。他情感细腻，常常独自面对杨柳、梧桐、月亮等自然景物，便触景生情，心生感伤。所以在《采石矶》一文中，他多次因郁郁不得志而诗兴大发，用一首首饱含深情的诗作，倾诉与心爱女子分别时的感伤，目睹旧爱嫁作他人妇的苦涩，追忆少年时光的心绪，对最敬仰的诗人李白的深切悼念，以及对人生无常的万千感慨。他对素未谋面的大考据家戴东原嗤之以鼻，认为这类人不过是"欺名盗世"之徒，追求的不过是"翰林学士"的虚名，对那些攀附权势之人更是充满了鄙夷。在他孤独的人生旅途中，唯有两位知交真心相待。学政朱筠为他搭建了宴会社交的平台，给予他展现诗歌才华、扬名立万的机会；同窗亮吉与他惺惺相惜，共同探讨官场风云、政局时事、个人心绪，洪亮吉还时常开导黄仲则，化解他对人生失意的愤懑之情。

　　全文多处运用象征的写作手法，让读者在字里行间意会到作者想要表达的真实心境与文章所营造的独特意境。文中，"黄叶"这一景物反复出现，它不仅象征着秋末的萧索季节，更代表着愁绪的萦绕以及主人公多愁善感的个性。"月亮"也是文中的常客，作者多次描绘月圆月缺的景象。当主人公透过疏疏密密的树影望见盈亏不定的月亮时，心中便涌起知己聚散无常、个人命运飘忽难测的悲苦情绪。在这种心有余而力不足的无奈之中，更增添了一层渴望反抗权威、证明自身才华的激愤之情，使读者能够深刻感受到主人公内心的波澜起伏。

思考题

　　1. 本文是一篇写黄仲则的历史小说，为什么命名为"采石矶"？

　　2. 郁达夫写《采石矶》表达了哪些精神追求？

参考答案

1. 采石矶,承载着一段关于李白的凄美传说,相传这里是李白落水身亡之地。古往今来,它吸引了无数文人墨客前来追怀诗仙,已然成为一个独特的文化符号,而深谙传统文化精髓的郁达夫,自然不会忽视其背后特定的文化指向。在他的作品中,以"采石矶"为题,可谓独具匠心,对勾勒人物性格、挖掘文章主旨、推动故事情节起到了关键作用。

第一,人物性格的映射。小说里的黄仲则,性格桀骜不驯且略显怪异,犹如遗世独立的孤鹤,旁人难以轻易靠近。他内心深处那些无法排解的忧愁与心事,唯有在缅怀李白的时刻,才能寻得一丝慰藉。而以李白落水之处的"采石矶"来命名,恰似一面镜子,映照出黄仲则清高的性格特质,也仿佛隐隐暗示着他未来的命运走向,就像李白那般,在尘世中孤独漂泊,终至落幕。

第二,文章主旨的暗示。"采石矶"这一标题,宛如一把钥匙,开启了对文章主旨的深入探寻。它鲜明地点出了黄仲则怀才不遇、穷困潦倒的艰难境遇,更进一步暗示了采石矶这片土地上,不止黄仲则一人如此,还有无数郁郁不得志的身影。它象征着古往今来众多名士的寂寞与悲哀,他们空有满腹才华,却难以在现实中找到施展的舞台,只能在历史的角落里独自叹息。

第三,故事情节的串联。从小说情节来看,访山、宴会赋诗等关键情节,都与采石矶紧密相连。采石矶就像一条无形的丝线,将这些零散的故事片段巧妙地串联起来,构成了一个完整而连贯的故事脉络。读者随着主人公的脚步,在采石矶的山水之间、人文氛围之中,感受着故事的起起落落,沉浸于小说所营造的独特世界。

2. 在 20 世纪 30 年代,郁达夫的历史小说始终秉持着"夫子自道"的精神追求,这种追求贯穿于他的创作生涯,成为其作品的鲜明底色。在逆境之中，凭借真才实学"立言"，进而赢得天下人的赞誉，这是古往今来文人墨客的至高理想，郁达夫自然也不例外。

因此，在创作关于黄仲则的故事时，郁达夫并未选择以黄仲则之死这一悲剧性的历史结局作为故事的终点，而是别出心裁地以他创作出名扬天下的诗篇作为尾声。这一巧妙的安排，不仅是对同类文人出路与光彩结局的深入思考，更是郁达夫对自己人生之路的一次深刻启示与鼓舞。他在黄仲则的身上，看到了自己的影子，也希望通过这样的结局，为自己和那些在困境中挣扎的文人指明一条充满希望的道路。

此外，郁达夫在执着于"立言"的同时，内心深处仍在呼唤着"知己"的出现，以消解那如影随形的寂寞。在故事中，黄仲则有幸拥有洪亮吉这样的挚友，彼此相知相惜。题记"文章憎命达，魑魅喜人过"出自杜甫写给李白的《天末怀李白》，杜甫与李白之间惺惺相惜、生死惦念的深厚情谊正是郁达夫所向往的。他在孤立无援的创作处境中，默默地期待着人生知音的出现，就像在黑暗中寻找那一丝温暖的曙光。

八、江南佳丽地,金陵帝王州
——南京篇

◎ 上海市市北中学　黄　瑶

【概述】

南京,简称"宁",有着六千多年的历史,素有"江南佳丽地,金陵帝王州"的美誉,是"中国四大古都"之一,更是著名的历史文化名城。

南京,玉树葱茏,山水环绕。相传三国时诸葛亮至南京,曾发出"钟山龙盘,石头虎踞,此帝王之宅"的感叹,可见大自然赐予了南京独特的山川地势。除了自然风貌,历史也馈赠给南京浓郁深厚的文化积累。南京目睹了王朝的更迭,见证了历史的兴衰,从三国时期的群雄逐鹿、六朝时期的兴亡更替,到之后南唐、明朝、太平天国时期的风雷激荡,抗战时期的腥风血雨,再到如今泱泱大国、太平盛世。

作为文化古城,南京历来深受文人墨客的偏爱。从谢朓、李白、李煜、辛弃疾、曹雪芹一直到现当代的鲁迅、巴金、朱自清、俞平伯、张爱玲等文学大家都与南京有着千丝万缕的关系。

【例文一】

登金陵凤凰台

李 白

凤凰台上凤凰游,凤去台空江自流。吴宫①花草埋幽径,晋代衣冠②成古丘。三山半落青天外,二水中分白鹭洲。总为浮云能蔽日,长安不见使人愁。

注释

① 吴宫:三国时期孙吴于金陵建都筑宫。② 衣冠:衣服与礼帽。这里借指晋代以来的世家大族、达官显赫之流。

简析

首联"凤凰台上凤凰游,凤去台空江自流"两句叙述凤凰台的传说,相传南朝刘宋元嘉年间有凤凰聚集于此,乃筑台,山和台由此得名。凤凰是吉祥、高贵的象征。当年凤凰来游象征着王朝的兴盛,如今凤去台空,六朝的繁华也一去不复返了,只有长江之水仍然不停地流着。所谓繁华皆是一场空,大自然才是永恒的存在。因而开头两句连用三个"凤"字,不仅不会重复啰唆,反而音韵流转,节奏明快,强调对比:物是人非。

颔联"吴宫花草埋幽径,晋代衣冠成古丘"触景生情,三国时期孙吴曾于金陵建都筑宫,李白联想到六朝的繁华。然而繁华易逝,六朝更迭速度之快,令人嗟叹。吴国曾经热闹奢华的宫廷,如今荒芜落寞,东晋时代的风流人物也早已作古,六朝的繁华也如凤凰台一样在历史的潮流中消失。

颈联"三山半落青天外,二水中分白鹭洲"两句笔锋一转,情绪收回。诗人没有一直沉浸在对历史的哀叹之中,而是将目光投放到眼前的山水中。三座山矗立在云雾中,缥缈迷蒙,仿佛落在了青天之外。秦淮河被白鹭洲一分为二,形成两条河流西入长江。诗人以远眺视角描绘的景色壮丽宏大,意境开阔。

尾联"总为浮云能蔽日,长安不见使人愁"意蕴深长。由上联云雾缭绕的景色联想到长安城,衔接自然。长安是朝廷所在,日是帝王的象征,浮云意指小人,暗示皇帝被奸佞之人包围,被谗言所困。而自己仕途不顺,对此心有余而力不足,因此想到这些,诗人不免惆怅,担忧国家的前途。这两句意寓言外,饶有余味。

本诗的艺术特点在于诗人观古阅今,将对国家的担忧、对历史的思考放置在宏大开阔的境界中加以展现。以"三山半落"纵向的高深与"二水中分"横向的辽阔构建出壮阔的意境,并且将历史的变迁、时空的变换、自我的思索与景色融为一体,从而传递了繁华与骄奢终会烟消云散,只有自然永恒的真理性认识,抒发了诗人忧国伤时的情怀,意蕴深长,启发读者作更深的思考。

【例文二】

入 朝 曲

谢 朓

江南佳丽地,金陵帝王州。逶迤①带绿水,迢递②起朱楼。飞甍③夹驰道④,垂杨荫御沟。凝笳⑤翼高盖,叠鼓送华辀。献纳云台⑥表,功名良可收。

注释

① 逶迤:河流弯曲。② 迢递:高耸巍峨。③ 飞甍(méng):飞檐。甍,屋脊。④ 驰道:专供皇帝行走的御道。⑤ 凝笳:徐缓的笳声。⑥ 云台:汉宫高台名。汉光武帝曾以南宫云台作为召集群臣议事之所,后遂用以借指朝廷。

简析

首联分别从地理形势和历史变迁角度总写金陵。"江南佳丽地"直言金陵山水环绕,毓秀葱茏,景色秀丽。"金陵帝王州"一句囊括了多少王朝的变更和历史的变迁。诗人不吝言辞,直抒胸臆,满怀激昂地赞扬当朝的自然风貌和悠久历史。

中间三联则是分写,具体描绘"佳丽""帝王州"的形势。诗人擅长运用远近结合的视角变换来写景。首先是远眺,见到的是护城河,绿波荡漾,蜿蜒曲折;远处高耸巍峨的楼宇,拔地而起,气势非凡。接下去是近观,皇帝的御道绵延幽深,夹杂着凌空飞起的屋脊,河道旁的垂柳随风飘扬,婀娜多姿。此二句既有皇室威严壮阔的气派,又有曲径幽深的静谧,层次感比较丰富。诗人还擅长采用明艳的色彩变换,增添诗句和意境的气势。"绿水""朱楼""飞甍""垂杨",红绿相衬,青黄相间,五彩缤纷,衬托帝王州的恢宏气派。此四句以静态之物为主,诗人为打破这样平静的节奏,后两句融入了听觉、动态之感,使诗歌兼具灵动之美。"凝笳""叠鼓",舒缓的笳声和轻而密的鼓声,"高盖""华辀",驷马飞驰,车辆华丽,动静结合,极写帝王之家的辉煌气派和奢华壮观。

尾联由景抒情,收束全篇。从帝都金陵的繁华辉煌中,二十七岁的谢朓没有想到物极必衰,"献纳云台表"展现的是他对功名事业的雄心壮志。"功名良可收"一句,更是反映了青年诗人积极进取的精神风貌。

【例文三】

水龙吟·登建康赏心亭①

辛弃疾

楚天千里清秋,水随天去秋无际。遥岑远目,献愁供恨,玉簪螺髻②。落日楼头,断鸿声里,江南游子。把吴钩看了③,栏干拍遍,无人会,登临意。

休说鲈鱼堪脍④,尽西风,季鹰归未⑤?求田问舍,怕应羞见,刘郎才气。可惜流年,忧愁风雨,树犹如此⑥!倩何人唤取,红巾翠袖,揾英雄泪!

注释

① 建康:今南京。② 玉簪螺髻:玉做的簪子,螺状的发髻,此处比喻姿态各异的山岭。③ 吴钩:古代吴地制造的一种宝刀。这里是以吴钩自喻,空有满腔抱负却得不到重用。④ 鲈鱼堪脍:用西晋张翰典。《世说新语·识鉴》:"张季鹰辟齐王东曹掾,在洛,见秋风起,因思吴中菰菜羹、鲈鱼脍,曰:'人生贵得适意尔,何能羁宦数千里以要名爵?'遂命驾便归。俄而齐王败,时人皆谓为见机。"后因以"鲈鱼脍"为思乡欲归的典故。⑤ 季鹰:张翰,字季鹰。⑥ 树犹如此:用东晋桓温典。据《世说新语·言语》,桓温北征,经过金城,见自己过去种的柳树已长到十围粗,便感叹地说:

"木犹如此,人何以堪!"泫然流涕。

简析

上片写景。"楚天千里清秋,水随天去秋无际",是诗人在赏心亭上所见之景。江南的秋天天高气爽,远望江景,楚天千里,浩浩荡荡的长江之水一望无际。诗人开篇以遒劲的笔触构建辽阔的意境。

"遥岑远目,献愁供恨,玉簪螺髻"三句写山。放眼望去,远处的山脉形状不一,有的像美人头上的玉簪,有的像螺状的发髻。"献愁供恨",此句诗人运用了移情的手法,写山脉向"我"传递了悲愤的情绪。山本是无情之物,又怎么能传情呢?实际上是诗人自己心生愁苦和愤懑,却不愿直写。景色如此秀美,诗人为何愤恨呢?原来诗人看到的是沦陷区的山,想到沦陷区的父老乡亲而痛苦发愁。此时,诗人的情感已然由平淡渐趋强烈。

"落日楼头,断鸿声里,江南游子"三句寄情于景。落日,是快要下山的太阳,在此处辛弃疾暗喻南宋朝廷的命运危在旦夕。"断鸿"指孤独的大雁,辛弃疾由此联想到自己,想到自己飘零的身世和落寞的心境。"游子",诗人从山东来到江南,直指自己。

"把吴钩看了,栏干拍遍,无人会,登临意"三句则是直抒胸臆。"吴钩",古代吴地制造的一种宝刀。这里是以吴钩自喻,诗人空有一身才华、满腔抱负,却得不到朝廷的赏识和重用!"栏干拍遍",诗人将心中的不甘和郁闷借拍打栏杆发泄出来,其内心想杀敌报国的雄心和不得志的悲愤被表现得酣畅淋漓。"无人会,登临意",直言自己恢复中原的抱负无人理解的郁闷之情。

下片抒情言志。诗人多用典故,"休说鲈鱼堪脍,尽西风、季鹰归未",晋朝人张翰(字季鹰)在洛阳做官,见秋风起,想到家乡苏州味美的鲈鱼,便弃官回乡。诗人借此表达自己对故乡的怀念和有家难归的忧愁,与上文"游子"相呼应,从而进一步抒发对金人的愤恨,对朝廷的不满。

"求田问舍,怕应羞见,刘郎才气"也直用典故。三国时许汜去看望陈登,陈登对他十分冷漠,独自睡在大床上,叫他睡下床。许汜去询问刘备,刘备说:"天下大乱,你忘怀国事,求田问舍,陈登当然瞧不起你。如果是我,我将睡在百尺高楼,叫你睡在地上,岂止相差上下床呢?"诗人自然也瞧不起许汜,"羞"字展现的是辛弃疾对不关心国家之事、只求小利、贪图安逸之人的鄙夷之情。

"可惜流年,忧愁风雨,树犹如此。"诗人感慨时光易逝,国家正处在风雨飘摇之中。"树犹如此"又是一个典故,据《世说新语·言语》,桓温北征,经过金城,见自己过去种的柳树已长到十围粗,便感叹地说:"木犹如此,人何以堪!"树已长得这么高大了,人怎能不老呢!辛弃疾想到时光悄然流逝,陡生苍凉之感,怕无力再报效国家了。诗人层层递进,情感在此时已到达高峰,壮志难酬,空有抱负啊!

"倩何人,唤取红巾翠袖,揾英雄泪。"诗人只能请求歌姬唱歌饮酒,无奈于现实和理想的差距,再次感慨自己无法实现抱负,无法上阵为国杀敌。这与上片"无人会、登临意"遥相呼应。

纵观全词,辛弃疾融情于景,借用典故来抒情言志,表明自己恢复中原、统一国家的壮志以及愿望最终无法实现的悲愤与无奈,展现了诗人壮志难酬、报国无门的愤懑之情和爱国忧民的诚挚情怀。

思考题

1. 《入朝曲》的第三至第八句写景很有特色,请对此赏析。

2. 用典是诗词中经常采用的一种修辞手法,诗人常借它曲折达意。《水龙吟·登建康赏心亭》这首词下阕中"可惜流年,忧愁风雨,树犹如此"化用桓温北伐的典故有何深意?

3.《登金陵凤凰台》与高中诵读课文《桂枝香·金陵怀古》在情感表达上有何相似之处?

参考答案

1.(1)远近结合,"逶迤带绿水,迢递起朱楼"两句写远眺环城绿水、城中高楼,"飞甍夹驰道,垂杨荫御沟"两句写近观飞甍夹道、垂杨荫沟,这四句远近结合,写景层次分明;(2)注重色彩描绘,"绿水""朱楼"对比强烈,色彩鲜明;(3)动静结合,二至六句是静景,七、八两句是动景,"凝笳"两句,以凝笳翼盖、叠鼓送辀的动景将帝都的辉煌气派渲染至极。

2. 一方面,作者借桓温北伐来表达自己对北伐的渴望;另一方面,也感慨年华易逝而功业难成,表达了作者对朝廷不思进取的不满之情。

3. 两首诗都借所见之景抒国家兴亡之感。《登金陵凤凰台》一诗颔联写六朝古都的历史遗迹,颈联写金陵美丽的自然风物,寄寓人事沧桑、自然永恒以及对六朝兴废的感慨。《桂枝香·金陵怀古》下阕中以"寒烟衰草凝绿"的衰颓景象,联想到六朝破灭后的凄凉,从而产生对历史兴亡的感喟。

【例文四】

阅 江 楼[①] 记

宋　濂

金陵为帝王之州。自六朝迄于南唐,类皆偏据一方,无以应山川之王气。逮我皇帝②，定鼎于兹，始足以当之。由是声教所暨，罔间朔南；存神穆清，与道同体。虽一豫一游，亦可为天下后世法。京城之西北有狮子山，自卢龙蜿蜒而来。长江如虹贯，蟠绕其下。上以其地雄胜，诏建楼于巅，与民同游观之乐，遂锡嘉名为"阅江"云。

登览之顷，万象森列，千载之秘，一旦轩露。岂非天造地设，以俟大一统之君，而开千万世之伟观者欤？当风日清美，法驾幸临，升其崇椒，凭阑遥瞩，必悠然而动遐思。见江汉之朝宗，诸侯之述职，城池之高深，关阨之严固，必曰："此朕沐风栉雨、战胜攻取之所致也。"中夏之广，益思有以保之。见波涛之浩荡，风帆之下上，番舶接迹而来庭，蛮琛联肩而入贡，必曰："此朕德绥威服，覃及外内之所及也。"四陲之远，益思所以柔之。见两岸之间、四郊之上，耕人有炙肤皲足之烦，农女有斫桑行馌之勤，必曰："此朕拔诸水火而登于衽席者也。"万方之民，益思有以安之。触类而思，不一而足。臣知斯楼之建，皇上所以发舒精神，因物兴感，无不寓其致治之思，奚止阅夫长江而已哉？

彼临春、结绮，非弗华矣；齐云、落星，非不高矣。不过乐管弦之淫响，藏燕赵之艳姬。一旋踵间而感慨系之，臣不知其为何说也。虽然，长江发源岷山，委蛇七千余里而始入海，白涌碧翻，六朝之时，往往倚之为天堑；今则南北一家，视为安流，无所事乎战争矣。然则，果谁之力欤？逢掖之士，有登斯楼而阅斯江者，当思帝德如天，荡荡难名，与神禹疏凿之功同一罔极。忠君报上之心，其有不油然而兴者耶？

臣不敏，奉旨撰记，欲上推宵旰图治之功者，勒诸贞珉。他若留连光景之辞，皆略而不陈，惧亵也。

注释

① 阅江楼：在今南京狮子山，为明代开国皇帝朱元璋下令所建，建成后，朱元璋常登临其上览胜。② 皇帝：指明太祖朱元璋。

简析

文章开宗明义，点明金陵本是帝王之州，然后从六朝到南唐，历代君王都偏安一隅，无法与金陵山川的王气相媲美。那么谁能"应山川之王气"呢？作者用对比的手法，先抑后扬，自然而然地引出对当今皇帝的歌颂："逮我皇帝，定鼎于兹，始足以当之。"也为下文描述明代朱元璋开国时期的兴盛雄壮场景做铺垫。同时，第一段也介绍了阅江楼的位置、兴建的缘由以及名字的由来。皇帝之所以"诏建楼于巅"，一是因"其地雄胜"，二是为了"与民同游观之乐"。

本文看似登楼赏景，实则借题发挥，借登阅江楼而歌功颂德，同时也暗含对皇帝的劝谏，希望其能够体恤百姓，安抚民心，展现自己的忧民情怀。

因此，第二段主要描写登楼所见之景以及帝王之所思。这里作者巧妙地从帝王的视角去展现"登览之顷，万象森列，千载之秘，一旦轩露"的雄浑壮丽之景。而这大自然馈赠的美景又是为何而创呢？作者用反问的语句做出了回答——"以俟大一统之君，而开千万世之伟观者欤。"此处之君乃朱元璋，字里行间流露出作者对帝王的赞美之情，恰到好处地引出下文帝王的所思。第二段的核心就是"遐思"，此为全文的关键，下文三见三思皆由此产生。第一见：长江之水滚滚而去，诸侯纷纷前来述职，高深的城池，坚固的关隘，此刻皇帝必定会说："这是我沐风栉雨，通过战争，攻城略池而得来的。"看到如此广阔的中华大地，更"思"要保卫这泱泱大国。第二见：波涛汹涌，帆船起伏，海外的船只接踵而至，各方皆来送宝，此刻皇帝必定会说："这是我施恩安抚，以威严降服四海，声望延及内外所至。"想到四方边境如此遥远，更"思"要设法怀柔。第三见：两岸之间、田野之上的百姓，耕种的人被烈日烤晒皮肤、被寒风冻裂双脚的痛苦，农女采桑送饭的辛劳，此刻皇帝必定会说："这是被我从水火中拯救而安置在床席之上的百姓啊。"想到黎民百姓，更"思"要安抚他们，让百姓安居乐业。作者以此三见三思作为典型，揣想帝王兴建阅江楼的目的，不只是为了观赏风景，而是"发舒精神，因物兴感，无不寓其致治之思"。第二段以反问收束："奚止阅夫长江而已哉？"既是对帝王的赞赏，更暗含对帝王的劝谏，希望君主时刻系心百姓，爱国忧民。

第三段，作者回望历史并使用对比手法，"今则"一统天下，再无战事。这是对帝王的高度赞颂。"当思""忠君报上"等词，更是毫不掩饰的歌功颂德，表明自己忠君爱国的决心。

第四段中"宵旰图治"四字，既是歌颂之词，也是箴规之言。"他若留连光景之辞，皆略而不陈，惧亵也"，表明本文并非旨在留连光景，希望读者能体会其中的深意。

纵观全文，既为奉诏之作，其中自不免有歌功颂德的溢美之词。但可贵的是，作者能援引历史，尤其是第三段先揭示六朝覆灭的史实，再对比当下，寓规劝于叙事，从而很好地达到"以史为鉴"的目的。

思考题

1. 第二段中连用三个"必曰"和三个"益思"，有什么用意？
2. 赏析第三段画线句。

参考答案

1. 连用三个"必曰"和三个"益思",以写皇帝登楼时的心理活动和所思所想,表面是在赞扬"一统之君"的贤明,又有弦外之音即为皇帝敲边鼓,暗谏皇帝要处处关心国事民瘼,而不应只为观赏胜景而登临阅江楼。连用"必曰"与"益思",起到加强语气的作用,有利于作者情感的抒发,深化主旨,启迪读者进一步探究其中的深意。

2. 第三段运用对比手法,从长江在六朝利于战争之势,与当今相对比,从而引出"果谁之力欤"的疑问,进而折回到对大明皇帝的赞颂。同时,连用两个问句,加强语气,既是对皇帝歌功颂德,同时希望后进的"逢掖之士"能够关心民瘼,忠君爱国。

【例文五】

桨声灯影里的秦淮河(节选)

朱自清

① 一九二三年八月的一晚,我和平伯同游秦淮河;平伯是初泛,我是重来了。我们雇了一只"七板子",在夕阳已去,皎月方来的时候,便下了船。于是桨声汩汩,我们开始领略那晃荡着蔷薇色的历史的秦淮河的滋味了。

② 秦淮河里的船,比北京万生园,颐和园的船好,比西湖的船好,比扬州瘦西湖的船也好。这儿处的船不是觉着笨,就是觉着简陋、局促;都不能引起乘客们的情韵,如秦淮河的船一样。秦淮河的船约略可分为两种:一是大船;一是小船,就是所谓"七板子"。大船舱口阔大,可容二三十人。里面陈设着字画和光洁的红木家

具,桌上一律嵌着冰凉的大理石面。窗格雕镂颇细,使人起柔腻之感。窗格里映着红色蓝色的玻璃;玻璃上有精致的花纹,也颇悦人目。"七板子"规模虽不及大船,但那淡蓝色的栏干,空敞的舱,也足系人情思。而最出色处却在它的舱前。舱前是甲板上的一部,上面有弧形的顶,两边用疏疏的栏干支着。里面通常放着两张藤的躺椅。躺下,可以谈天,可以望远,可以顾盼两岸的河房。大船上也有这个,但在小船上更觉清隽罢了。舱前的顶下,一律悬着灯彩;灯的多少,明暗,彩苏的精粗,艳晦,是不一的。但好歹总还你一个灯彩。这灯彩实在是最能钩人的东西。夜幕垂垂地下来时,大小船上都点起灯火。从两重玻璃里映出那辐射着的黄黄的散光,反晕出一片朦胧的烟霭;透过这烟霭,在黯黯的水波里,又逗起缕缕的明漪。在这薄霭和微漪里,听着那悠然的间歇的桨声,谁能不被引入他的美梦去呢?只愁梦太多了,这些大小船儿如何载得起呀?我们这时模模糊糊的谈着明末的秦淮河的艳迹,如《桃花扇》及《板桥杂记》里所载的。我们真神往了。我们仿佛亲见那时华灯映水,画舫凌波的光景了。于是我们的船便成了历史的重载了。我们终于恍然秦淮河的船所以雅丽过于他处,而又有奇异的吸引力的,实在是许多历史的影象使然了。

③ 秦淮河的水是碧阴阴的;看起来厚而不腻,或者是六朝金粉所凝么?我们初上船的时候,天色还未断黑,那漾漾的柔波是这样的恬静,委婉,使我们一面有水阔天空之想,一面又憧憬着纸醉金迷之境了。等到灯火明时,阴阴的变为沉沉了:黯淡的水光,像梦一般;那偶然闪烁着的光芒,就是梦的眼睛了。我们坐在舱前,因了那隆起的顶棚,仿佛总是昂着首向前走着似的;于是飘飘然如御风而行的我们,看着那些自在的湾泊着的船,船里走马灯般的人物,便像是下界一般,迢迢的远了,又像在雾里看花,尽朦朦胧胧

的。这时我们已过了利涉桥,望见东关头了。沿路听见断续的歌声;有从沿河的妓楼飘来的,有从河上船里度来的。我们明知那些歌声,只是些因袭的言词,从生涩的歌喉里机械的发出来的;但它们经了夏夜的微风的吹漾和水波的摇拂,袅娜着到我们耳边的时候,已经不单是她们的歌声,而混着微风和河水的密语了。于是我们不得不被牵惹着,震撼着,相与浮沉于这歌声里了。从东关头转湾,不久就到大中桥。大中桥共有三个桥拱,都很阔大,俨然是三座门儿;使我们觉得我们的船和船里的我们,在桥下过去时,真是太无颜色了。桥砖是深褐色,表明它的历史的长久;但都完好无缺,令人太息于古昔工程的坚美。桥上两旁都是木壁的房子,中间应该有街路?这些房子都破旧了,多年烟熏的迹,遮没了当年的美丽。我想象秦淮河的极盛时,在这样宏阔的桥上,特地盖了房子,必然是髹漆得富富丽丽的;晚间必然是灯火通明的。现在却只剩下一片黑沉沉!但是桥上造着房子,毕竟使我们多少可以想见往日的繁华;这也慰情聊胜无了。过了大中桥,便到了灯月交辉,笙歌彻夜的秦淮河;这才是秦淮河的真面目哩。

④ 大中桥外,顿然空阔,和桥内两岸排着密密的人家的大异了。一眼望去,疏疏的林,淡淡的月,衬着蓝蔚的天,颇像荒江野渡光景;那边呢,郁丛丛的,阴森森的,又似乎藏着无边的黑暗:令人几乎不信那是繁华的秦淮河了。但是河中眩晕着的灯光,纵横着的画舫,悠扬着的笛韵,夹着那吱吱的胡琴声,终于使我们认识绿如茵陈酒的秦淮水了。此地天裸露着的多些,故觉夜来的独迟些;从清清的水影里,我们感到的只是薄薄的夜——这正是秦淮河的夜。大中桥外,本来还有一座复成桥,是船夫口中的我们的游踪尽处,或也是秦淮河繁华的尽处了。我的脚曾踏过复成桥的脊,在十三四岁的时候。但是两次游秦淮河,却都不曾见着复成桥的面;明

知总在前途的,却常觉得有些虚无缥缈似的。我想,不见倒也好。这时正是盛夏。我们下船后,借着新生的晚凉和河上的微风,暑气已渐渐销散;到了此地,豁然开朗,身子顿然轻了——习习的清风荏苒在面上,手上,衣上,这便又感到了一缕新凉了。南京的日光,大概没有杭州猛烈;西湖的夏夜老是热蓬蓬的,水像沸着一般,秦淮河的水却尽是这样冷冷地绿着。任你人影的憧憧,歌声的扰扰,总像隔着一层薄薄的绿纱面幂似的;它尽是这样静静的,冷冷的绿着。我们出了大中桥,走不上半里路,船夫便将船划到一旁,停了桨由它宕着。他以为那里正是繁华的极点,再过去就是荒凉了;所以让我们多多赏鉴一会儿。他自己却静静地蹲着。他是看惯这光景的了,大约只是一个无可无不可。这无可无不可,无论是升的沉的,总之,都比我们高了。

⑤ 那时河里热闹极了;船大半泊着,小半在水上穿梭似的来往。停泊着的都在近市的那一边,我们的船自然也夹在其中。因为这边略略的挤,便觉得那边十分的疏了。在每一只船从那边过去时,我们能画出它的轻轻的影和曲曲的波,在我们的心上;这显着是空,且显着是静了。那时处处都是歌声和凄厉的胡琴声,圆润的喉咙,确乎是很少的。但那生涩的,尖脆的调子能使人有少年的,粗率不拘的感觉。也正可快我们的意。况且多少隔些儿听着。因为想象与渴慕的做美,总觉更有滋味;而竞发的喧嚣,抑扬的不齐,远近的杂沓,和乐器的嘈嘈切切,合成另一意味的谐音,也使我们无所适从,如随着大风而走。这实在因为我们的心枯涩久了,变为脆弱;故偶然润泽一下,便疯狂似的不能自主了。但秦淮河确也腻人。即如船里的人面,无论是和我们一堆儿泊着的,无论是从我们眼前过去的,总是模模糊糊的,甚至渺渺茫茫的;任你张圆了眼睛,揩净了眦垢①,也是枉然。这真够人想呢。在我们停泊

的地方,灯光原是纷然的;不过这些灯光都是黄而有晕的。黄已经不能明了,再加上了晕,便更不成了。灯愈多,晕就愈甚;在繁星般的黄的交错里,秦淮河仿佛笼上了一团光雾。光芒与雾气腾腾的晕着,什么都只剩了轮廓了;所以人面的详细的曲线,便消失于我们的眼底了。但灯光究竟夺不了那边的月色;灯光是浑的,月色是清的。在浑沌的灯光里,渗入一派清辉,却真是奇迹!那晚月儿已瘦削了两三分,她晚妆才罢,盈盈的上了柳梢头。天是蓝得可爱,仿佛一汪水似的;月儿便更出落得精神了。<u>岸上原有三株两株的垂杨树,淡淡的影子,在水里摇曳着。</u>它们那柔细的枝条浴着月光,就像一支支美人的臂膊,交互的缠着,挽着;又像是月儿披着的发。而月儿偶尔也从它们的交叉处偷偷窥看我们,大有小姑娘怕羞的样子。<u>岸上另有几株不知名的老树,光光的立着;在月光里照起来,却又俨然是精神矍铄的老人。</u>远处——快到天际线了,才有一两片白云,亮得现出异彩,像是美丽的贝壳一般。白云下便是黑黑的一带轮廓;是一条随意画的不规则的曲线。这一段光景,和河中的风味大异了。但灯与月竟能并存着,交融着,使月成了缠绵的月,灯射着渺渺的灵辉,这正是天之所以厚秦淮河,也正是天之所以厚我们了。

⑥ 这时船过大中桥了,森森的水影,如黑暗张着巨口,要将我们的船吞了下去,我们回顾那渺渺的黄光,不胜依恋之情;我们感到了寂寞了! 这一段地方夜色甚浓,又有两头的灯火招邀着;桥外的灯火不用说了,过了桥另有东关头疏疏的灯火。我们忽然仰头看见依人的素月,不觉深悔归来之早了! 走过东关头,有一两只大船湾泊着,又有几只船向我们来着。嚣嚣的一阵歌声人语,仿佛笑我们无伴的孤舟哩。东关头转湾,河上的夜色更浓了;临水的妓楼上,时时从帘缝里射出一线一线的灯光;仿佛黑暗从酣睡里眨了一

眨眼。我们默然的对着,静听那汩——汩的桨声,几乎要入睡了;朦胧里却温寻着适才的繁华的余味。我那不安的心在静里愈显活跃了!这时我们都有了不足之感,而我的更其浓厚。我们却只不愿回去,于是只能由懊悔而怅惘了。船里便满载着怅惘了。直到利涉桥下,微微嘈杂的人声,才使我豁然一惊;那光景却又不同。右岸的河房里,都大开了窗户,里面亮着晃晃的电灯,电灯的光射到水上,蜿蜒曲折,闪闪不息,正如跳舞着的仙女的臂脯。我们的船已在她的臂脯里了;如睡在摇篮里一样,倦了的我们便又入梦了。那电灯下的人物,只觉像蚂蚁一般,更不去萦念。这是最后的梦;可惜是最短的梦!黑暗重复落在我们面前,我们看见傍岸的空船上一星两星的,枯燥无力又摇摇不定的灯光。我们的梦醒了,我们知道就要上岸了;我们心里充满了幻灭的情思。

1923 年 10 月 11 日作完,于温州。

注释

① 眦垢:眼眵(chī)。俗称眼屎。

简析

　　文章主要记叙夏夜泛舟秦淮河的所见所闻所感。作者和友人一起夜游秦淮河,围绕"桨声灯影",在不同的光影中展现秦淮河不一样的风情,从而引发幽深的思索。同时,其间又贯穿着情感的变化。这与朱自清的《荷塘月色》颇有异曲同工之处。

　　文中作者以平静的心境开始游玩,乘着小船,沉浸在美景中,慢悠悠地"领略那晃荡着蔷薇色的历史的秦淮河的滋味"。此时的秦淮河在朱自清笔下如诗如画,奇妙的"七板子"船,飘荡阴柔的绿水,朦胧缥缈的湖面,悠扬婉转的歌声,创造了一幅诗意的画面。而作者的心情也是愉悦沉醉的。但紧接着,作者见到大桥边的房子,四下一片漆黑,他的心境陡然发生变化,在看清现实后顿然心生惆怅和失望,"这才是秦淮河的真面目哩"。随着游行的前进,作者再次见到光景不一样的秦淮河,他以"幻灭的情思"结尾,给读者留下回味和想象的空间。

在描写景物方面,作者以细腻的笔触展现秦淮河的"美"。所选取的景物也精巧别致,如小船、绿水、灯光、房屋、雾气、大中桥等等,从光影、行色、声音等多角度描绘作者心中的秦淮河:清新、淡雅、脱俗。

作者笔下的秦淮河不仅是独特的风景,也是历史的见证。作者给我们营造了一个朦胧、缥缈的意境,而他就是在这一片似有似无中感受秦淮河的历史。暗淡的灯光、缥缈的歌声、迷蒙的雾气,一切都是这样的飘飘然,似真似梦,就像历史,一切已然过去,一切又仿佛还在。虚虚实实的秦淮河,让人陶醉,让人神往。但结尾之处,作者不得不回到现实,结束这梦幻般的历史旅程。随着一声"这才是秦淮河的真面目哩","纸醉金迷""六朝金粉"的秦淮河随着历史的长河也失去了昔日的风韵。

思考题

1. 以第⑤段中画线句子为例,简析这篇散文的语言美具体表现在哪些方面。

2. 有人说,这篇散文蕴含着一种"哀美",请结合最后一段的最后一句"幻灭的情思"对此观点加以分析。

参考答案

1.(1)语言具有诗情画意,如"柔细的枝条浴着月光"等等,使文章充满古典美。(2)动词运用得生动形象。如"在水里摇曳着"中的"摇曳",将垂柳的影子在水中的动态生动地刻画了出来;又如"枝条浴着月光,就像一支支美人的臂膊,交互的缠着,挽着"中的"浴、缠、挽"等字,将树的枝条在月光下的美好形态惟妙惟肖地描摹了出来。(3)叠字的运用有一种音韵美。如"淡淡""支支""偷偷""光光"等。(4)大量运用比喻、拟人的修辞手法,使语言生动形象,营造出如诗如画的意境。拟人如"偷偷窥看我们"、"大有小姑娘怕羞的样子",比喻如"像一支支美人的臂膊"、"又像是月儿披着的发"等,表现出环境之优雅、素净。

2.(1)朱自清在灯光、水光和月光的交织之中,未能很好地领略六朝繁华的笙歌,而往昔的秦淮河也随着历史长河的流淌而逐渐失去了风韵。因此产生了"寂寞"和"惆怅"之感,"心里充满了幻灭的情思"。(2)在朱自清游历秦淮河并写作此文的1923年,五四思想启蒙运动的高潮已经过去。他在文化思想界处于暂时沉寂的苦闷的氛围中间,只能踏踏实实地进行着探索和思考,他这种多少有些颓废的"幻灭的情思"也来源于思索黑暗现实之后的失望情绪。

九、大字无过《瘗鹤铭》
——镇江篇

◎ 上海市市北中学　韩立春

【概述】

从六朝古都南京出发,沿长江顺流而下,便可到达又一座历史文化名城——镇江。

镇江地处长江下游南岸,西部紧邻江苏省会南京,东南部与常州接壤,润扬长江公路大桥横跨长江,通往扬州、泰州。镇江境内大部分地区属低山丘陵,沿江洲滩属长江新三角洲平原区,丹阳东南部则属太湖平原区。长江和京杭大运河在镇江交汇,境内有金山、焦山、北固山组成的三山风景名胜区,还有秦淮河、太湖湖西、沿江三个水系,因此镇江有"天下第一江山"的美称。长江流经镇江境内大约103.7公里,京杭大运河流经镇江境内大约42.7公里,还有长江流域第三大亿吨港口——镇江港,这些水系对镇江的经济发展起到了重要作用。

镇江是吴文化的重要发祥地,至今已有三千多年历史。镇江最早的名称是"宜"——周康王封给宜侯的领地名称;春秋时称为"朱方",属吴国,后越国灭吴;战国时楚国灭越,改称"谷阳";秦朝时属会稽郡,后改称"丹徒";三国时,孙权筑铁瓮城,设立京口镇,称"京口",成为吴国重镇;南朝宋在京口设立"南徐州";隋朝改置"润州";唐朝时曾被称为"金陵";宋朝时为润州府所在地,北宋政和三年(1113)设镇江府,"镇江"的名称延续至今。民国时期,镇江还曾是江苏省的省会。

甘露寺、芙蓉楼、金山寺、梦溪园、招隐寺、北固湾、多景楼、报恩塔、季子庙、宗泽墓、梁祝故里、焦山碑林、西津渡、铁瓮城遗址等为镇江增添了浓厚的历史文化色彩。其中,焦山的摩崖石刻举世闻名,其碑林规模仅次于陕西西安碑林,被称为"碑中之王"的《瘗鹤铭》更是稀世之宝,其笔法之妙为"书家冠冕",极具珍贵史料及书法艺术价值,因此焦山亦有"书法山"之称。李白、张祜、杜牧、苏轼、米芾、沈括、陆游、辛弃疾等人都在镇江留下了重要作品。

由于特殊的地理形势,镇江历来是兵家必争之地,北固山记录着其中的慷慨悲歌、壮怀激烈。如南宋时的韩世忠曾在此击败金兀术,辛弃疾在这里留下了《永遇乐·京口北固亭怀古》《南乡子·登京口北固亭怀古》等大量词作。

【例文一】

焦山望寥山

李 白

石壁望松寥①,宛然在碧霄。安得五彩虹,驾天作长桥。仙人如爱我,举手来相招。

注释

① 松寥：即松寥山，位于镇江境内的长江边上。

简析

全诗明白如话，充分体现了李白的浪漫主义情怀和丰富奇特的想象。

"石壁望松寥"既是写实，也是点题，诗人在焦山上望向对面的松寥山，松寥山并不高大，但由于矗立在长江边上，再加上诗人视角的原因和丰富的想象，看起来便"宛然在碧霄"。接下去，诗人的想象更进一步，希望五彩虹能化作长桥，直通地面，好让诗人直达碧霄。最后，诗人展开了更为离奇大胆的幻想"仙人如爱我，举手来相招"，企盼与仙人携手共同遨游碧霄。

全诗三句话的想象层层递进，一层比一层奇特，艺术感染力强，读者也随之逐步摆脱狭窄的现实空间，走向广袤无垠、瑰丽绚烂、无比自由的想象世界。

【例文二】

题 金 陵 渡①

张 祜

金陵津渡小山楼②，一宿行人自可愁③。潮落夜江斜月里，两三星火是瓜洲④。

注释

① 金陵渡：即镇江渡口，不是指南京。金陵原为南京的别称，

但中晚唐时期镇江也称金陵。本诗首句的金陵津渡也是指今镇江附近的长江南北渡口。② 小山楼：指渡口附近的小楼，作者当时的寄居地。③ 一宿行人自可愁：行人，旅客，此处也指诗人自己。④ 瓜洲：长江北岸运河入长江处的渡口，与镇江隔江相望，是长江南北水运的交通要道。

简析

《题金陵渡》是唐代诗人张祜漫游江南、夜宿镇江渡口时所作的一首七言绝句。诗人即景抒情，面对长江静谧的夜景，抒发了羁旅愁思。

首句直奔主题，交代夜宿的地点，第二句点出诗人的心情。后两句描写长江夜景，通过"斜月""星火"等意象，回扣第二句的"愁"字，抒发诗人孤独落寞的羁旅愁思。

全诗语言直白如话，写景清新淡雅，后两句尤为值得称道。诗人站在小山楼上，远眺夜色中已经落潮的江水，"斜月"既是夜景，又写出了时间的推移——不知不觉已经到了后半夜，巧妙地与"一宿"相呼应，表现了诗人夜不能寐的羁旅愁思。再看向远处，对岸的瓜洲隐约闪现两三点星火，在夜幕下显得格外明亮，也使漆黑的夜幕显示出生机，给远眺的诗人带来了惊喜，慰藉了诗人的心灵。

【例文三】

润　州①

杜　牧

向吴亭东千里秋，放歌曾作昔年游。青苔寺里无马迹，绿水桥边多酒楼。大抵南朝皆旷达,可怜东晋最风流[2]。月明更想桓伊在,一笛闻吹《出塞》愁[3]。

注释

① 润州:镇江古称润州。② 大抵南朝皆旷达,可怜东晋最风流:可怜,可美慕。这两句是说东晋、南朝士人最为旷达风流。③ 月明更想桓伊在,一笛闻吹《出塞》愁:桓伊,东晋人,官至刺史,曾与谢玄、谢琰大破前秦苻坚军队,稳定了东晋时局。他喜欢音乐,擅长吹笛子,时称"尽一时之妙,为江左第一"。

简析

本诗是杜牧登上润州向吴亭,面对无边秋色的怀古抒情之作。

首联写登上向吴亭,向东远望,眼前一片无际的清秋景色,引发了诗人万千思绪,追忆往昔放歌玩乐的情形,而如今欢乐往事不再的忧伤跃然纸上。颔联没有继续追忆往事,而是回到现实,写所见景物。寺里长满青苔,荒凉冷落,桥边绿水荡漾,酒楼林立。两者对比,反映了润州风物人情的变化,引发怀古之情。由寺庙想到东晋、南北朝,由酒楼想到当年在这里游玩的士人。润州是东晋、南北朝时期的重镇,也是当时士人聚集的繁华都会,自然联想到东晋、南朝士人的旷达风流,于是颈联的感慨就顺理成章了。中间两联由物及人,透露出淡淡的物是人非的忧伤之情。

尾联的"月明"表明了时间的推移,由白天到夜晚,更想到东晋的吹笛高手桓伊,桓伊曾为东晋王朝的安定做出巨大贡献,最后想象听他吹奏《出塞曲》,将历史与现实融为一体,在怀想中抒发自己怀才不遇的愁思。

【例文四】

游 金 山 寺①

苏 轼

我家江水初发源,宦游直送江入海②。闻道潮头一丈高,天寒尚有沙痕在③。中泠南畔石盘陀④,古来出没随涛波。试登绝顶望乡国,江南江北青山多。羁愁畏晚寻归楫,山僧苦留看落日。微风万顷靴文细,断霞半空鱼尾赤。是时江月初生魄,二更月落天深黑。江心似有炬火明,飞焰照山栖鸟惊。怅然归卧心莫识,非鬼非人竟何物?江山如此不归山,江神见怪惊我顽。我谢江神岂得已,有田不归如江水⑤!

注释

① 金山寺:在镇江西北长江边的金山上,宋时山在江心。
② 我家江水初发源,宦游直送江入海:苏轼的家乡四川眉山在岷江边,古人认为岷江是长江的源头;长江水流至镇江一带,水面较宽,古称"海门",所以苏轼这么说。③ 闻道潮头一丈高,天寒尚有沙痕在:苏轼游金山寺是在农历十一月初三,水位下降,并不能看到长江涨潮的情形,所以他写听人家说长江涨潮时潮头有一丈高,天气虽冷,但是岸边沙滩上的水痕还在,可以想象涨潮的情景。
④ 中泠南畔石盘陀:中泠,泉水名,在金山西;石盘陀,形容石块巨大。⑤ 如江水:古人发誓的一种方式,如:《晋书·祖逖传》记载祖逖"中流击楫而誓曰:'祖逖不能清中原而复济者,有如大江!'"

简析

宋神宗熙宁四年(1071),苏轼赴任杭州通判,途经镇江,夜宿金山寺,半夜得以观赏江上夜景,写下了这首七言古诗。

全诗以"江水"贯穿全文,首尾呼应,层次分明。前八句写登高远望,触景生情,引起乡思之情;中间八句描写黄昏和夜间江上景色;最后六句抒发感慨,透露出辞官归田的意愿。全诗现实与幻境相结合,实写与虚写相结合,想象奇特,变化莫测,贯穿全诗的是浓浓的思乡之情,以及对仕途奔波的厌倦和归隐田园的盼望。

苏轼登上金山寺,先从目之所及的江水写起,起笔便想到家乡眉山,浓浓的思乡之情扑面而来,"宦游"二字饱含多少官场上的奔波与无奈!接下去四句,既有往日潮头的虚写,又有眼前水痕的实写,既有眼前大石的实写,又有古今变幻的虚写,虚实之间写出节令变化和无限感慨,使文意跌宕多姿。潮水的变幻无常让诗人联想到官场的风波险恶,此刻登上山顶心生思乡之情。本来愁思难耐,准备登船返回,可是山僧苦苦挽留邀请欣赏落日之景,于是有了下面黄昏和夜间江上景色的刻画。

"微风万顷靴文细,断霞半空鱼尾赤",描写细致入微,语言对仗工整。先写江面上的波纹,再写半空中的彩霞,烘托出落日的绚丽多姿。接着写入夜后的景色,先是新月当空,淡淡月色,再是月亮消失,一片漆黑。就在以为漆黑一片、无景可看的时候,江心突现炬火,照亮金山,惊动栖鸟,让人感觉惊奇,诗意再生波澜,一波三折,扣人心弦,引人入胜。

最后六句抒发感慨,观景结束后心意难平:江上炬火究竟是什么呢?最终悟出,或许是江神显灵,以奇幻壮丽之景警示自己及早归隐田园,于是诗人对着滔滔江水郑重发誓:如果有田可耕,一定立即归隐!道出了诗人宦海奔波的心酸,且与开头的"我家江水初发源"遥相呼应。

【例文五】

望 海 楼

米 芾

云间铁瓮近青天①,缥缈飞楼百尺连。三峡江声流笔底,六朝帆影落樽前。几番画角②催红日,无事沧洲③起白烟。忽忆赏心何处是？春风秋月两茫然。

注释

① 云间铁瓮近青天：是说铁瓮城高耸入云。镇江古有"铁瓮城"之称。② 画角：古代以皮革或竹木制成的管乐器,形状如竹筒,声音哀厉高亢,多在军中使用,因外加彩绘而得名。③ 沧洲：临水的地方,古称隐者所居。这里指镇江江边某幽僻之处。

简析

北宋的米芾好山川之胜,晚年至镇江,因喜爱镇江的江山胜境而定居镇江。《望海楼》是其定居镇江后的一首七言律诗。

题目为"望梅楼",首联却不先写楼,而是从铁瓮城写起。镇江古有"铁瓮城"之称,作者写铁瓮城矗立云间,接近青天,是为了突出望海楼的地势,烘托望海楼的高峻。第二句开始写望海楼,"缥缈"写出望海楼犹如处在云雾缭绕中,暗中透露出望海楼之高;"飞"字既是实际描摹望海楼飞檐走壁之势,又有夸张意味,富有动态之美;"百尺连"刻画出望海楼与青天百尺相连,仿佛处在仙境之中。此二句是诗人自远处仰视,描写望海楼的高峻奇伟。

颔联两句则是登楼后的俯视之景。"三峡""六朝"分别从空间和时间的角度,既有地理的描摹,又有历史的想象,由实到虚,三峡的雄伟、六朝的繁盛,齐入笔端,扩大了诗的境界,突出了望海楼的高大。

颈联由三峡与六朝的遐想中回到现实,描摹远处传来的阵阵画角,仿佛催促红日西沉,宁静的江边升起白色的雾气。画角,无事,动静结合;红日,白烟,色彩鲜明;日落,烟起,一下一上……构成一幅优美的图画。

尾联笔锋一转,面对如此美景,不知何处才是"赏心"处,突然心生"茫然",表现出低沉伤感的情绪,表现出诗人内心难以言说的苦闷。

诗人选择不同的视角——仰视、俯视,有高有低,有远有近,描摹了色彩鲜明、意境悠远的画面,充分体现了米芾的画家本色。

【例文六】

水调歌头·焦山

吴 潜

铁瓮古形势,相对立金焦①。长江万里东注,晓吹②卷惊涛。天际孤云来去,水际孤帆上下,天共水相邀。远岫忽明晦,好景画难描。

混隋陈③,分宋魏④,战孙曹。回头千载陈迹,痴绝⑤倚亭皋。惟有汀边鸥鹭,不管人间兴废,一抹⑥度青霄。安得身飞去,举手谢尘嚣。

注释

①金焦：即镇江境内的金山和焦山。当时二山均屹立江中，成对峙状。②晓吹：晨风。③混隋陈：混，统一。这里的意思是说隋灭陈，最终南北统一。④分宋魏：南北朝时期，南朝刘宋与鲜卑族拓跋氏的北魏对峙。⑤痴绝：形容回想历史时想得出神的样子。⑥一抹：形容轻微的痕迹。

简析

这首词是南宋的吴潜任镇江知府期间登临焦山的即景抒怀之作。镇江的历史渊源深厚，名胜古迹众多，自然引起了词人的感慨。

上阕从古称"铁瓮城"写起，交代镇江城自古以来的地形特点，并刻画出金山、焦山屹立江中，形成对峙的壮观之势。接着写万里长江水的惊涛骇浪，在晨风中滚滚东流，"注""卷"二字极有力量，突出长江水的浩大声势。"天际孤云来去，水际孤帆上下，天共水相邀"三句描摹江上景色，连用两个"孤"字衬托出天水无际的辽阔，"来去""上下"不同方向，表明词人多角度欣赏"天共水相邀"的天水一色的开阔之景。最后以"好景画难描"结束上阕，突出焦山景色的无比美好。

下阕首先回忆历史，三个分句由近及远的事件都是与镇江有关的史实，突出了镇江在历史上的重要地位。随后，词人从历史追忆中回到现实，痴痴地倚立江边，不禁生发万千感慨，多么希望自己也能像一代代历史英雄那样大展宏图，然而现实很残酷，借羡慕江边鸥鹭不管人事变迁、无忧无虑、自由自在的飞翔，来自我安慰。

最后更进一步,希望自己能像鸥鹭一样,飞上青天,不管人世喧嚣,侧面表现出词人对现实的不满。

全词融写景、怀古、抒情于一体,写景意境开阔,怀古贴切自然,抒情哀而不怨,层层推进,耐人寻味。

【例文七】

南乡子·登京口北固亭有怀

辛弃疾

何处望神州?满眼风光北固楼。千古兴亡多少事,悠悠。不尽长江滚滚流。

年少万兜鍪[①],坐断[②]东南战未休。天下英雄谁敌手?曹刘。生子当如孙仲谋[③]。

注释

① 年少万兜鍪:年少,意指年轻,是说孙权十九岁继承父兄之业统治东吴;兜鍪,原指古代兵士作战时所戴的头盔,这里代指士兵。万兜鍪,相当于说千军万马。② 坐断:坐镇,占据。③ 生子当如孙仲谋:原本是曹操对孙权(字仲谋)的赞叹之语,出自《三国志》裴松之注所引用的《吴历》。《三国志·吴志·吴主传》:"(建安)十八年正月,曹公攻濡须,权与相拒月余。曹公望权军,叹其齐肃,乃退。"裴注引《吴历》曰:"……权行五六里,回还作鼓吹。公见舟船器仗军伍整肃,喟然叹曰:'生子当如孙仲谋!若刘景升儿子豚犬耳!'"现在用来表示晚辈有真才实学。

简析

辛弃疾此词作于镇江知府任上。镇江是历史上英雄建功立业之地,辛弃疾登上北固亭,面对滚滚长江水,遥望江北失地,触景生情。起笔发问,写尽面对神州河山的心酸与无奈。再以"千古兴亡多少事"发问,抒发千古兴亡的感慨,自然流露出词人渴望收复中原失地的愿望,这种愁思和感慨亦如滚滚东流、奔腾不息的长江水。"悠悠"二字韵味悠长,突出了时间的绵长久远和思绪的无穷无尽。

下阕又想到东吴孙权,突出孙权年少有为,不畏强敌,战斗不息,独据东南一方,与曹操、刘备抗衡。孙权"坐断东南"的情势与当时的南宋王朝何其相似!最后更进一步,又是第三次发问:"天下英雄谁敌手?"并自答"曹刘",说只有曹操、刘备能够与孙权匹敌。"生子当如孙仲谋"是引用曹操的话,赞赏孙权这样的敢于抗衡的强者,其实还有后半句"若刘景升儿子豚犬耳",嘲讽刘表的儿子刘琮不战而降,任人宰割,在这里词人虽未明说,意思却在言外。可见,辛弃疾正是通过讴歌孙权的英雄伟绩,来暗讽南宋王朝碌碌无能、苟且偷安的主和派。

上海辞书出版社出版的《唐宋词鉴赏辞典》称赞这首词:"通篇三问三答,互相呼应,感怆雄壮,意境高远。它与稼轩同时期所作另一首登北固亭词《永遇乐·京口北固亭怀古》相比,一风格明快,一沉郁顿挫,同是怀古伤今,写法大异其趣,而都不失为千古绝唱,亦可见辛弃疾丰富多彩之大手笔也。"可谓精当矣!

思考题

1. 以张祜的《题金陵渡》和杜牧的《润州》为例,分析意象的运用对情感表达的作用。

2. 联想和想象是诗人常用的手法。请结合本单元的几首诗,分析诗人是如何借助联想和想象来表情达意的。

3. 苏轼和辛弃疾是镇江历史文化人物的重要代表。请选择其中一人,查阅相关历史资料,阅读他的作品,探究他在镇江的活动轨迹,进一步了解镇江丰厚的历史文化内涵。

参考答案

1.《题金陵渡》后两句描写长江夜景,通过"斜月""星火"等意象,回扣第二句的"愁"字,"斜月"既是夜景,又写出了时间的推移——不知不觉已经到了后半夜,巧妙地与"一宿"相呼应,表现了诗人夜不能寐的羁旅愁思。《润州》的典型意象有秋、青苔、月、笛等,布满青苔的寺庙展现无尽的荒芜萧条,秋夜、月明、笛声,渲染了凄清的氛围,传递出物是人非的伤感,多个意象的叠加运用展现出悠远的意境,表达作者内心的愁思。

2.《焦山望寥山》:想象让松寥山看起来便"宛然在碧霄";接着更进一步,希望五彩虹能化作长桥,直通地面,好让诗人直达碧霄;最后的想象更为离奇大胆,企盼与仙人携手共同遨游碧霄。全诗三句话的想象一层比一层奇特,艺术感染力强。《游金山寺》的第三到六句,既有往日潮头的虚写,又有眼前水痕的实写,既有眼前大石的实写,又有古今变幻的虚写,虚实之间写出节令变化和无限感慨,使文意跌宕多姿。《望海楼》的颔联两句,"三峡""六朝"分别从空间和时间的角度,既有地理的描摹,又有历史的想象,由实到虚,三峡的雄伟、六朝的繁盛,齐入笔端,扩大了诗的境界,突出了望海楼的高大。《水调歌头·焦山》下阕首先回忆历史,三个分句由近及远的事件都是与镇江有关的史实,突出了镇江在历史上的重要地位,希望自己也能像一代代历史英雄那样大展宏图。

《南乡子·登京口北固亭有怀》化用杜甫诗句"不尽长江滚滚来",将长江和历史相联系,联想到历史兴亡,愁思和感慨亦如滚滚东流、奔腾不息的长江水,还联想到孙权年少有为,不畏强敌,战斗不息,独据东南一方,与曹操、刘备抗衡,希望自己也能被重用,像孙权那样斗争抗敌,从而表达收复失地的壮志,同时也暗含年岁已老、报国无门的苦闷,以及对统治者偏安一隅、昏庸无能的愤懑之情。

3. 略。

【例文八】

焦山题名记[①]

王士禛

来焦山有四快事:观返照吸江亭[②],青山落日,烟水苍茫中,居然米家父子笔意[③];晚望月孝然祠外,太虚[④]一碧,长江万里,无复微云点缀,听晚梵声出松杪[⑤],悠然有遗世之想;晓起观海门日出,始从远林微露红晕,倏然跃起数千丈,映射江水,悉成明霞,演漾[⑥]不定;《瘗鹤铭》[⑦]在雷轰石下,惊涛骇浪,朝夕喷激,予来游于冬月,江水方落,乃得踏危石于潮汐汩没之中,披剔尽致[⑧],实天幸也。

注释

①焦山:因东汉末年焦光隐居山中而得名。②吸江亭:焦山上的一个亭子。③米家父子:指宋代画家米芾、米友仁父子。④太虚:指天空。⑤梵声:诵经声。松杪:松树梢。⑥演漾:荡

漾。⑦《瘗(yì)鹤铭》：刻于镇江焦山西麓崖壁上的楷书书法作品，华阳真逸撰，上皇山樵书。其书者有东晋王羲之、南朝梁陶弘景、唐朝王瓒等多种说法，现代学者多倾向陶弘景说，但亦未成定论。⑧披剔尽致：仔细而详尽地阅览、观赏。

简析

顺治庚子年(1660)，作者王士禛与京口别驾程昆仑同游镇江金山、焦山、北固山等名胜，游览焦山时得吸江亭观返照、孝然祠望月、海门观日出、赏《瘗鹤铭》四大快事，因此写下本文。

文章直入主题，以"来焦山有四快事"开篇，其中"快"字视角独特，突出记录游览焦山的内心感受。随后，作者依次描写傍晚、夜里和早晨的焦山景色之美，突出一天内焦山景色的变化之美。

描写落日返照，主要运用山水画的点染笔法，突出清幽淡远的意境，并用米芾父子的画风来写眼前景色的特点，让读者易于理解。描写焦山月色，主要写夜色空灵，江水浩渺，远处传来隐隐约约的诵经声，让人内心澄澈，忘记一切世间烦恼。描写海门日出，则用细笔勾勒，描摹日出的动态之景，从"微露红晕"到"跃起数千丈"，再到"映射江水，悉成明霞"，最后是"演漾不定"的动态之美，画面感非常强，与之前的落日、月色截然不同。写法的千变万化也印证了焦山景色的变化之美。

最后叙写赏《瘗鹤铭》的雅趣。《瘗鹤铭》是"书家冠冕"，而刻石又在焦山山脚下，江水上涨时隐于江中，要看到实属不易。作者这次出游正值冬月，虽说冬月江水落潮，刻石露出江面，但也有种种不便，只能"踏危石于潮汐汩没之中"，等"披剔尽致"之后由衷感叹"实天幸也"。

全文仅一百四十五字，却写尽焦山之美和游山之乐，脉络清晰,自然活泼,语言简练,以韵味胜。

【例文九】

游北固山记

都 穆①

北固山在京口城北,下临长江。《元和郡县志》谓其势险固,故名。梁大同十年,武帝尝幸此山,易名"北顾"。予旧读谢灵运游山诗,及《世说》所载荀令则登山望海云:"虽未睹三山,便自使人有凌云意。"未尝不赏叹其胜。癸丑之岁,获一游焉。同游者欢呼饮酒,不能遍览穷搜,窃用悔恨。

丁丑夏五月,复至京口,钱逸人德孚从臾②予游,而坐雨数日,庚子雨止,时尚宝卿刘君柔适至。刘君及庠士唐和卿出城,自山之冈而登里许至甘露寺。寺之得名,以创于吴甘露元年。门榜曰:"天下第一江山。宋延陵吴琚书。"盖梁武帝旧尝书此,不存,琚补之也。门内稍右,有铁浮图③十级,乃唐李德裕观察浙西时所铸,奉舍利以资穆宗冥福,后毁于火。今之浮图,宋元丰间铸,非复唐之旧矣。刘君以所携酒酹于观音殿前,长江在目,茫无畔岸。殿侧崖下有秋月潭,潭之右为走马涧,其水已涸。午,寺僧饭客方丈,庭下有铁镬二,僧云梁武帝植莲其中以供佛者。登山之颠,多景楼仅存其址。予癸丑之游,楼犹未废。尝记把酒倚阑,云影堕江,金焦两山,东西对峙,如青螺列银盘中,最为奇观。今楼虽废,景犹昨也,慨叹久之。

多景北下,山足有石室,深可丈余,名观音洞。崖峻草滑,人鲜得至。和卿复要饮于真武祠,祠在山之半。饮毕,予欲观狠石。僧识其处,命之前导。下山至演武场,而石在焉。苏文忠公④诗序谓"寺有石如羊",相传诸葛孔明坐其上,与孙仲谋论曹公兵事。今此石绝不类羊,而亦不在寺中。予疑移于后人。撼以数人不动,视其下,则石之生土中者,岂苏公作诗时未见之耶? 其上山石,壁立可玩,惜不移席于此。随行僧言:"天津泉在山南麓,邻于僧室。"以下山不及观。闻洪开初,高僧驻跸山中,见僧汲于江,赋诗有"甘露生泉天降津"之句。僧后掘地得泉,因以天语名之。

予惟⑤斯游之乐,固昔之所无。而况有同年同志如刘君、和卿,则又非偶然者。京口之山,以金、焦、北固为首,人称三山,其胜概诚天下之最也。金、焦,予乡游其间,皆为作记。而复记斯游,幸亦大矣。神仙渺茫,又何必舍此以求所谓三山⑥者哉?

注释

① 都穆(1458—1525):字玄敬(一说元敬),号南濠先生,苏州人,明代大臣、诗文家、金石学家、藏书家,所撰《南濠诗话》是明代著名的诗学批评著作,后人在评论诗歌时常引用其诗句"切莫呕心并剖肺,须知妙语出天然"。都穆一生好学求实,对我国西北地区山川形势、故宫遗址的考察以及对金石遗文的搜访有许多独特的发现和独到的见解,还是我国历史上第一个对秦始皇陵进行实地考察的学者,其作品《骊山记》对秦始皇陵的记载非常确切。② 从臾:即"从谀",意思为怂恿、奉承。③ 浮图:佛教称佛塔为"浮图",也叫"浮屠"。④ 苏文忠公:苏轼的谥号。⑤ 惟:思考。⑥ 三山:这里指方丈、蓬莱、瀛洲三座仙山。

简析

自古以来,文人墨客留下的北固山游记不计其数。其中,明代诗文家都穆的《游北固山记》可谓独树一帜，读来颇有趣味。

作者从北固山的得名由来写起，先引用《元和郡县志》谓其势险固，故名"北固山"，又因梁大同十年，梁武帝曾经到过这里，易名"北顾山"。随后以自己读到的谢灵运游山诗作和《世说新语》的传说，又为北固山增添了几分神秘感。虽未游山，而山的胜景已经令人神往。癸丑年有机会游山，却又因饮酒未能尽览北固山的风光而留下遗憾。短短几句话，一波三折，趣味横生，留下悬念，让读者对北固山的美景钦羡不已。

第二段先简要交代丁丑年夏天又得游山的机会，于是同友人一起登山。第一胜景便是甘露寺以及寺内佛塔，并叙写了佛塔演变的经历，历史的厚重感扑面而来。再写观音殿所见之景，最后写登上山顶多景楼，回忆起"癸丑之游"所见的奇观，如今多景楼虽然废弃，但是景色依旧，物是人非之感油然而生。

第三段写多景楼下来后，依次到观音洞、真武祠、狠石、演武场，苏轼的诗句、诸葛亮的故事、天津泉的传说更是增添了北固山的神秘感。

最后一段由衷感叹本次游览之乐是以前从未有过的，镇江三山——金山、焦山、北固山——风景为天下之最，在与传说中三座仙山的对比中，告诉人们不要舍近求远，追求传说中虚无渺茫的仙山，突出镇江三山之景美不胜收，就是人间仙境！

思考题

1. 比较两篇文章在写景的方法上有什么不同。

2. 评析《游北固山记》文末作者所说的"神仙渺茫，又何必舍此以求所谓三山者哉"的思想意义。

3. 人们总说，文章贵在求新。从古至今，跟焦山、北固山有关的文字不计其数,而这两篇散文自有其独特之处。请就此任选一个角度做深入探究,尝试写一篇文学短评。

参考答案

1. 《焦山题名记》首先以"快"字突出记录游览焦山的内心感受,随后依次描写傍晚、夜里和早晨的焦山景色之美,突出一天内焦山景色的变化之美。傍晚之景主要运用山水画的点染笔法,突出清幽淡远的意境;描写焦山月色,主要写夜色空灵,江水浩渺;描写海门日出,则用细笔勾勒,描摹日出的动态之景。写法的千变万化也印证了焦山景色的变化之美。而《游北固山记》善于引用典籍、故事、诗句、传说等,增添北固山的神秘感、历史感,从而表现北固山之美,最后还与三座仙山对比,突出了北固山独特的美。

2. 作者认为传说中的仙山只是耳闻,虚无缥缈,难以亲见,而京口三山美不胜收,就是仙境,不必舍近求远。这对我们做事有很重要的启发,告诉我们既要"仰望星空",也要"脚踏实地",而不能一味地好高骛远。

3. 参考简析部分,挖掘其独特之处。

【例文十】

大字无过《瘗鹤铭》[①]

马彦如 张 剑

1500年前,一位隐士为悼念死去的家鹤,写下一篇著名的祭文——《瘗鹤铭》,并于南梁天监十三年(514年)将其镌刻在镇江焦山临江的摩崖上。他没有想到,这块摩崖石刻于其身后引发世间众多学者长达十几个世纪的争论。

在中国书法史上,魏晋南北朝时期是一个承上启下的辉煌时代。由于文人、士大夫的介入和推崇,使书法艺术发生了由自发性到自觉性的完美过渡。书体的演变在这一时期已全部完成,篆隶草行真诸体同步发展,并初步成熟,从而形成了书法史上一个无法超越的高峰。《瘗鹤铭》就是这一时期的代表作,内容虽不足道,其书法艺术却影响深远。

《瘗鹤铭》原刻于镇江焦山西麓摩崖壁之上,自诞生之日起即默默无闻,亦不知何时坠入江中。至宋庆历八年(1048年),丹阳郡守钱彦远于焦山脚下江中得残石一块,《瘗鹤铭》方重现于世。钱太守于焦山建宝墨亭,将此石与另3块梁唐名刻一并置于亭中,并请当时闲居镇江的诗人苏舜钦、本邑名流刁约、苏颂等作记传以纪其盛。这是后来《瘗鹤铭》的考证与研究的发端。不久,宝墨亭被毁,所存碑刻亦不知下落,具体时间无可考证。至清康熙年间,闲居镇江的苏州知府陈鹏年自掏腰包命人打捞,历时三月,得残石五方,仅存残字90余个。遂原刻行次,存者表之,亡者阙之,以摩崖的形式在定慧寺旁建宝墨轩保护。陈鹏年所著《重立瘗鹤铭碑记》中记载:"盖兹铭在焦山著称,殆千有余年,没于江者又七百年。"即叙述了这段经历。抗战期间,定慧寺僧将之藏于瓦砾之中,免遭劫难。

自被发现以来,《瘗鹤铭》倍受历代书法家的推崇,对后世影响很大。碑文所存不足百字,却点画灵动,字形开张;落笔超逸,神采脱俗。既有北朝书法的奇肆纵放,又有南朝书法的圆转潇洒;既有隶书的厚重古朴,又有楷书的规矩端庄,令人叹为观止。

北宋黄庭坚认为"大字无过《瘗鹤铭》",誉之为"大字之祖",他个人书法成就亦从《瘗鹤铭》中得道受益。宋曹士冕认为其"笔法之妙,书家冠冕"。明王世贞评:"此铭古拙奇峭,雄伟飞逸,固书家之雄。"近代学者康有为赞曰:"溯自有唐以降,楷书之传世者不啻汗牛充栋。但大字之妙莫过于瘗鹤铭。因其魄力雄伟,如龙奔江海,虎震山岳。"

关于《瘗鹤铭》的时代和作者辩说纷纭,始终未有定论。王羲之、颜真卿、顾况、陶弘景等历代书法名家皆被疑为作者,其中,最具有代表性的为"王羲之说"和"陶弘景说"。

众所周知,王羲之平生爱鹤。当然,他与《瘗鹤铭》扯上关系并非仅因这一简单缘由。最早记载此铭为王羲之所书的是唐人孙处元所著《润州图经》(已佚),欧阳修《集古录·跋尾·题瘗鹤铭》云:"按《润州图经》以为王羲之书。字亦奇特,然不类羲之笔法,而类颜鲁公,不知何人书也。华阳真逸是顾况道号,今不敢遂以为况者。碑无年月,不知何时,疑前后有人同斯号者也。"从《润州图经》王羲之说者主要有宋苏舜钦、黄庭坚、赵㴑等,苏舜钦有"山阴不见换鹅经,京口今传瘗鹤铭"之说。另据考证,王羲之夫人乃京口(镇江)人氏。

"陶弘景说"最早是宋人李石所著《续博物志》所载:"陶隐居书自奇,世传《画版帖》及焦山下《瘗鹤铭》皆其遗迹。"陶弘景隐居道家圣地茅山,习"五禽术",也好养鹤,更为奇巧的是,他晚号华阳真逸,与《瘗鹤铭》中落款"华阳真逸"正好相合。力主此说者为宋人黄伯思,他在《东观余论·跋瘗鹤铭后》中有详细的考证:"仆今审定文格字法,殊类陶弘景。"清代学者大都支持此说,如陈鹏年、汪士铉、杨宾、翁方纲等。

清乾隆五十年(1785年),句容城北守宫署后发现天监十五年井栏。上有铭文七行,计35字。铭文开端为:"梁天监十五年,太岁丙申……"清光绪《句容县志》介绍:"栏高二尺,口围七尺,下围九尺,字迹漶漫,隐约可辨,笔意似《瘗鹤铭》,现存学宫。"此井栏的发现使陶说几成定论。

《瘗鹤铭》传世拓本较多,有真有伪,有优有劣。一般以康熙五十二年(1713年),陈鹏年打捞瘗鹤铭出水之前的拓本为水前本,之后的为出水本。水前本比较珍贵,但水前本字数往往较少,且各家得字多少不一。

2008年10月、2010年5月,镇江市文物部门先后组织了两次《瘗鹤铭》打捞考古工作,共打捞出水残石1 000多块。经专家辨认,其中3块残石上的"鹤""之遽""化"等4个字被初步认定为《瘗鹤铭》残字。

学书法大字,必知《瘗鹤铭》。饱受岁月的剥蚀和江流洗礼的《瘗鹤铭》,代表了书法史上楷隶书法的最高水平,更是中国书法史上的传奇。

(选自《京江晚报》2022年9月5日第14版)

注释

①《瘗鹤铭》:现存残石陈列于江苏省镇江市焦山碑林,是镇馆之宝,也是国家级文物保护单位的重点文物。在中国众多的石刻中,唯有焦山《瘗鹤铭》和西安《石门铭》被称为"碑中之王"。

释文(清代张弨《瘗鹤铭辨》录):

瘗鹤铭并序。华阳真逸撰,上皇山樵书。

鹤寿不知其纪也,壬辰岁得于华亭,甲午岁化于朱方。天其未遂吾翔寥廓耶,奚夺仙鹤之遽也,乃裹以玄黄之币,藏乎兹山之下,仙家无隐我竹,故立石旌事,篆铭不朽。词曰:相此胎禽,浮丘著经,余欲无言,尔也何明。雷门去鼓,华表留形。义唯髣髴,事亦微冥。尔将何之,解化厥土惟宁。后荡洪流,前固重扃,左取曹国,右

割荆门爽垲,势掩华亭。爰集真侣,瘗尔作铭。

夌岳征君,丹杨外仙尉,江阴真宰。

简析

　　无论是石刻艺术,还是书法艺术,《瘗鹤铭》在中国文化史上都具有无可替代的重要地位。作者基于大量的史实,详细交代了《瘗鹤铭》的来历及其发现过程、书法艺术价值、时代及作者考证、拓本残石情况等,其中重点介绍了"王羲之说"和"陶弘景说",有理有据,为书法爱好者提供了大量信息,吸引读者继续探究《瘗鹤铭》之谜。

【例文十一】

风光无限北固山

徐祝平

　　滨江一湾风光带，高楼林立，构成一排现代都市城际线，把小城装扮出大气派。一道绿洲中流分水，以包抄之势向东西两翼延伸，将半幅江水围成一片内湖，北固山与长江的日夕厮磨从此分离。从百层高的苏宁大厦望去，北固山已收缩成湖边的小土丘了。这是远镜头的错觉，还是它的真实面貌？多年不去北固山了，突然想去看看，我想找回少年登山的感觉，也以成人知见去感受它的历史高度吧。

　　北固山确实有了很大变化。山脚下的船厂早已撤走，变成街心公园。山北水上栈桥曲折逶迤①，漫步其上，便有山色揽怀、湖光可亲的喜悦。山上的古建筑群，修复一新，重门叠瓦，飞檐交错，气势嵯峨。山顶北固楼是近年复建的，临空翼然。匾额上"北固楼"三字是毛泽东书法，潇洒飘逸，颇有飞动气势，镌刻的是诗人毛泽东的情怀。据说，有一次毛泽东从南京坐飞机途经镇江上空，俯视长江想起辛弃疾的词《南乡子·登京口北固亭有怀》，当即诵写全词："何处望神州？满眼风光北固楼……"一代领袖感怀于此，当是词旨慨当以慷的英雄情结共鸣于心，只不过用世者意气风发，失路之人徒有悲叹。面对南宋朝廷的苟且偷安，稼轩纵有"了却君王天下事"的誓愿，只落得"醉里挑灯看剑"。辛弃疾再度出仕已是花甲之年，登北固山那年时任镇江知府，可谓烈士暮年。然而报国无门，朝廷主流观点偏重媾和。一生以恢复为志、以功业自许的他,只能深心托毫素,在诗文中吊古伤今,揾一把英雄泪②。稼轩心中充溢着悲绝,这首词的基调却是昂扬的。稼轩高唱英雄赞歌以消胸中块垒,寄意深远矣。从此,北固山头辉耀的英雄气概熔铸进了诗篇,成为千古绝唱。

北固山的三国文化是丰厚的。据唐代许嵩《建康实录》记载:建安十三年(公元208年),孙权"自吴(苏州)迁于京口(镇江)而镇之"。三国时的北固山三峰首尾相连,主峰枕江而卧,余脉横亘东南,与西北的长江形成一道天然屏障。孙权看重这里江山险峻的地理优势,遂将政治中心北移,于是在北固山中峰一带,即现在的鼓楼岗筑建了新王城,确立了控楚负吴的战略地位。如今北固山凤凰池边的试剑石、后山峭壁溜马涧、甘露寺、多景楼以及山底鲁肃墓、太史慈墓等等,每一处都是一本历史故事。虽跨越千年,故事里的烽火硝烟在苍苔中依稀可辨,唯有刘备招亲的故事附会了太多的喜剧色彩,一直是民间流传的佳话。

"天下第一江山"的碑刻还是老样子,深嵌廊壁。字体新描了蓝,古朴之上添了端丽,赫然夺目。其实它不是最老的样子,这是宋人书法,清代勒石,人们却照旧说它是梁武帝的手迹。如同山上的铁塔,迭经唐宋明清多次毁而复建,世人念叨的还是唐朝宰相李德裕的功德。人们的记忆总是喜欢停留在时光最深处,珍惜的不正是它凝聚的岁月分量?

<u>北固山厚重的文化底蕴铸就了它那苍老而又年轻的模样</u>。旧时风光散落在碑刻文字上,日月交替中,忽明忽暗;远去的鼓角争鸣收藏在山体皱褶里,江涛声里,时起时伏。甘露寺香烟袅袅,曾经空寂的大殿,又坐满了菩萨。院里的广玉兰挂满了红绸带,绾结的都是善缘。东吴古道台阶叠着台阶,排云而上,山在一步一步升

高,看看头顶,感觉走上去就能摸到天。北固山依然是高峻的,岁月的风沙抹不去它的历史高度。在这里,我找到了属于这个城市的风采和文化自信。

海日生残夜,江春入旧年。时间之流在涤故更新中为我们展现了一个新的世界,北固山风光无限。

(选自"镇江市散文学会"微信公众号)

注释

① 逶迤:形容道路、山脉、河流等蜿蜒曲折。② 揾一把英雄泪:语出辛弃疾词《水龙吟·登建康赏心亭》,原句为"倩何人、唤取红巾翠袖,揾英雄泪"。

简析

文章标题为《风光无限北固山》,却又不限于写北固山的风光,而是挖掘北固山的历史内涵,增加了厚重的历史感,并适时安排恰到好处的议论,给人以深深的启发。

作者开头并没有写北固山,而是从现代化的滨江风光写起,然后自然引出北固山,这种别具匠心的安排,将北固山置于现代文明中,在两者的相互照应中突出各自的价值和意义,越发使人急于感受北固山的风采,也为下文做了铺垫。

第二段先写北固山的变化,然而不变的是北固山的历史。提到北固山,辛弃疾当然是绕不开的人物,作者从北固楼匾额上的毛泽东书法自然引出辛弃疾,带领读者在辛弃疾的诗篇中感受爱国情怀和英雄气概。随后是对北固山的三国文化、碑刻文化的挖掘,增加了文章的厚重感。最后又回到现实,再次为读者展现了这座古老城市的现代风采。

作者紧扣北固山的无限风光,娓娓道来,但不是流于导游式的介绍,全文语言既有历史的厚重感,又有深刻的内涵,特别是开头和结尾,读来颇有意味,令人深思。更可贵的是,回顾北固山的历史,不是一味地沉浸在过去,而是告诉人们应当更好地面向现代,面向未来。

思考题

1. 阅读《大字无过〈瘗鹤铭〉》,概括《瘗鹤铭》的书法艺术价值。

2. 谈谈《风光无限北固山》最后两段画线句的内涵。

3. 利用假期,和家人一起去镇江的焦山碑林、北固山实地考察一番,从自然之美、书法艺术、摩崖石刻、人文景观、历史烽火等主题中任选一个,写一份考察报告,在班级与同学们交流。

参考答案

1.(1)从中国书法史来看,《瘗鹤铭》体现了书法艺术由自发性到自觉性的完美过渡,篆隶草行真诸体同步发展,并初步成熟,形成了书法史上无法超越的高峰。(2)从《瘗鹤铭》书法艺术本身来看,点画灵动,字形开张,落笔超逸,神采脱俗。既有北朝书法的奇肆纵放,又有南朝书法的圆转潇洒;既有隶书的厚重古朴,又有楷书的规矩端庄,对后世影响很大。(3)结合文中黄庭坚、曹士冕、王世贞、康有为等人的评价。

2. 第一处画线句"北固山厚重的文化底蕴铸就了它那苍老而又年轻的模样",其中"苍老"是就北固山的厚重历史来说的,比如:文化名人、三国文化、碑刻文化、历史典故等,这是我们应当正视的历史;"年轻"是就北固山的现代发展而言的,结合第二处画线句"时间之流在涤故更新中为我们展现了一个新的世界,北固山风光无限",不难理解,历史总要向前发展,尊重历史不是一味停留在过去,而要面向现代,面向未来。

3. 略。

十、谁似我,醉扬州
——扬州篇

◎ 上海市市北中学　顾光宇

【概述】

扬州市地处江苏省中部,位于长江北岸、江淮平原南端,在长江与京杭大运河交汇处,是国家重点工程南水北调东线水源地,地理位置独特。扬州,古称广陵、江都、维扬,于公元前486年开始建城,至今有两千五百多年的历史。扬州在西汉时期已成为名城,到隋代因大运河的开凿,更是迎来了空前的繁荣发展,到唐宋、明清,扬州已发展成为中国乃至亚洲最繁华的大都市。扬州在其发展的过程中,赢得了"淮左名都,竹西佳处""天下三分明月夜,二分无赖是扬州"的美誉。

扬州是一座需要住下来慢慢品味的城市,不仅要去著名的景点,还要深入寻常小巷,方能体会扬州的文化底蕴。扬州著名的景点有瘦西湖、大明寺、何园、个园、文游台、隋炀帝墓等;扬州的美食有早点(蟹黄包、三丁包、千层油糕、翡翠烧卖、烫干丝等),三头宴(狮子头、拆烩鲢鱼头、扒烧整猪头)等。扬州的东关街老字号店铺众多,有东关酱园、谢馥春等。

历史上有不少名人与扬州有着千丝万缕的关系，留下了一系列的文学作品，前后形成了众多的文化流派。尤其是大运河开凿后，盐商们和文人看中了扬州的独特位置，纷纷扎根于此，在书法、绘画、私家园林、美食等方面都形成了独特的风格，使得扬州的文化底蕴丰厚，多姿多彩，空前繁荣。

东汉的陈琳，为"建安七子"之一，广陵射阳（今江苏宝应）人。"孤篇盖全唐"之作《春江花月夜》的作者张若虚，是扬州诗人。白居易，是唐代诗人，于扬州居住数年。白居易曾与刘禹锡在扬州相逢，两人一见如故，白居易在酒席上写下了《醉赠刘二十八使君》，刘禹锡也作了一首诗《酬乐天扬州初逢席上见赠》，后一首更是千古名作。杜牧，是唐代诗人，在扬州为官十年，公事之余，流连于扬州的声色犬马，所写的与扬州有关的诗有《赠别二首》（其一）、《寄扬州韩绰判官》、《遣怀》、《题扬州禅智寺》。欧阳修，北宋文学家，是当时的文坛领袖，"唐宋八大家"之一，曾在扬州做官多年，主持修建了平山堂。苏轼，宋代文学家，"唐宋八大家"之一，在扬州为官时，为纪念欧阳修，于平山堂北面建谷林堂。秦观，宋代著名词人，高邮人，"苏门四学士"之一。郑燮，兴化人，号板桥，为"扬州八怪"的代表性人物。石涛，广西桂林人，为明皇室后裔，明亡后于广西全州的湘山寺出家，晚年定居扬州，专心绘画、叠石、写作，所著的《画语录》，是对其书画实践经验与理论的总结和整理，对现代绘画艺术产生了重大影响。

【例文一】

忆 扬 州

徐 凝

萧娘脸薄难胜泪,桃叶眉尖易觉愁。天下三分明月夜,二分无赖是扬州。

简析

前两句"萧娘脸薄难胜泪,桃叶眉尖易觉愁",交代了离别时人物的神态。诗人用一个"难"字和一个"易"字把"愁眉""泪眼"形象叠加在一起,不但不显语意重复,反而让人觉得离情反复缠绕,挥之不去。离别时的愁眉和泪眼,以及当日满腹的愁绪,都变成了日后无穷的思念。

后两句"天下三分明月夜,二分无赖是扬州",从大处落笔,意境开阔。在离情得不到消解的时刻,身边寂寂,没有倾诉的对象,唯有抬头而赏月,但往日的离别月偏偏又笼罩在当时扬州的离人身上,使人触景生情,使得离愁更浓。虽然时光可以冲淡一切情感,但诗人的离情此时此刻却更加绵密悠长。眼前的明月曾照过离人的泪眼,现在又好像对离情没有丝毫的怜惜之情,使人顿生怨念。诗人于夜中赏月,本想从离情中摆脱出来,但往日离别时的月亮还是那个月亮,绵密悠长的思念依然缠绕着离人,困扰着离人,所以说"明月无赖"。"无赖"二字在这里有抱怨之意,但后人在欣赏扬州明月时,从诗人的原意中跳脱出来,把诗句引申为对扬州明月的佳句来欣赏,这时的"无赖"二字成为"可爱"的意思。作者在创作时只是提供了一个格子,至于格子里填涂什么色彩,可以由读者自己决定,也就是说读者在欣赏原著的时候,对作品意旨的理解可以丰富于作者的原意。

诗人把扬州明月描绘得出神入化,用"无赖"形容"明月",把扬州可爱的风姿表现得淋漓尽致,使人对扬州的美好充满向往之情。无心插柳柳成荫,这种大胆的构思所产生的艺术效果,令人拍案叫绝。

【例文二】

遣　怀

杜　牧

落魄江南载酒行,楚腰肠断掌中轻。十年一觉扬州梦,赢得青楼薄幸名。

简析

此为追忆扬州岁月之作。杜牧于文宗大和七年至九年在淮南节度使牛僧孺幕府任职,居扬州。当时他三十一二岁,好结交名士,常与名士徜徉于酒肆。

诗的前两句是对过去扬州勾栏瓦肆美好生活的回忆:仕途失意,离开长安转投友人,常借酒消愁。勾栏瓦肆,美女如云,放浪形骸。"楚腰肠断掌中轻",运用了两个典故。楚腰,指美人的细腰,"楚灵王好细腰,而国中多饿人"(《韩非子·二柄》)。掌中轻,指汉成帝皇后赵飞燕,"体轻,能为掌上舞"(《飞燕外传》)。从字面上看,这句话是在给予身材迷人的扬州女子以赞扬之词,如果我们联系第一句开头的"落魄"二字,可以看出,诗人是把因自己仕途不得意而产生的无奈和悲愤之情,寄寓在对扬州放浪形骸的生活之中。

"十年一觉扬州梦",这是诗人内心无奈的具体体现。十年的诗酒生活,虽放浪形骸,但梦再美好,终究有梦醒时刻,这句话即写出了诗人对扬州美好生活的怀念,也透露出个人的辛酸。这情绪的落脚点在"梦"字上:昔日沉湎酒色,放浪形骸,这十年的生活看上去是潇洒美好的,但始终如梦一般不知什么时候就会醒来,醒后的诗人内心的烦闷抑郁依然挥之不去,内心依旧充满无奈和伤感。"赢得青楼薄幸名",游子终究要离去,最后竟连自己都未曾想到,因自己长时间情感的投入,而赢得负心汉的形象。这是对美好的"扬州梦"的否定,貌似轻松而又诙谐,实际上诗人是很无奈抑郁的。十年,在人的一生中不能算短暂,自己却一事无成,只留下了负心汉的名声,极具反讽意味。调侃之中辛酸、无奈和自嘲之意跃然纸上。

《唐人绝句精华》云:"才人不得见重于时之意,发为此诗,读来但见其兀傲不平之态。世称杜牧诗情豪迈,又谓其不为龌龊小谨,即此等诗可见其概。"

【例文三】

江 城 子

苏 轼

墨云拖雨过西楼。水东流,晚烟收。柳外残阳,回照动帘钩。今夜巫山^①真个好,花未落,酒新篘^②。

美人微笑转星眸。月华羞③,捧金瓯。歌扇萦风④,吹散一春愁。试问江南诸伴侣,谁似我,醉扬州⑤。

注释

① 巫山:此暗指美人。用巫山神女与楚襄王相会的故事。② 酒新篘(chōu):新滤的酒。③ 月华羞:美人笑脸盈盈,顾盼生辉,使姣好的月亮都自愧弗如。④ 歌扇萦风:(美人)翩翩舞扇招来徐徐清风。⑤ "试问"三句:化用杜牧诗意,杜有诗曰:"落魄江南载酒行,楚腰肠断掌中轻。十年一觉扬州梦,赢得青楼薄幸名。"苏轼以酒色自娱来解嘲,似乎自己放浪形骸,忘怀一切,其实不过是苦中作乐。

简析

随着时间的推移,词人依次写出傍晚如墨的乌云、倾盆大雨、雨阵转移。水向东流,云收雾敛,夕阳映柳,风吹帘动。作品按照事物发生、发展的顺序,描绘了一幅幅动态的画面,未被吹落的鲜花,宴席上的美酒,使人心旌摇荡的美人(巫山),眼前的这一切都使词人情不自禁地陶醉于美景之中。

下阕起五句刻画美人的情态:巧笑顾盼,明眸如星,羞花闭月,金瓶舞扇,带来的缕缕清风,吹散了积郁在词人内心的愁绪。最后三句化用杜牧的诗句,自己沉醉于酒色美景中,忘怀一切了。这里用反问句式,无疑而问,表达了他内心的郁闷。

扬州的生活固然美好,令人陶醉,可以暂时忘怀过去的不愉快。苏轼转任扬州前在颍州任太守八个月,因夏季水患,百姓饥饿,自己虽尽力救灾,仍然未达预期效果。苏轼转任扬州后依然面对着同样的窘境,无法救助灾民。百姓的疾苦和自己的遭际,积郁在胸中,他只能借酒浇愁。宴席中的美景始终无法抚平诗人内心的创伤,尽管苏轼天性豪爽,笔触旷达,他还是无法做到心如止水。

【例文四】

朝中措·送刘仲原甫出守维扬

欧阳修

平山阑槛[1]倚晴空,山色有无中。手种堂前垂柳[2],别来[3]几度春风?

文章太守[4],挥毫万字[5],一饮千钟[6]。行乐直须[7]年少,尊[8]前看取衰翁[9]。

注释

[1] 平山阑槛:平山堂的栏槛。[2] 手种堂前垂柳:平山堂前,欧阳修曾亲手种下杨柳树。[3] 别来:分别以来。作者曾离开扬州八年,此次是重游。[4] 文章太守:这里指刘敞。[5] 挥毫万字:挥笔赋诗作文多达万字。[6] 千钟:饮酒千杯。[7] 直须:应当。[8] 尊:通"樽",酒杯。[9] 衰翁:词人自称。此时作者已年逾五十。

简析

这首词一发端即带来一股突兀的气势,笼罩全篇。"平山阑槛倚晴空",顿然使人感到平山堂凌空矗立,其高无比。这一句写得气势磅礴,便为以下的抒情奠定了疏宕豪迈的基调。接下去一句是写凭栏远眺的情景。据宋王象之《舆地纪胜》记载,登上平山堂,"负堂而望,江南诸山,拱列檐下",则山之体貌,应该是清晰的,但词人却偏偏说是"山色有无中"。这是因为受到王维《江汉临眺》"江流天地外,山色有无中"的影响,但从扬州而望江南,青山隐隐,自亦可作"山色有无中"之咏。

以下两句,细致描绘送刘原甫出守扬州之际,词人自然就想起平山堂,想起堂前的杨柳。"手种堂前垂柳,别来几度春风",以问句形式,把杨柳拟人化,似乎诗人在和杨柳对话,情感真挚而具有感染力。"手种"说明当年词人在平山堂前亲手种下杨柳,不到一年,便离开扬州。离开后,杨柳的稀疏的倩影始终在词人心中摇荡。在这里,词人的情感表达得细腻而温婉,但不使人觉得香艳,反而因"几度春风"四字,给人以充满活力、格调高昂的感觉。

下片前三句写所送之人刘原甫,与词题相应。"文章太守,挥毫万字,一饮千钟",不仅表达了词人"心服其博"的感情,而且把刘原甫的才华横溢、慷慨豪迈的形象表现得淋漓尽致,呼之欲出。词的最后两句,通过对比写出了自己的人生感慨,令人唏嘘。

此词在题材的选择和表现手法上都是对唐五代以来的传统题材与表现方法的突破,一改香艳旖旎的风格,对后来苏轼一派豪放风格的形成影响深刻。欧阳修在仕途失意中的达观豪迈、坚韧面对的风范,与苏东坡非常相似。

【例文五】

扬 州 慢

姜 夔

淳熙丙申至日,予过维扬。夜雪初霁,荠麦弥望。入其城,则四顾萧条,寒水自碧,暮色渐起,戍角悲吟。予怀怆然,感慨今昔,因自度此曲。千岩老人以为有《黍离》之悲也。

淮左名都,竹西佳处,解鞍少驻初程。过春风十里,尽荠麦青青。自胡马窥江去后,废池乔木,犹厌言兵。渐黄昏,清角吹寒。都在空城。

杜郎俊赏,算而今、重到须惊。纵豆蔻词工,青楼梦好,难赋深情。二十四桥仍在,波心荡、冷月无声。念桥边红药,年年知为谁生?

简析

姜夔在这首词的小序里交代了词的写作时间、地点、原因、内容和主旨。

全词分为上下两阕。上阕和下阕都运用对比手法,用昔日扬州城的繁盛景象对比战争过后扬州城的破败惨状,揭示出战争给扬州城带来的深重灾难。

词的上阕,用"胡马窥江去后"写出了词人目睹扬州被金兵洗劫后残垣断壁时内心惨痛的感受。词人先写初到扬州城,在竹西亭解鞍下马,稍作停留。走在硝烟过后的扬州城,只有长势旺盛的荠麦进入词人的眼帘。今昔对比,杜牧笔下扬州城的美景已然不复存在。金人攻占扬州后,大肆屠城十多天,扬州城只剩下"废池乔木"。当人们回忆起那场浩劫,至今还觉得心有余悸,挥之不去。词人用"厌"这个字,揭示出了人民因战争而遭受的苦难,同时也揭露出朝廷的腐败无能。上阕以景结情,用日落的黄昏、凄厉的号角,回荡在扬州城上空的冷寂,表达词人内心的惨痛无以复加。

词的下阕,运用典故,并对"《黍离》之悲"的主题有所深化。

唐代著名的诗人杜牧曾留下了不少关于扬州城的名作佳句。如今即使诗人重游扬州,他必定会惊诧于今日的扬州城的惨状。即使杜牧再才华横溢,但当他面对这样的凋残破败景象,他也定然不会有写出昔日的绝妙诗句的心境了。下阕最后依然以景结情,尽管桥边的芍药花年年如期盛放,但欣赏它们的艳丽的人在哪里呢?词人用疑问作为词篇的结尾,再次今昔对比,令人悲怆不已。

纵观全词,词人以悲凉凄怆为感情基调,用"荠麦青青""废池乔木""号角""空城"等意象塑造出苍凉悲怆的意境,笼罩着一层灰暗的色彩。

【例文六】

芜城赋(节选)

鲍　照

泽葵①依井,荒葛罥②涂。坛罗虺蜮③,阶斗麏鼯④。木魅⑤山鬼,野鼠城狐。风嗥雨啸,昏见晨趋。饥鹰厉吻,寒鸱⑥吓⑦雏。伏虣藏虎,乳血⑧飡肤⑨。崩榛塞路,峥嵘古馗⑩。白杨早落,塞草前衰。棱棱⑪霜气,蔌蔌⑫风威。孤蓬自振,惊砂坐飞。灌莽杳而无际,丛薄⑬纷其相依。通池⑭既已夷⑮,峻隅⑯又以颓。直视千里外,唯见起黄埃。凝思寂听,心伤已摧。

若夫藻扃⑰黼帐⑱,歌堂舞阁之基;璇渊⑲碧树,弋⑳林钓渚之馆。吴蔡齐秦之声,鱼龙爵马㉑之玩,皆薰歇烬灭,光沉响绝㉒。东都妙姬,南国丽人,蕙心㉓纨质㉔,玉貌绛唇,莫不埋魂幽石,委㉕骨穷尘。岂忆同舆㉖之愉乐,离宫㉗之苦辛哉!

天道如何,吞恨者多!抽㉘琴命操㉙,为芜城之歌。歌曰:"边风急兮城上寒,井径灭兮丘陇残。千龄兮万代,共尽兮何言!"

注释

① 泽葵:青苔一类的植物。② 罥(juàn):挂绕。③ 虺蜮(huǐ yù):毒蛇和含沙射影的蜮。④ 麏麌(jūn wú):獐子和麕鼠。⑤ 木魅:木石所幻化的精怪。⑥ 鸱(chī):鹞鹰。⑦ 吓:怒叫声,恐吓声。⑧ 乳血:饮血。⑨ 飧(sūn)肤:食肉。⑩ 逵(kuí):同"逵",大路。⑪ 棱棱:严寒的样子。⑫ 欶(sù)欶:风声劲急貌。⑬ 丛薄:草木杂处。⑭ 通池:城濠,护城河。⑮ 夷:填平。⑯ 峻隅:城上的角楼。⑰ 藻扃(jiǒng):彩绘的门户。⑱ 黼(fǔ)帐:绣花帐。⑲ 璇渊:玉池。璇,美玉。⑳ 弋(yì):用系着绳子的箭射鸟。㉑ 鱼龙爵马:古代杂技的名称。爵,通"雀"。㉒ "皆薰"两句:谓玉树池馆以及各种歌舞技艺都毁损殆尽。薰,花草香气。㉓ 蕙心:芳心。蕙,本是一种芳草,此处比喻美女心地芳洁。㉔ 纨质:丽质。纨,丝织的细绢。㉕ 委:弃置。㉖ 同舆:古时帝王命后妃与之同车,以示宠爱。㉗ 离宫:长门宫,为失宠者所居。两句紧接上文。谓美人既无得宠之欢乐,亦无失宠之忧愁。㉘ 抽:取。㉙ 命操:谱曲。命,命名。操,琴曲名。

简析

《芜城赋》是南朝宋文学家鲍照的赋作,为南朝抒情小赋中的名篇。芜城即广陵城(今江苏扬州市广陵区境)。作品将广陵山水美景和昔日歌舞升平的"春风十里"的景象与眼前荒草离离、残垣断壁的破败凄惨的景象进行对比,表现了作者对屠城暴行的强烈谴责,也有对统治者的警告之意,寓今昔兴亡之感,振聋发聩,令人警醒。语言清新艳丽,形象鲜明,具有强烈的艺术感染力。

思考题

1. 徐凝《忆扬州》中"无赖"二字用得极为传神,请作简要赏析。

2. 请分析杜牧《遣怀》中"十年一觉扬州梦"所蕴含的思想感情。

3. 有人认为苏轼在《江城子·墨云拖雨过西楼》一词表达了对香艳绮丽的扬州生活的怀念,对此,你有什么看法?

4. 请简析欧阳修在《朝中措·送刘仲原甫出守维扬》中所体现的旷达情怀。

5. 请比较姜夔的《扬州慢》和鲍照的《芜城赋》在表现手法和语言表达上及对战争的态度有什么不同?请作分析。

参考答案

1. "无赖"的本意是"撒泼、蛮不讲理",在这里是指扬州明月的撒泼、蛮不讲理。诗人与美人分别后,唯觉一片惆怅,没有可以诉说的人,于是抬头而见月,但此月偏偏又是当时扬州照人离别之月,更加助愁添恨,又好像无动于衷,这便显得"可憎"。诗人在深夜抬头望月的时候,原本欲解脱这一段愁思,却想不到月光又来缠人,所以说"明月无赖"。但后世因为激赏这种扬州明月的新奇形象,就离开了诗人原意,把它截下来只作为描写扬州夜月的传神警句来欣赏,这时的"无赖"二字又成为爱极的昵称了。

2. "十年一觉扬州梦",这是发自诗人内心的慨叹,好像很突兀,实则和上面两句诗意是连贯的。"十年"和"一觉"在一句中相对,给人以"很久"与"极快"的鲜明对比感,愈加显示出诗人感慨情绪之深。而这感慨又完全归结在"扬州梦"的"梦"字上:往日的放浪形骸,沉湎酒色;表面上的繁华热闹,骨子里的烦闷抑郁,是痛苦的回忆,又有醒悟后的感伤。这就是诗人所"遣"之"怀"。忽忽十年过去,那扬州往事不过是一场大梦而已。"赢得青楼薄幸名",最后竟连自己曾经迷恋的青楼也责怪自己薄情负心。"赢得"二字,调侃之中含有辛酸、自嘲和悔恨的感情。这是进一步对"扬州梦"的否定,可是写得却是那样貌似轻松而又诙谐,实际上诗人的精神是很抑郁的。十年,在人的一生中不能算短暂,自己却一事无成,丝毫没有留下什么。这是带着苦痛吐露出来的诗句,非再三吟哦,不能体会出诗人那种意在言外的情绪。

3. 该词从下片的"美人"起五句都是刻画美人的情态,表面看,这是一个明眸如星、巧笑顾盼、翩若惊鸿、轻歌曼舞的美丽形象,她的舞扇带来的缕缕清风,吹散了凝结在词人心头的愁云。最后三句化用杜牧诗句,似乎自己已沉醉于酒色美景,忘怀一切了。用反问句,却流露了他心头的苦闷。词人固然度过了一个良辰美景,暂时忘掉了一切,但前不久在颍州因久雪、百姓饥饿,自己彻夜不眠,到扬州后吏胥催租,百姓无以为生,自己无力拯救的情景,仍历历在目。百姓的疾苦和自己的遭际,酿成浓浓的愁云,积压于心头。他只能借酒浇愁。欢娱吹散春愁只是暂时的,词人尽管狂放豪爽,但深隐于心头的创痛,却是无计消除的,旷达的笔触,只能使读者更体会到他内心的痛苦。

4. 这首词一发端即带来一股突兀的气势,笼罩全篇。"平山阑槛倚晴空",顿然使人感到平山堂凌空矗立,其高无比。这一句写得气势磅礴,便为以下的抒情定下了疏宕豪迈的基调。接下去一句"山色有无中"是写凭阑远眺的情景。"手种堂前垂柳,别来几度春风",深情又豪放。其中"手种"二字,看似寻常,却是感情深化的基础。词人在平山堂前种下杨柳,不到一年,便离开扬州,移任颍州。这几年中,杨柳之枝枝叶叶都牵动着词人的感情。词人虽然通过垂柳写深婉之情,但婉而不柔,深而能畅。特别是"几度春风"四字,更能给人以欣欣向荣、格调轩昂的感觉。

下片"文章太守,挥毫万字",不仅表达了词人"心服其博"的感情,而且把刘敞的倚马之才,作了精确的概括。缀以"一饮千钟"一句,则添上一股豪气,栩栩如生地刻画了一个气度豪迈、才华横溢的文章太守的形象。结尾二句,先是劝人,又回过笔来写自己。饯别筵前,面对知己,一段人生感慨,不禁冲口而出。

欧词突破了唐、五代以来的男欢女爱的传统题材与极力渲染红香翠软的表现方法,为后来苏轼一派豪放词开了先路。此词的风格,即与苏东坡的清旷词风十分接近。欧阳修政治逆境中达观豪迈、笑对人生的风范,与苏东坡非常相似。

5. 姜夔的《扬州慢》是词,其涉及战争的句子只有两句:"自胡马窥江去后,废池乔木,犹厌言兵。渐黄昏,清角吹寒,都在空城。"这两句都是侧面描写。而鲍照的《芜城赋》是"赋",用了大量的笔墨多角度描绘了战争给扬州城带来的灾难,其荒芜、衰败、凄凉之氛围,读来令人不禁打寒战。两文都用今昔对比的反衬手法来写景抒情,写出了昔盛今衰的沧桑感。《扬州慢》的语言凝练凄清,《芜城赋》的语言更为冷峻深沉。

《扬州慢》只是揭露了金人对扬州犯下的罪行,及对当今统治者不思进取的告诫。而《芜城赋》未提及战争的任何一方,把战争放在一个更为广阔的背景中反思,从百姓朴素的角度,揭示了战争对基层百姓和城市带来的毁灭性的伤害。最后发出"天道如何,吞恨者多"和"千龄兮万代,共尽兮何言"的感慨,令人嗟叹深思。

【例文七】

己亥六月重过扬州记

龚自珍

居礼曹,客有过者曰:"卿知今日之扬州乎?读鲍照《芜城赋》,则遇之矣。"余悲其言。明年,乞假南游,抵扬州,属有告籴①谋,舍舟而馆。

既宿,循馆之东墙步游,得小桥,俯溪,溪声谨②。过桥,遇女墙啙可登者,登之,扬州三十里,首尾屈折高下见。晓雨沐屋,瓦鳞鳞然,无零甓断甃③,心已疑礼曹过客言不实矣。

入市,求熟肉,市声谨。得肉,馆人以酒一瓶、虾一筐馈。醉而歌,歌宋元长短言乐府,俯窗呜呜,惊对岸女夜起,乃止。

客有请吊蜀岗者,舟甚捷,帘幕皆文绣,疑舟窗蠡壳④也,审视,玻璃五色具。舟人时时指两岸曰:"某园故址也","某家酒肆故址也。"约八九处。其实独倚虹园圮无存。曩所信宿之西园,门在,题榜在,尚可识,其可登临者尚八九处,阜有桂,水有芙蕖菱芡,是居扬州城外西北隅,最高秀。南览江,北览淮,江淮数十州县治,无如此冶华也。忆京师言,知有极不然者。

归馆,郡之士皆知余至,则大欢,有以经义请质难者,有发史事见问者,有就询京师近事者,有呈所业若文、若诗、若笔、若长短言、若杂著、若丛书乞为序、为题辞者,有状其先世事行乞为铭者,有求书册子、书扇者,填委⑤塞户牖,居然嘉庆中故态。谁得曰今非承平时耶? 惟窗外船过,夜无笙琶声,即有之,声不能彻旦⑥。然而女子有以栀子华发为贽求书者,爰以书画环瑱互通问,凡三人,凄馨哀艳之气,缭绕于桥亭舰舫间,虽澹定,是夕魂摇摇不自持。余既信信,拿流风,捕余韵,乌睹所谓风嗥雨啸、鼯㹒⑦悲、鬼神泣者?嘉庆末尝于此和友人宋翔凤侧艳⑧诗,闻宋君病,存亡弗可知。又问其所谓赋诗者,不可见,引为恨。

卧而思之,余齿垂五十矣,今昔之慨,自然之运,古之美人名士富贵寿考者几人哉?此岂关扬州之盛衰,而独置感慨于江介也哉?抑予赋侧艳则老矣,甄综人物⑨,搜辑文献,仍以自任,固未老也。天地有四时,莫病于酷暑,而莫善于初秋;澄汰其繁缛淫蒸⑩,而与之为萧疏澹荡,泠然瑟然⑪,而不遽使人有苍莽寥泬⑫之悲者,初秋也。今扬州,其初秋也欤?予之身世,虽乞籴,自信不遽死,其尚犹丁初秋也欤?作《己亥六月重过扬州记》。

注释

① 告籴:请求买谷,有请求资助饥困之意。② 讙(huān):喧响。③ 零甃(zhòu)断甓(pì):犹言残垣断壁。甃,井壁,这里泛指墙壁。甓,砖。④ 蠡(luó):通"螺"。縠(què):物之孚甲,即鳞甲之类。蠡縠指为螺壳鳞甲所镶嵌。⑤ 填委:纷集,堆积。⑥ 彻旦:通宵达旦。⑦ 鼯(wú),一种形似松鼠的动物,腹旁有飞膜,能滑翔。㹒(yòu),同"狖",一种似狸(野猫)的野兽。⑧ 侧艳:文辞艳丽而流于轻佻。⑨ 甄综:考察搜罗。⑩ 淫蒸:过分闷热的蒸腾之气。⑪ 泠(líng)然瑟然:形容清凉。⑫ 寥泬(xuè):旷荡而虚静。

简析

龚自珍以其独特的眼光,通过对扬州这座历史名城表面一片繁华、骨子里万般萧索,以及当地文人官僚醉生梦死精神状态的描绘,反映了那个所谓的"康乾盛世"上层社会的黑暗与腐朽,揭示了一个历史时代正在日趋衰落,清王朝已濒临"山雨欲来风满楼"的危局。与龚自珍同时代的文人知识分子且身处扬州的亦不少,他们常流连徜徉于勾栏瓦肆之中,享受着扬州繁华的生活,能于繁华中体会出时代即将转折的有几人?唯有龚自珍,这体现了龚自珍特有的"洞见力"。文章的开头,先追叙在京师时听到客人说的一句话:"卿知今日之扬州乎?读鲍照《芜城赋》,则遇之矣",一种"白杨早落,塞草前衰"、"孤蓬自振,惊砂坐飞"的芜城秋思,不禁悄然而生,作者怎能不深"想其言"呢?然而"避席畏闻文字狱",在统治者高压政策的情况下,直言犯禁,只好依时顺序,从几个不同的侧面,看似无意而语,实则欲抑先扬。

思考题

请探究龚自珍在《己亥六月重过扬州记》一文中的独特构思及其立意。

参考答案

龚自珍以其独特的眼光,通过对扬州这座历史名城表面一片繁华、骨子里万般萧索,以及当地文人官僚醉生梦死精神状态的描绘,反映了在他之前的那个所谓的"康乾盛世"的上层社会的黑暗与腐朽,揭示了一个历史时代正在日趋衰落,清王朝已濒临"山雨欲来风满楼"的危局。与龚自珍同时代的文人知识分子且身处扬州的亦不少,他们常流连徜徉于勾栏瓦肆之中,享受着扬州繁华的生活,能于繁华中体会出时代即将转折的有几人?唯有龚自珍,这体现了龚自珍特有的"洞见力"。文章的开头,先追叙在京师时听到客人说的一句话:"卿知今日之扬州乎?读鲍照《芜城赋》,则遇之矣。"一种"白杨早落,塞草前衰"、"孤蓬自振,惊砂坐飞"的芜城秋思,不禁悄然而生,作者怎能不深"想其言"呢?然而"避席畏闻文字狱",在统治者高压政策的情况下,直言犯禁,只好依时顺序,从几个不同的侧面,看似无意而语,实则欲抑先扬。

【例文八】

扬州的夏日

朱自清

  扬州从隋炀帝以来,是诗人文士所称道的地方;称道的多了,称道得久了,一般人便也随声附和起来。直到现在,你若向人提起扬州这个名字,他会点头或摇头说:"好地方!好地方!"特别是没去过扬州而念过些唐诗的人,在他心里,扬州真像蜃楼海市一般美丽;他若念过《扬州画舫录》一类书,那更了不得了。但在一个久住扬州像我的人,他却没有那么多美丽的幻想,他的憎恶也许掩住了他的爱好;他也许离开了三四年并不去想它。若是想呢,——你说他想什么?女人;不错,这似乎也有名,但怕不是现在的女人吧?——他也只会想着扬州的夏日,虽然与女人仍然不无关系的。

  北方和南方一个大不同,在我看,就是北方无水而南方有。诚然,北方今年大雨,永定河,大清河甚至决了堤防,但这并不能算是有水;北平的三海和颐和园虽然有点儿水,但太平衍了,一览而尽,船又那么笨头笨脑的。有水的仍然是南方。扬州的夏日,好处大半便在水上——有人称为"瘦西湖",这个名字真是太"瘦"了,假西湖之名以行,"雅得这样俗",老实说,我是不喜欢的。下船的地方便是护城河,曼衍开去,曲曲折折,直到平山堂,——这是你们熟悉的名字——有七八里河道,还有许多杈杈桠桠的支流。这条河其实也没有顶大的好处,只是曲折而有些幽静,和别处不同。

沿河最著名的风景是小金山,法海寺,五亭桥;最远的便是平山堂了。金山你们是知道的,小金山却在水中央。在那里望水最好,看月自然也不错——可是我还不曾有过那样福气。"下河"的人十之九是到这儿的,人不免太多些。法海寺有一个塔,和北海的一样,据说是乾隆皇帝下江南,盐商们连夜督促匠人造成的。法海寺著名的自然是这个塔;但还有一桩,你们猜不着,是红烧猪头。夏天吃红烧猪头,在理论上也许不甚相宜;可是在实际上,挥汗吃着,倒也不坏的。五亭桥如名字所示,是五个亭子的桥。桥是拱形,中一亭最高,两边四亭,参差相称;最宜远看,或看影子,也好。桥洞颇多,乘小船穿来穿去,另有风味。平山堂在蜀冈上。登堂可见江南诸山淡淡的轮廓;"山色有无中"一句话,我看是恰到好处,并不算错。这里游人较少,闲坐在堂上,可以永日。沿路光景,也以闲寂胜。从天宁门或北门下船。蜿蜒的城墙,在水里倒映着苍黝的影子,小船悠然地撑过去,岸上的喧扰像没有似的。

船有三种:大船专供宴游之用,可以挟妓或打牌。小时候常跟了父亲去,在船里听着谋得利洋行的唱片。现在这样乘船的大概少了吧?其次是"小划子",真像一瓣西瓜,由一个男人或女人用竹篙撑着。乘的人多了,便可雇两只,前后用小凳子跨着:这也可算得"方舟"了。后来又有一种"洋划",比大船小,比"小划子"大,上支布篷,可以遮日遮雨。"洋划"渐渐地多,大船渐渐地少,然而"小划子"总是有人要的。这不独因为价钱最贱,也因为它的伶俐。一个人坐在船中,让一个人站在船尾上用竹篙一下一下地撑着,简直是一首唐诗,或一幅山水画。而有些好事的少年,愿意自己撑船,也非"小划子"不行。"小划子"虽然便宜,却也有些分别。譬如说，你们也可想到的，女人撑船总要贵些；姑娘撑的自然更要贵。这些撑船的女子，便是有人说过的"瘦西湖上的船娘"。船娘们的故事大概不少，但我不很知道。据说以乱头粗服，风趣天然为胜；中年而有风趣，也仍然算好。可是起初原是逢场作戏，或尚不伤廉惠；以后居然有了价格，便觉意味索然了。

北门外一带，叫做下街，"茶馆"最多，往往一面临河。船行过时，茶客与乘客可以随便招呼说话。船上人若高兴时，也可以向茶馆中要一壶茶，或一两种"小笼点心"，在河中喝着，吃着，谈着。回来时再将茶壶和所谓小笼，连价款一并交给茶馆中人。撑船的都与茶馆相熟，他们不怕你白吃。扬州的小笼点心实在不错：我离开扬州，也走过七八处大大小小的地方，还没有吃过那样好的点心；这其实是值得惦记的。茶馆的地方大致总好，名字也颇有好的。如香影廊，绿杨村，红叶山庄，都是到现在还记得的。绿杨村的幌子，挂在绿杨树上，随风飘展，使人想起"绿杨城郭是扬州"的名句。里面还有小池，丛竹，茅亭，景物最幽。这一带的茶馆布置都历落有致，迥非上海、北平方方正正的茶楼可比。

"下河"总是下午。傍晚回来，在暮霭朦胧中上了岸，将大褂折好搭在腕上，一手微微摇着扇子；这样进了北门或天宁门走回家中。这时候可以念"又得浮生半日闲"那一句诗了。

简析

最是相思一片水，"烟花三月下扬州"，扬州的好是不必说的。但或许距离才产生美，曾在扬州久住的朱自清偏说"他的憎恶也许掩住了他的爱好"；又避开大家的阅读期待，偏说"他也只会想着扬州的夏日"。"憎恶"一词显然是抑，"只会"一词又大出意料，我们的阅读兴趣由此产生。且看他对扬州夏日怎么来"扬"。

"扬州的夏日,好处大半便在水上。"这么说,意味着水就是扬州夏日的特质,而抓住了,就等同于抓住了扬州的夏日。于是扣住这个"水"字做起了文章。先用对北方夏日的水的印象引出对扬州夏日的水的回忆。在他看来,北方无水,即使北平有点水,也败在太平衍,败在船笨头笨脑。于是便可知扬州的水是曲折的,船是灵活的;不光要写扬州的水,还要写水上的船。

"下船的地方便是护城河,曼衍开去,曲曲折折,直到平山堂……有七八里河道,还有许多权权桠桠的支流。这条河……只是曲折而有些幽静,和别处不同。"这是总写。对小金山、法海寺、五亭桥、平山堂的描写是分写,基本搜罗尽扬州的名胜,可见"好处大半便在水上"的确不虚。在小金山上望水看月,在法海寺吃红烧猪头,一雅一俗,皆有情致。五亭桥"参差相称",平山堂坐落在蜀冈上。五亭桥宜远看,或看影子;平山堂可观"山色有无中"。可乘小船穿梭桥洞,这是动;可永日闲坐堂上,这是静。两两相对,没有深入的观察,写不出这样的体验。这些景都因为得了水的灵气而生动如画。

游览这些景致离不开船,不同花样种类的船有各自的妙处,写得详略相间。将笔墨集中在"小划子"上,是因为它的伶俐(也就是灵巧)最符合朱自清的审美,况且还有天然的、风趣的船娘。这是扬州夏日特有的水趣。

然后写水岸的风俗人情,落脚点在茶馆上。通过写船客如何吃茶点,与其他地方比较小笼点心,和上海、北平比较茶楼的布置,来突出茶馆的种种妙处也是因水而生。"值得惦记的""现在还记得的"这些话,噙满了作者对扬州夏日的无限思念。

舒缓自如的叙述、平易畅达的表达,带我们进入美好的扬州夏日,在思乡之情中感受如水一般的情韵和美感,还有那"又得浮生半日闲"的悠闲心灵。

【例文九】

扬州旧梦寄语堂

郁达夫

语堂兄：

"乱掷黄金买阿娇，穷来吴市再吹箫。箫声远渡江淮去，吹到扬州廿四桥。"

这是我在六七年前——记得是一九二八年的秋天，写那篇《感伤的行旅》时瞎唱出来的歪诗；那时候的计划，本想从上海出发，先在苏州下车，然后去无锡，游太湖，过常州，达镇江，渡瓜步，再上扬州去的。但一则因为苏州在戒严，再则因在太湖边上受了一点虚惊，故而中途变计，当离无锡的那一天晚上，就直到了扬州城里。旅途不带《诗韵》，所以这一首打油诗的韵脚，是姜白石的那一首"小红唱曲我吹箫"的老调，系凭着了车窗，看看斜阳衰草，残柳芦苇，哼出来的莫名其妙的山歌。

我去扬州，这时候还是第一次；梦想着扬州的两字，在声调上，在历史的意义上，真是如何地艳丽，如何地够使人魂销而魄荡！

竹西歌吹，应是《玉树后庭花》的遗音；萤苑迷楼，当更是临春结绮等沉檀香阁的进一步的建筑。此外的锦帆十里，殿脚三千，后土祠琼花万朵，玉钩斜青冢双行，计算起来，扬州的古迹，名区，以及山水佳丽的地方总要有三年零六个月才逛得遍。唐宋文人的倾倒于扬州，想来一定是有一种特别见解的；小杜的"青山隐隐水迢迢"，与"十年一觉扬州梦"，还不过是略带感伤的诗句而已，至如

"君王忍把平陈业,只换雷塘数亩田","人生只合扬州死,禅智山光好墓田",那简直是说扬州可以使你的国亡,可以使你的身死,而也决无后悔的样子了,这还了得!

在我梦想中的扬州,实在太有诗意,太富于六朝的金粉气了,所以那一次从无锡上车之后,就是到了我所最爱的北固山下,亦没有心思停留半刻,便匆匆的渡过了江去。

长江北岸,是有一条公共汽车路筑在那里的;一落渡船,就可以向北直驶,直达到扬州南门的福运门边。再过一条城河,便进扬州城了,就是一千四五百年以来,为我们历代的诗人骚客所赞叹不止的扬州城,也就是你家黛玉的爸爸,在此撇下了孤儿升天成佛去的扬州城!

我在到扬州的一路上,所见的风景,都平坦萧杀,没有一点令人可以留恋的地方,因而想起了晁无咎的《赴广陵道中》的诗句:

"醉卧符离太守亭,别都弦管记曾称。淮山杨柳春千里,尚有多情忆小胜。(小胜,劝酒女鬟也。)"

"急鼓冬冬下泗州,却瞻金塔在中流。帆开朝日初生处,船转春山欲尽头。"

"杨柳青青欲哺乌,一春风雨暗隋渠。落帆未觉扬州远,已喜淮阴见白鱼。"

才晓得他自安徽北部,下泗州,经符离(现在的宿县)由水道而去的,所以得见到许多景致,至少至少,也可以看到两岸的垂杨和江中的浮屠鱼类。而我去的一路呢,却只见了些道路树的洋槐,和秋收已过的沙田万顷,别的风趣,简直没有。连绿杨城郭是扬州的本地风光,就是自隋朝以来的堤柳,也看见得很少。

到了福运门外,一见了那一座新修的城楼,以及写在那洋灰壁上的三个福运门的红字,更觉得兴趣索然了;在这一种城门之内的亭台园囿,或楚馆秦楼,那里会有诗意呢?

　　进了城去,果然只见到了些狭窄的街道,和低矮的市廛,在一家新开的绿杨大旅社里住定之后,我的扬州好梦,已经醒了一半了。入睡之前,我原也去逛了一下街市,但是灯烛辉煌,歌喉宛转的太平景象,竟一点儿也没有。"扬州的好处,或者是在风景;明天去逛瘦西湖,平山堂,大约总特别的会使我满足,今天且好好儿的睡它一晚,先养养我的脚力吧!"这是我自己替自己解闷的想头,一半也是真心诚意,想驱逐驱逐宿娼的邪念的一道符咒。

　　第二天一早起来,先坐了黄包车出天宁门去游平山堂。天宁门外的天宁寺,天宁寺后的重宁寺,建筑的确伟大,庙貌也十分的壮丽,可是不知为了什么,寺里不见一个和尚,极好的黄松材料,都断的断,拆的拆了,像许久不经修理的样子。时间正是暮秋,那一天的天气又是阴天,我身到了这大伽蓝里,四面不见人影,仰头向御碑佛像以及屋顶一看,满身出了一身冷汗,毛发都倒竖起来了,这一种阴戚戚的冷气,叫我用什么文字来形容呢?

　　回想起二百年前,高宗南幸,自天宁门至蜀冈,七八里路,尽用白石铺成,上面雕栏曲槛,有一道像颐和园昆明湖上似的长廊甬道,直达至平山堂下,黄旗紫盖,翠辇金轮,妃嫔成队,侍从如云的盛况,和现在的这一条黄沙曲路,只见衰草牛羊的萧条野景来一比,实在是差得太远了。当然颓井废垣,也有一种令人发思古之幽情的美感,所以鲍明远会作出那篇《芜城赋》来,但我去的时候的扬州北郭,实在太荒凉了,荒凉得连感慨都叫人抒发不出。

　　到了平山堂东面的功德山观音寺里,吃了一碗清茶,和寺僧谈起这些景象,才晓得这几年来,兵去则匪至,匪去则兵来,住的都是城外的寺院。寺的坍败,原是应该,和尚的逃散,也是不得已的。就是蜀冈的一带,三峰十余个名刹,现在有人住的,只剩了这一个观音寺了,连正中峰有平山堂在的法净寺里,此刻也没有了住持的人。

平山堂一带的建筑、点缀、园囿,都还留着有一个旧日的轮廓:像平远楼的三层高阁,依然还在,可是门窗却没有了;西园的池水以及第五泉的泉路,都还看得出来,但水却干涸了;从前的树木、花草、假山、叠石,并其他的精舍亭园,现在只剩了许多痕迹,有的简直连遗址都无寻处。

我在平山堂上,瞻仰了一番欧阳公的石刻像后,只能屁也不放一个,悄悄的又回到了城里。午后想坐船了,去逛的是瘦西湖小金山五亭桥的一角。

在这一角清淡的小天地里,我却看到了扬州的好处。因为地近城区,所以荒废也并不十分厉害;小金山这面的临水之处,并且还有一位军阀的别墅(徐园)建筑在那里,结构尚新,大约总还是近年来的新筑。从这一块地方,看向五亭桥、法海塔去的一面风景,真是典丽裔皇,完全像北平中南海的气象。至于近旁的寺院之类,却又因为年久失修,谈不上了。

瘦西湖的好处,全在水树的交映,与游程的曲折;秋柳影下,有红蓼青萍,散浮在水面,扁舟擦过,还听得见水草的鸣声,似在暗泣。而几个弯儿一绕,水面阔了,猛然间闯入眼来的,就是那一座有五个整齐金碧的亭子排立着的白石平桥,比金鳌玉��,虽则短些,可是东方建筑的古典趣味,却完全荟萃在这一座桥,这五个亭上。

还有船娘的姿势,也很优美。用以撑船的,是一根竹竿,使劲一撑,竹竿一弯,同时身体靠上去着力,臀部腰部的曲线,和竹竿的线条,配合得异常匀称,异常复杂。若当暮雨潇潇的春日,雇一个容颜好的船娘,携酒与茶,来瘦西湖上回游半日,倒也是一种赏心的乐事。

　　船回到了天宁门外的码头,我对那位船娘,却也有点儿依依难舍的神情,所以就出了一个题目,要她在岸上再陪我一程。我问她:"这附近还有好玩的地方没有?"她说:"还有天宁寺、平山堂。"我说:"都已经去过了。"她说:"还有史公祠。"于是就由她带路,抄过了天宁门,向东走到了梅花岭下。瓦屋数间,荒坟一座,有的人还说坟里面葬着的只是史阁部的衣冠,看也原没有什么好看;但像是一部廿四史掉尾的这一位大忠臣的战绩,是读过《明史》的人,无不为之泪下的;况且经过《桃花扇》作者的一描,更觉得史公的忠肝义胆,活跃在纸上了。我在祠墓的中间立着想着,穿来穿去的走着,竟耽搁了那一位船娘不少的时间。本来是阴沉短促的晚秋天,到此竟垂垂欲暮了,更向东踏上了梅花岭的斜坡,我的唱山歌的老病又发作了,就顺口唱出了这么的二十八字:

　　"三百年来土一丘,忠臣遗爱满扬州。二分明月千行泪,并作梅花岭下秋。"

　　写到这里,本来是可以搁笔了,以一首诗起,更以一首诗终,岂不很合鸳鸯蝴蝶的体裁的么?但我还想加上一个总结,以醒醒你的骑鹤上扬州的迷梦。

　　总之,自大业初开邗沟入江渠以来,这扬州一郡,就成了中国南北交通的要道;自唐历宋,直到清朝,商业集中于此,冠盖也云屯在这里。既有了有产及有势的阶级,则依附这阶级而生存的奴隶阶级,自然也不得不产生。

　　贫民的儿女,就被他们强迫作婢妾,于是乎就有了杜牧之的青楼薄幸之名,所谓"春风十里扬州路"者,盖指此。有了有钱的老爷,和美貌的名娼,则饮食起居园亭、衣饰犬马,名歌艳曲,才士雅人(帮闲食客),自然不得不随之而俱兴,所以要腰缠十万贯,才能逛扬州者,以此。但是铁路开后,扬州就一落千丈,萧条到了极点。从前的运使、河督之类,现在也已经驻上了别处;殷实商户,巨富乡绅,自然也分迁到了上海或天津等洋大人的保护之区,故而目下的扬州只剩了一个历史上的剥制的虚壳,内容便什么也没有了。

扬州之美,美在各种的名字,如绿杨村,廿四桥,杏花村舍,邗上农桑,尺五楼,一粟庵等。可是你若辛辛苦苦,寻到了这些最风雅也没有的名称的地方,也许只有一条断石,或半间泥房,或者简直连一条断石,半间泥房都没有的。张陶庵有一册书,叫作《西湖梦寻》,是说往日的西湖,如何可爱,现在却不对了,可是你若到扬州去寻梦,那恐怕要比现在的西湖还更不如。

你既不敢游杭,我劝你也不必游扬,还是在上海梦里想象欧阳公的平山堂,王阮亭的红桥,《桃花扇》里的史阁部,《红楼梦》里的林如海,以及盐商的别墅,乡宦的妖姬,倒来得好些。枕上的卢生,若长不醒,岂非快事。一遇现实,那里还有 Dichtung 呢!

简析

作者先写自己去扬州路上的所见、所闻、所感,与之前的预想形成强烈的反差。时值深秋,绿杨大旅舍的毫无生气、天宁寺的阴戚戚、北郭的荒凉让作者无法抒发感慨,这样就生出扬州的美大概在自然风光吧的想法,自然引出下文。然后文章对扬州的古迹、名胜及山水等进行了详细的描绘,从不同的角度展现扬州的美好。之后,文章又回顾了扬州曾经的繁华,并解释了如今扬州衰败的原因,与文题中的"旧"字呼应。

文章采用了对偶、排比、反复等修辞手法,音律和谐,长句短句结合,读来朗朗上口,节奏明快而流畅,具有鲜明的音乐美。

思考题

1. 请简析朱自清《扬州的夏日》一文构思的巧妙之处。
2. 请从语言运用的角度赏析郁达夫的《扬州旧梦寄语堂》。

参考答案

1. 写扬州的诗文自古以来尤多,如何脱颖而出?朱自清扣住了扬州的"水"。"扬州的夏日,好处大半便在水上。"这么说,意味着水就是扬州夏日的特质,而抓住了这,就等同于抓住了扬州夏日。于是扣住这个"水"字做起了文章。

先用对北平夏日的水的印象引出对扬州夏日的水的回忆,借此突出扬州的水是曲折的,船是灵活的;不光要写扬州的水,还要写水上的船。五亭桥"参差相称",平山堂坐落蜀冈;五亭桥宜远看,或看影子,平山堂可观"山色有无中";可乘小船穿梭桥洞,这是动,可永日闲坐堂上,这是静。两两相对,没有深入的观察,写不出这样的体验。这些景都因为得了水的灵气而生动如画。

游览这些景致离不开船,不同花样种类的船有各自的妙处,写得详略相间。将笔墨集中在"小划子"上,是因为它的伶俐(也就是灵巧)最符合朱自清的审美,况且还有天然的、风趣的船娘。这是扬州夏日特有的水趣。

然后写水岸的风俗人情,落脚点在茶馆。通过写船客如何吃茶点,与其他地方比较来突出扬州茶馆的种种妙处也是因水而生。"值得惦记的"、"现在还记得"这些话,噙满了作者对扬州夏日的无限思念。

该文独特的构思、舒缓自如的叙述、平易畅达的表达,带我们进入美好的扬州夏日,在思乡之情中感受如水一般的情韵和美感,还有那"又得浮生半日闲"的悠闲心灵。

2. 文章大量采取对偶、排比、反复等修辞手法，还讲究平仄声调的配合，较多应用四字句，又注意长短句式的交替使用。作者先写自己去扬州的路上的所见、所闻、所感，与之前的预想形成强烈的反差。时值深秋，绿杨大旅舍的毫无生气、天宁寺的阴戚戚、北郭的荒凉、破败让作者无法抒发感慨，这样就生出扬州的美大概在自然风光吧的想法，自然引出下文。然后文章对扬州的古迹、名胜及山水佳丽之处进行了详细的描绘，从不同的角度展现扬州的美好。然后，文章又回顾了扬州曾经的繁华，并解释了如今扬州衰败的原因。

文章合理地借鉴了汉魏赋体文字遣词造句的手法，因而读来整齐匀称，音调铿锵，节奏明快，具有非常鲜明的音乐美。

十一、古宫闲地少，水港小桥多
——苏州篇

◎ 上海市市北中学　张洛绮

【概述】

苏州，简称"苏"，古称吴，又称姑苏、平江等。苏州地处长江中下游平原，东邻上海，西抱太湖，南临浙江，北枕长江。苏州境内河道密布交错，长江与苏州的湖泊河流相通相融，苏州"三纵三横一环"的河道水系上面，布满了大小古桥共一百六十八座，是全国河道最长、桥梁最多的水乡，有"东方威尼斯"的美誉。

苏州城始建于春秋战国时期，距今已两千五百多年历史。公元前514年，公子光在伍子胥的帮助下登上王位，成为吴王阖闾，伍子胥以"相土尝水，象天法地"为理念，建造了阖闾城，也就是今天苏州古城前身。城内河道纵横，水陆并行，形成了苏州小桥流水人家的样貌。魏晋南北朝时期，北方大族南移，形成了南北文化大融合，苏州出现了大量的宗教文化以及宗教建筑，地区的风气逐渐由"尚武"向"崇文"转变。隋炀帝时期，南北大运河的修通，使苏州成为东南沿海沟通内外的水陆交通要冲。唐代安史之乱后，苏州人口迅速增长，苏州经济随之崛起，政治地位也得到提升，升为雄州。宋代的苏州已成为天下粮仓,流传着"苏湖熟,天下足"的说法。宋朝南迁后,崇文抑武,致使苏州开设众多学府。到明代中后期,苏州发展达到鼎盛,率先出现了资本主义萌芽。明清易代,苏州经济遭到摧残,在经历一段时间的动荡后,又在康乾时期走上巅峰,成为全国著名都会之地、工商中心。太平天国运动中,李秀成占领苏州,并以其为省会,建立了苏福省,后被李鸿章攻破。19世纪末、20世纪初,随着西风东渐,古老的苏州向现代城市迈进。

  苏州历史上有过很多我们耳熟能详的名字。唐代时,韦应物、白居易、刘禹锡先后出任苏州刺史,颇著政声。《阊门怀古》《登阊门闲望》《别苏州》分别是他们的所见所感。北宋范仲淹在家乡苏州任知州时,创作了《苏州十咏》,他在此捐宅建学,创办范氏义庄,使此地学风蔚然。范成大晚年隐居故乡苏州的石湖,他写成的《四时田园杂兴》组诗,再现了吴郡的美景和农人的生活。明代唐寅筑室苏州桃花坞,写下了脍炙人口的《桃花庵歌》。袁宏道任吴县令时,曾六次游览虎丘,《虎丘记》一文便展现了他的独特审美。张溥的《五人墓碑记》记录了苏州市民在抗议阉党活动中的感人行为,沈复《浮生六记》写的是清代苏州人的日常生活,而叶圣陶《苏州园林》为我们打开了了解苏州园林的大门。

【例文一】

送 人 游 吴

杜荀鹤①

  君到姑苏②见,人家尽枕河③。古宫闲地少④,水港小桥多。夜市卖菱藕,春船载绮罗⑤。遥知未眠月,乡思在渔歌⑥。

注释

① 杜荀鹤(846—904),唐代诗人。字彦之,号九华山人。② 姑苏:苏州的古名。③ 枕河:房屋建在河边,部分架在河面上。④ 古宫:即春秋时吴国王宫。这里借指姑苏。闲地少:指人烟稠密,屋宇相连。⑤ 绮罗:指华贵的丝织品或丝绸衣服。一说此处是贵妇、美女的代称。⑥ 乡思:怀乡之思。渔歌:渔人唱的民歌小调。

简析

这首诗是作者送人前往吴县漫游的送别之作。吴县又称姑苏,是富庶的鱼米之乡,丝织品闻名全国,是当时苏州的政治、经济、文化中心。诗中描绘了水乡的繁荣,"枕河"人家、"古宫"、"水港"、"小桥"几样景物,写尽江南水村小镇的风貌;"夜市卖菱藕,春船载绮罗"两句又活现出吴县物产丰富、市场繁荣的景象。结尾两句乃归入正题,设想别后的情形:姑苏的渔歌,将会引发友人的思乡之情,月夜不得成眠。

全诗写得质朴明畅,清新秀逸,像一幅色彩鲜明的风俗画,是送别诗中的别开生面之作。

【例文二】

枫 桥 夜 泊①

张　继

月落乌啼霜满天②,江枫渔火对愁眠③。姑苏城外寒山寺,夜半钟声④到客船。

注释

① 枫桥：在今江苏省苏州市虎丘区枫桥街道阊门外。夜泊：夜间把船停靠在岸边。② 乌啼：一说为乌鸦啼鸣，一说为乌啼镇。霜满天：空气极冷的形象语。霜，不可能满天，这个"霜"字应当体会作严寒。③ 江枫：一般解释作"江边枫树"，另外有人认为指"江村桥"和"枫桥"。"枫桥"在吴县南门（阊阖门）外西郊，本名"封桥"，因张继此诗而改为"枫桥"。柯继承等指出，"唐以前早先枫桥称作封桥，吴语封、枫同音，以封桥误为枫桥，因河边有经霜红叶树之故。根据张诗所表明的物候及月相分析推算，张诗当作于农历十月深秋时分，江南水边多植乌桕之类树木，经霜叶红，古人诗中多混作为'枫'。故江枫，是泛指江边的红叶类树，不必是枫。"渔火：通常解释为渔船上的灯火，也有说法认为"渔火"实际上就是一同打渔的伙伴。《全唐诗》"渔火"作"渔父"。对愁眠：伴愁眠之意，此句把江枫和渔火二词拟人化。④ 夜半钟声：当今的佛寺除夕才半夜敲钟，但当时有半夜敲钟的习惯，也叫"无常钟"或"分夜钟"。

简析

《枫桥夜泊》是唐代诗人张继的诗作。唐朝安史之乱后，张继途经寒山寺时写下这首羁旅诗。此诗精确而细腻地描述了一个客船夜泊者对江南深秋夜景的观察和感受，勾画了月落乌啼、霜天寒夜、江枫渔火、孤舟客子等景象，有景有情有声有色。此外，这首诗也将作者羁旅之思、家国之忧，以及身处乱世尚无归宿的顾虑充分地表现出来，是写愁的代表作。

思考题

1. 《送人游吴》的尾联在表达情感上有何匠心？
2. 《枫桥夜泊》是如何抒发作者情感的？
3. 如果需要配乐吟诵诗歌，你分别会为两首诗选怎样的曲子？为什么？

参考答案

1. 前三联想象友人到吴地的所闻所见，尾联"遥知"一转，变换为对友人情感的猜测，写友人在吴地思念家乡，余味悠长。"未眠""乡思"的愁怨与前三联极尽笔墨描绘吴地人文历史和秀美风光的轻快笔调构成反差，引人遐想，既突出了游子必然思乡的深情，又暗含我在家乡的守望和祝福，情感的表达曲折丰富。

2. 诗歌将情感与景色相结合，表现羁旅者的孤子清寥。诗的前两联写了六种景象，意象密集：落月、啼乌、满天霜、江枫、渔火、不眠人，营造了一种水乡秋夜的幽寂清冷氛围。后两句意象疏宕：城、寺、船、钟声，是一种空灵旷远的意境。月落乌啼、霜天寒夜、江枫渔火、孤舟客子等景象，固然已从各方面显示出枫桥夜泊的特征，但还不足以尽传它的神韵。在暗夜中，人的听觉升居为对外界事物景象感受的首位。而静夜钟声，给予人的印象又特别强烈。这样，"夜半钟声"就不但衬托出了夜的静谧，而且揭示了夜的深永和清寥，而诗人卧听疏钟时的种种难以言传的感受也就尽在不言中了。

3. 略。

【例文三】

三　王　墓①

干　宝

楚干将、莫邪为楚王作剑，三年乃成。王怒，欲杀之。剑有雌雄。其妻重身当产，夫语妻曰："吾为王作剑，三年乃成，王怒，往必杀我。汝若生子是男，大，告之曰：'出户望南山，松生石上，剑在其背。'"于是即将②雌剑往见楚王。王大怒，使相之，剑有二，一雄一雌，雌来，雄不来。王怒，即杀之。

莫邪子名赤比，后壮，乃问其母曰："吾父所在？"母曰："汝父为楚王作剑，三年乃成，王怒，杀之。去时嘱我：'语汝子，出户，望南山，松生石上，剑在其背。'"子出户南望，不见有山，但睹堂前松柱下，石砥之上，即以斧破其背，得剑。日夜思欲报楚王。

王梦见一儿，眉间广尺，言欲报仇。王即购之千金。儿闻之，亡去，入山行歌。客有逢者，谓："子年少，何哭之甚悲耶？"曰："吾干将、莫邪子也。楚王杀吾父，吾欲报之。"客曰："闻王购③子头千金，将子头与剑来，为子报之。"儿曰："幸甚！"即自刎，两手捧头及剑奉之，立僵。客曰："不负子也。"于是尸乃仆。

客持头往见楚王，王大喜。客曰："此乃勇士头也，当于汤镬煮之。"王如其言。煮头，三日三夕不烂。头踔④出汤中，瞋目大怒。客曰："此儿头不烂，愿王自往临视之，是必烂也。"王即临之。客以剑拟王，王头随堕汤中。客亦自拟己头，头复堕汤中。三首俱烂，不可识别，乃分其汤肉葬之，故名"三王墓"。

注释

① 本文出自晋代干宝的志怪小说集《搜神记》。② 将：拿，持。③ 购：悬赏征求。④ 踔(chuō)：跳跃。

简析

这是一个人民群众反抗暴政的悲壮故事。楚王杀死了铸剑误期的干将，又进而欲杀其子赤，斩草除根。赤立志复仇，在侠客的帮助下，他们牺牲了自己，终于报了仇、雪了恨，正义取得了胜利。

第一段，干将与莫邪的对话，交代了是因"为王作剑，三年乃成"，故必遭杀害。这说明干将的被杀，完全是无辜的。第二段，干将见楚王后的一段对话，进一步补充干将被杀的原因，是因铸有两剑，"雌来，雄不来"，也伏下了复仇的种子。第三段，莫邪与其子赤的对话。遗腹子赤未见过自己的父亲，故问其母曰："吾父所在？"其母之答说明了父死之因，嘱其报仇。第四段，赤与侠客的对话。赤为避楚王追捕，逃至深山，巧遇侠客，问赤曰："子年少，何哭之甚悲耶？"赤陈述悲哭之由，激起侠客相助。第五段，侠客与楚王的对话，目的是寻机复仇，以刺楚王。侠客持赤首与雄剑往见楚王，言曰："此乃勇士头也，当于汤镬煮之。"这乃是一种计谋，引诱楚王"自往临视之"，以便寻机杀楚王。侠客杀了楚王后立即自刎，三个头在汤镬中俱烂，不可辨识，只好一起埋葬，故曰"三王墓"。细节描写亦很精彩，突出地反映了干将、莫邪之子赤的反抗精神和坚强毅力，性格极其鲜明。

思考题

在先秦文献中，干将、莫邪是古代著名的兵器，为吴王阖闾所有。铸剑一事在《列士传》《吴越春秋》《越绝书》《博物志》《列异传》等书中均有记载,文字各异。试查阅相关文字,比较不同的版本,说说你更喜欢哪个版本。例如下文选自《吴越春秋》卷四《阖闾内传》:

干将者,吴人也,与欧冶子同师,俱能为剑。越前来献三枚,阖闾得而宝之,以故使剑匠作为二枚:一曰干将,二曰莫耶。莫耶,干将之妻也。

干将作剑,采五山之铁精,六合之金英。候天伺地,阴阳同光,百神临观,天气下降,而金铁之精不销沦流。于是干将不知其由。莫耶曰:"子以善为剑闻于王,王使子作剑,三月不成,其有意乎?"干将曰:"吾不知其理也。"莫耶曰:"夫神物之化,须人而成之。今夫子作剑,得无得其人而后成乎?"干将曰:"昔吾师作冶,金铁之类不销,夫妻俱入冶炉中,然后成物。至今后世,即山作冶,麻绖菲服,然后敢铸金于山。今吾作剑不变化者,其若斯耶?"莫耶曰:"师知烁身以成物,吾何难哉!"于是干将妻乃断发剪爪,投于炉中,使童女、童男三百人鼓橐装炭,金铁乃濡,遂以成剑。阳曰干将,阴曰莫耶,阳作龟文,阴作漫理。

参考答案

略。

【例文四】

太 湖 石 记[①]

白居易

古之达人,皆有所嗜。玄晏先生[②]嗜书,嵇中散[③]嗜琴,靖节先生嗜酒,今丞相奇章公④嗜石。石无文无声,无臭无味,与三物不同,而公嗜之,何也?众皆怪之,我独知之。昔故友李生约有云:"苟适吾志,其用则多。"诚哉是言,适意而已。公之所嗜,可知之矣。

公以司徒保厘河洛,治家无珍产,奉身无长物,惟东城置一第,南郭营一墅,精葺宫宇,慎择宾客,性不苟合,居常寡徒,游息之时,与石为伍。石有族聚,太湖为甲,罗浮、天竺之徒次焉。今公之所嗜者甲也。先是⑤,公之僚吏,多镇守江湖,知公之心,惟石是好,乃钩深致远,献瑰纳奇,四五年间,累累而至。公于此物,独不谦让,东第南墅,列而置之,富哉石乎!

厥⑥状非一:有盘拗秀出如灵丘鲜云者,有端俨挺立如真官神人者,有缜润削成如珪瓒⑦者,有廉棱锐刿如剑戟者。又如虬如凤,若跧⑧若动,将翔将踊,如鬼如兽,若行若骤,将攫将斗者。风烈雨晦之夕,洞穴开颏,若欲云欱雷,嶷嶷然⑨有可望而畏之者。烟霁景丽之旦,岩墺霭,若拂岚扑黛,霭霭然有可狎而玩之者。昏旦之交,名状不可。撮要而言,则三山五岳、百洞千壑,覶缕⑩簇缩,尽在其中。百仞一拳,千里一瞬,坐而得之。此其所以为公适意之用也。

尝与公迫视熟察,相顾而言,岂造物者有意于其间乎?将胚浑凝结,偶然成功乎?然而自一成不变以来,不知几千万年,或委海隅,或沦湖底,高者仅数仞,重者殆千钧。一旦不鞭而来,无胫而至,争奇骋怪,为公眼中之物,公又待之如宾友,视之如贤哲,重之如宝玉,爱之如儿孙。不知精意有所召耶?将尤物有所归耶?孰不为而来耶?必有以也。

石有大小,其数四等,以甲、乙、丙、丁品之。每品有上、中、下,各刻于石阴。曰"牛氏石甲之上","丙之中","乙之下"。噫!是石也,千百载后散在天壤之内,转徙隐见,谁复知之? 欲使将来与我同好者,睹斯石,览斯文,知公嗜石之自。

会昌三年五月丁丑记。

注释

① 本文为白居易于会昌三年(843)所作,是中国赏石文化史上第一篇全面阐述太湖石收藏、鉴赏的方法和理论的散文,是中国赏石文化史中一篇重要文献。② 玄晏先生:皇甫谧,西晋学者,自号玄晏先生。晋武帝时上表借书,武帝赐书一车。③ 嵇中散:嵇康,三国时期文学家、音乐家,曾官中散大夫。④ 丞相奇章公:牛僧孺,唐朝宰相,封奇章郡公。⑤ 先是:在此之前。⑥ 厥:他的,他们的。⑦ 珪(guī)瓒(zàn):玉柄的酒器。⑧ 跧:踡曲、蹲伏。⑨ 巍巍:高耸貌。⑩ 觌(luó)缕:弯弯曲曲。

简析

赏石文化在中国有着悠久的历史,但赏石之风盛行则始于唐朝,就赏石文化名人而言,白居易和他的《太湖石记》可以说是杰出的代表。这篇文章是为牛僧孺藏石所写。文中详细记述了牛僧孺所藏太湖石、鉴别评级方式,当中包含了自己对赏石文化的理解,以及赏石、品石过程中所激发的人生感悟。

白居易在文中第一段就道出了宰相牛僧孺好石这件事及其原因,同时这也是历代文人赏石的原因:适意而已。适意就是称心合意。赏石能够适合人的志趣。

文章第二段写牛僧孺在河洛地区做司徒时,广泛吸纳奇石,并提到了他玩石和他做官一样,忠诚,正直,讲原则。

第三段用精彩的比喻细致描摹了牛僧孺的邸宅、别墅里庭院和几案的石头的奇特形状。作品以小博大,尽显"尺盘天地在,千寻一卧游"的境界,有"立体的丹青、浓缩的自然"之美感。如此文"三山五岳、百洞千壑,覼缕簇缩,尽在其中。百仞一拳,千里一瞬,坐而得之"。

第四段写作者与牛僧孺一起近距离观赏奇石的情况。奇石并不是天生的,也不是偶然而成的,而是经过千万年的磨砺"委身海隅"或"沉在湖底",而后不胫而走,投奔有缘之人,这就是我们现在所说的"石缘"。而且,牛僧孺"待之如宾友,视之如贤哲,重之如宝玉,爱之如儿孙"。既然如此,那么这些稀罕宝贝岂有不皈依他的道理?

最后作者写牛僧孺对所藏太湖石进行分类,划分等级,"背书"留名。例如"牛氏石甲之上、丙之中、乙之下"等等。这实际上开了我国古代玩石、赏石划分等级、鉴定评估之先河。

思考题

对牛僧孺的嗜石,白居易是怎么看的?你如何评价这种对外物的痴情?请结合下面《论语》中的材料,借鉴其中的观点或语句,说明你的看法。

(1)子曰:"志于道,据于德,依于仁,游于艺。"(《论语·述而》)

(2)孔子曰:"益者三乐,损者三乐。乐节礼乐,乐道人之善,乐多贤友,益矣;乐骄乐,乐佚游,乐宴乐,损矣。"(注:佚游,放纵游荡而无节制)(《论语·季氏》)

参考答案

白居易认为只要"适意"(适合自己的心意)就可以。我认为人应该有自己的喜好，连孔子也不反对"游于艺"，只要不违法败德，能丰富自己的生活，就值得肯定。

【例文五】

沧浪亭记①

苏舜钦

予以罪废，无所归。扁舟吴中，始僦舍②以处。时盛夏蒸燠，土居皆褊狭，不能出气，思得高爽虚辟之地，以舒所怀，不可得也。

一日过郡学③，东顾草树郁然，崇阜④广水，不类乎城中。并水⑤得微径于杂花修竹之间。东趋数百步，有弃地，纵广合五六十寻，三向皆水也。杠⑥之南，其地益阔，旁无民居，左右皆林木相亏蔽。访诸旧老，云钱氏有国⑦，近戚孙承祐之池馆也。坳隆胜势，遗意尚存。予爱而徘徊，遂以钱四万得之，构亭北碕⑧，号"沧浪"焉。前竹后水，水之阳又竹，无穷极。澄川翠干，光影会合于轩户之间，尤与风月为相宜。

予时榜小舟，幅巾⑨以往，至则洒然忘其归。觞而浩歌，踞而仰啸，野老不至，鱼鸟共乐。形骸既适则神不烦，观听无邪则道以明；返思向之汩汩荣辱之场，日与锱铢利害相磨戛，隔此真趣，不亦鄙哉！

噫！人固动物⑩耳。情横于内而性伏，必外寓于物而后遣。寓久则溺，以为当然；非胜是而易之，则悲而不开。惟仕宦溺人为至深。古之才哲君子，有一失而至于死者多矣，是未知所以自胜之道。予既废而获斯境，安于冲旷，不与众驱，因之复能乎内外失得之原，沃然有得，笑闵万古。尚未能忘其所寓目，用是以为胜焉！

注释

① 沧浪亭,在今江苏苏州城南三元坊附近,原为五代时吴越国广陵王钱元璙的花园。五代末此处为吴军节度使孙承祐的别墅。北宋庆历年间为诗人苏舜钦购得,在园内建沧浪亭,后以亭名为园名。苏舜钦(1008—1048),北宋诗人。字子美,号沧浪翁,参知政事苏易简之孙。绵州盐泉(今四川绵阳东)人,迁居开封。景祐进士。曾任大理评事。庆历中,范仲淹荐为集贤校理、监进奏院。岳父同平章事兼枢密使杜衍,支持范仲淹改革,他遭反对派倾陷,被劾除名,退居苏州沧浪亭,以诗文寄托愤懑。② 僦(jiù)舍:租屋。③ 过:拜访。郡学:苏州府学宫,旧址在今苏州市南,沧浪亭就在其东面,郡国的最高学府。④ 崇阜(fù):高山。⑤ 并(bàng)水:并通"傍",沿水而行。⑥ 杠(gāng):独木桥。⑦ 钱氏有国:指五代十国时钱镠建立的吴越国。⑧ 北碕(qí):北边曲岸。⑨ 幅巾:古代男子以一幅绢束头发,称为幅巾,这里表示闲散者的装束。⑩ 动物:受外物所感而动。

简析

这篇文章虽为记亭而作,但苏舜钦更借此抒发胸中丘壑,因而沧浪亭作为一种精神寄托,在文中成为推进内容发展的关键。文章不仅叙事写景,更有抒情议论。

全文共四段。第一段叙作者谪居吴中,突出其当时处境的恶劣,为构筑沧浪亭设下了伏线。第二段叙述自己构筑沧浪亭的始末经过。"前竹后水"数句,写亭子周围的优美景色,历历如绘,虽寥寥数语,却画意无穷。第三段描写作者随时来沧浪亭游赏的欢愉心情,以饱蘸诗情之笔,极写"鱼鸟共乐"、洒然忘归的生活乐趣,展现了一个与恶浊的官场截然相反的美好境界。由此生发出

"形骸既适"一段抒情性的议论,深深体味到"真趣"之可贵与官场之可鄙,一种悔悟和庆幸之感溢于言外。最后一段则从个人的仕宦经历认识到"惟仕宦溺人为至深",表示要在大自然美景的陶冶中克服个人的私欲,消除心情的苦闷。

　　文章有意学习唐代柳宗元永州游记的格调,把叙事、写景、抒情、议论融为一体,由事入景,由景生情,由情化理,叙事首尾完整,情感鲜明,议论透辟。同时,作者又采取移步换形的手法,按照自己的行踪来写沧浪亭的位置和景物,使读者宛如亲历其境,仿佛跟着作者一起去寻幽探胜,这也是柳宗元山水游记所惯用的手法。

【例文六】

虎　丘　记[①]

袁宏道

　　虎丘去城可七八里,其山无高岩邃壑,独以近城,故箫鼓楼船,无日无之。凡月之夜,花之晨,雪之夕,游人往来,纷错如织,而中秋为尤胜。

　　每至是日,倾城阖户,连臂而至。衣冠士女,下迨蔀屋[②],莫不靓妆丽服,重茵累席,置酒交衢[③]间。从千人石上至山门,栉比如鳞,檀板丘积,樽罍云泻,远而望之,如雁落平沙,霞铺江上,雷辊[④]电霍,无得而状。

　　布席之初,唱者千百,声若聚蚊,不可辨识。分曹部署,竞以歌喉相斗,雅俗既陈,妍媸[⑤]自别。未几而摇手顿足者,得数十人而已;已而明月浮空,石光如练,一切瓦釜[⑥],寂然停声,属而和者,才三四辈⑦;一箫,一寸管,一人缓板而歌,竹肉⑧相发,清声亮彻,听者魂销。比至夜深,月影横斜,荇藻凌乱,则箫板亦不复用;一夫登场,四座屏息,音若细发,响彻云际,每度一字,几尽一刻,飞鸟为之徘徊,壮士听而下泪矣。

剑泉深不可测,飞岩如削。千顷云得天池诸山作案,峦壑竞秀,最可觞客。但过午则日光射人,不堪久坐耳。文昌阁亦佳,晚树尤可观。而北为平远堂旧址,空旷无际,仅虞山一点在望。堂废已久,余与江进之谋所以复之,欲祠韦苏州、白乐天诸公于其中,而病寻作,余既乞归,恐进之之兴亦阑矣。山川兴废,信有时哉!

吏吴两载,登虎丘者六。最后与江进之、方子公同登,迟月生公石⑨上。歌者闻令来,皆避匿去。余因谓进之曰:"甚矣,乌纱之横,皂隶之俗哉!他日去官,有不听曲此石上者,如月!"今余幸得解官称吴客矣。虎丘之月,不知尚识⑩余言否耶?

注释

①《虎丘记》是明代文学家袁宏道的游记散文中的代表作。袁宏道任吴县县令时曾六次游览虎丘,两年后辞官,又故地重游写出《虎丘记》。虎丘:山名,苏州名胜之一,位于苏州市西北,有虎丘塔、千人石等名胜古迹。相传春秋时吴王阖闾葬在这里,三日有虎来踞其上,故名。② 下迨(dài)蔀(bù)屋:下至小户人家。迨,及,至。蔀屋:穷苦人家昏暗的屋子。③ 交衢(qú):道路交错。衢,大路。④ 雷辊(gǔn):雷的轰鸣声,这里指车轮滚滚声。⑤ 妍媸(chī):美和丑。⑥ 瓦釜:屈原《卜居》:"黄钟毁弃,瓦釜雷鸣。"瓦釜即瓦缶,一种小口大腹的瓦器,也是原始的乐器。这里比喻低级的音乐。⑦ 属(zhǔ)而和(hè)者,才三四辈:随着唱和

的就只有三四群人。⑧竹肉:《世说新语·识鉴》刘孝标注引《(孟)嘉别传》:"听伎,丝不如竹,竹不如肉,何也?答曰:渐近自然。"丝指弦乐器,竹指管乐器,肉指人的歌喉。⑨生公石:虎丘大石名。传说晋末高僧竺道生,世称生公,尝于虎丘山聚石为徒,讲《涅槃经》,群石为之点头。⑩识:通"志",记忆。

简析

该文记述了中秋夜苏州人游虎丘的情景,其中写得最精彩的是有关唱歌的场面。从开始"唱者千百"到最后"壮士听而下泪",层层深入,情景交融,把读者引入到一个若有所失但更有所得的境界里。

文章第一段首先交代了虎丘的方位,虽"其山无高岩邃壑",却因其"近城"而吸引众多游人。由此作者确定了审美重心,不在林泉岩壑,而在游人旅客及他们纵游虎丘的情景图画。

第二段"栉比如鳞,檀板丘积,樽罍云泻"三句,作者以比喻兼夸饰的描绘,分别从游人密度之大、歌者数量之多、饮酒场面之盛三个角度,生动描绘出虎丘中秋游客如云的盛况。

第三、四段是月夜赛歌场面的描绘,作者用"布席之初""未几""已而""比至"几个标志时间推移的词语连带出一幅幅动人画面;场面由喧闹而转向幽静,突出了赛歌的快乐。

第五段作者从"歌者闻令来,皆避匿去"的情景中,感受到封建社会官吏的"横行气盛"和封建官差的"庸俗粗野",表现了作者对于官场的厌恶和鄙视,也是作者呈请解官的重要原因。

思考题

1. 结合全文,分析苏舜钦建造沧浪亭的目的。

2.《虎丘记》的作者袁宏道是明代公安派的领袖人物,他曾提出"独抒性灵,不拘格套"的文学革新主张,要求抒写真情,反对模拟剽窃,力主创新求变。与《沧浪亭记》相比,袁宏道的这篇《虎丘记》有何新意,请结合内容作简要分析。

参考答案

1. 沧浪亭是作者遭贬被流放后,在心情郁闷的情况下所建造。他通过建沧浪亭来寄托精神与情感,抒写自己从中获得的情趣,绝非一般的赏心悦目。他一方面极写内心的舒坦自在,强调与大自然的息息相通;另一方面,也与上文"旁无民居"之语相呼应,再次强调了这里有着连野老也不至的宁静。

2.《沧浪亭记》的创作与柳宗元山水游记的写法类似,把叙事、写景、抒情、议论融为一体,由事入景,由景生情,由情化理。又采取移步换形的手法,按照作者的行踪来写沧浪亭的位置和景物。《虎丘记》则逾越了传统的写法规矩,体现了"独抒性灵,不拘格套"的理论主张。首先记游的时空不受限制,此记游并不是描写某一个特定的中秋,而是一般中秋特征的综合提炼。其次,描绘的重心淡化景物,突显游人。袁宏道起首一句"虎丘去城可七八里。其山无高岩邃壑",显示了他独特的创作审美视角。此外,袁宏道《虎丘记》中,我们不仅看到了"衣冠士女",也看到了"蔀屋"人家,作者为他们所呈现的风貌是平等和谐的。最后,在表现竞歌时,"一夫"对歌曲独立脱俗、超拔不羁的演绎,也正印合了作者远离俗世、归于纯静的对月决誓,歌声里蕴含了作者的艺术追求和人生志趣,境界格调可谓深远,让人咀嚼不尽,味之无穷。

【例文七】

五人墓碑记①

张　溥

　　五人者,盖当蓼洲周公②之被逮,激于义而死焉者也。至于今,郡之贤士大夫请于当前,即除魏阉③废祠之址以葬之,且立石于其墓之门,以旌④其所为。呜呼,亦盛矣哉!

　　夫五人之死,去今之墓而葬焉,其为时止十有一月耳。夫十有一月之中,凡富贵之子,慷慨得志⑤之徒,其疾病而死,死而湮没⑥不足道者,亦已众矣,况草野之无闻者欤?独五人之皦皦⑦,何也?

　　予犹记周公之被逮,在丁卯三月之望⑧。吾社之行为士先者,为之声义,敛赀财以送其行,哭声震动天地。缇骑⑨按剑而前,问:"谁为哀者?"众不能堪,抶而仆之。是时以大中丞抚吴者,为魏之私人,周公之逮所由使也;吴之民方痛心焉,于是乘其厉声以呵,则噪而相逐。中丞匿于溷藩⑩以免。既而以吴民之乱请于朝,按诛⑪五人,曰:颜佩韦、杨念如、马杰、沈扬、周文元,即今之傫然⑫在墓者也。

　　然五人之当刑也,意气扬扬,呼中丞之名而詈⑬之,谈笑以死。断头置城上,颜色不少变。有贤士大夫发五十金,买五人之脰⑭而函之,卒与尸合。故今之墓中,全乎为五人也。

　　嗟夫!大阉之乱,缙绅⑮而能不易其志者,四海之大,有几人欤?而五人生于编伍⑯之间,素不闻《诗》《书》之训,激昂大义,蹈死不顾,亦曷故哉?且矫诏⑰纷出,钩党之捕⑱遍于天下,卒以吾郡之发愤一击,不敢复有株治⑲,大阉亦逡巡⑳畏义,非常之谋㉑难于猝发。待圣人之出而投缳道路㉒,不可谓非五人之力也。

由是观之,则今之高爵显位,一旦抵罪,或脱身以逃,不能容于远近,而又有剪发杜门,佯狂不知所之者,其辱人贱行,视㉓五人之死,轻重固何如哉?是以蓼洲周公,忠义暴㉔于朝廷,赠谥美显,荣于身后。而五人亦得以加其土封,列其姓名于大堤之上。凡四方之士,无有不过而拜且泣者,斯固百世之遇也!不然,令五人者保其首领以老于户牖㉕之下,则尽其天年,人皆得以隶使之,安能屈豪杰之流,扼腕㉖墓道,发其志士之悲哉!故予与同社诸君子,哀斯墓之徒有其石也而为之记。亦以明死生之大,匹夫之有重于社稷也。

贤士大夫者,冏卿因之吴公㉗,太史㉘文起文公㉙,孟长姚公㉚也。

注释

① 本文是明代文学家张溥创作的一篇碑文。明朝末年,宦官魏忠贤专权,阉党当政。他们网罗党羽,排斥异己,欺压人民,形成了"钩党之捕遍于天下"的局面。天启六年(1626),魏忠贤派人到苏州逮捕因不满朝政辞官归里的周顺昌,苏州市民群情激愤,奋起反抗,发生暴动,其中五人因此被迫害。魏党败灭后,为了纪念死去的五位烈士,苏州人民把他们合葬在城外虎丘山前面山塘河大堤上,称为"五人之墓"。张溥于崇祯元年(1628)创作了碑文,记述歌颂了五位烈士至死不屈的英勇行为。② 蓼洲周公:周顺昌,号蓼洲,吴县人。明万历四十一年进士。因不满朝政,辞官归里,遭魏忠贤党羽迫害,下狱被杀。③ 魏阉:魏忠贤是明后期的大太监,权倾一时,各地纷纷为他建立生祠,他死后这些生祠都被捣毁,废弃。阉,对太监的鄙称。④ 旌:表彰。⑤ 慷慨得志:此处作贬

义用,洋洋自得、踌躇满志的样子。⑥湮没:埋没。⑦皦皦:有光采的样子。⑧望:农历每月的十五日。⑨缇(tí)骑:明代锦衣卫的别称。锦衣卫原为护卫皇宫的禁军,掌出入仪仗,至明太祖朱元璋时成为一种特务组织,专事侦查,用刑残酷。⑩溷(hùn)藩:厕所。⑪按诛:追究案情判定死罪。按:审查。⑫傫(lěi)然:聚集的样子。⑬詈(lì):骂。⑭脰(dòu):颈项,这里指头颅。⑮缙(jìn)绅:也作"搢绅",指古代官员将笏插于腰带里,因以此代指做官的。缙,同"搢",插;绅,束衣的大带。⑯编伍:指平民。古代编制平民户口,五家为一"伍"。⑰矫诏:假托君命颁发的诏令。⑱钩党之捕:文中指搜捕东林党人。钩党,被指为有牵连的同党。⑲株治:株连治罪。⑳逡(qūn)巡:犹豫不决,迟疑不前。㉑非常之谋:指篡夺帝位的阴谋。㉒投缳(huán)道路:在途中上吊自杀。缳,绳圈。㉓视:比较。㉔暴(pù):显露。㉕户牖(yǒu):指家里。户,门;牖,窗。㉖扼腕:用手握腕,表示情绪激动、振奋或惋惜。㉗冏(jiǒng)卿因之吴公:同卿,官职名。吴公,吴默,字因之。㉘太史:指翰林院修撰。㉙文起文公:文震孟,字文起,明天启二年进士。㉚孟长姚公:姚希孟,字孟长,明万历四十七年进士。

简析

　　本文是为五位普通的平民百姓树碑立传的文字,高度赞扬了他们伸张正义、至死不屈的英勇行为,阐发了"匹夫之有重于社稷"的思想。

　　首段先叙墓之由来,用"五人者,盖当蓼洲周公之被逮,激于义而死焉者也"一个判断句开头,就"五人"为什么而死作出判断,说明"五人"是当周顺昌"被逮"的时候"激于义而死"的,这里已包含着对"五人"的颂扬。用感叹结尾,为下文蓄势。

第二段就"富贵之子、慷慨得志之徒"的"死而湮没不足道"与"五人"的死而立碑"以旌其所为"相对比,实际上已揭示出"疾病而死"与"激于义而死"的不同意义。但作者却引而不发,暂时不作这样的结论,而用"何也"一问,使本来已经波澜起伏的文势涌现出轩然大波。

三、四两段皆叙事,写了"五人"怎样"激于义而死"。和全文开头处的"当蓼洲周公之被逮"相照应。"吴之民"与"五人"是全体与部分的关系,包括"五人"在内的"吴之民""噪而相逐",十分有力地表现出民心所向、正义所在,从而十分有力地反衬出阉党以"吴民之乱"的罪名"按诛五人"的卑鄙无耻,倒行逆施。作者用一小段文字描写了"五人"受刑之时"意气扬扬,呼中丞之名而詈之,谈笑以死"的英雄气概和"贤士大夫"买其头颅而函之的义举。

五、六两段则着重写"五人"之死所发生的积极而巨大的社会影响。第五段作者将缙绅改变初志、趋炎附势与生于编伍之间的五人的嘉节懿行做对比,从而指出五人之死在当时政治斗争中的意义。第六段以"由是观之"领头,表明它与第五段是由此及彼、层层深入的关系。从第五段所论述的事实看来,仗义而死与苟且偷生,其社会意义判若霄壤。作者以饱含讽刺的笔墨,揭露了"今之高爵显位"为了苟全性命而表现出来的种种"辱人贱行",提出了一个问题:这种种"辱人贱行",和"五人之死"相比,"轻重固何如哉"?接着,作者把五人的英勇就义与假设五人寿终正寝作对比,从而揭示出"亦以明死生之大,匹夫之有重于社稷也"这一富于进步性的观点。

思考题

本文开篇就点出五人的死是"激于义"。然而对于这个"义"字的内涵,大家有不同看法。有人认为这个义是"侠义",有人认为这个义是"忠义",也有学者指出这个"义"是公义,请结合时代背景谈谈你的认识。

参考答案

略。

【例文八】

藕 与 莼 菜①

叶圣陶

同朋友喝酒,嚼着薄片的雪藕,忽然怀念起故乡来了。若在故乡,每当新秋的早晨,门前经过许多的乡人:男的紫赤的臂膊和小腿肌肉突起,躯干高大且挺直,使人起健康的感觉;女的往往裹着白地青花的头巾,虽然赤脚,却穿短短的夏布裙,躯干固然不及男的这样高,但是别有一种健康的美的风致;他们各挑着一副担子,盛着鲜嫩玉色的长节的藕。在产藕的池塘里,在城外曲曲弯弯的小河边,他们把这些藕一再洗濯,所以这样洁白。仿佛他们以为这是供人品味的珍品,这是清晨的画境里的重要题材,倘若涂满污泥,就把人家欣赏的浑凝之感打破了;这是一件罪过的事,他们不愿意担在身上,故而先把它们濯得这样洁白了,才挑进城里来。他们要稍稍休息的时候,就把竹担横在地上,自己坐在上面,随便拣择担里的过嫩的"藕枪"或是较老的"藕朴"②,大口地嚼着解渴。

过路的人就站住了,红衣衫的小姑娘拣一节,白头发的老公公买两支,清淡的甘美的滋味于是普遍于家家户户了。这种情形差不多是平常的日课,要到叶落秋深的时候。

在这里上海,藕这东西几乎是珍品了。大概也是从我们的故乡运来的。但是数量不多,自有那些伺候豪华公子硕腹巨贾的帮闲茶房们把大部分抢去了;其余的便要供在较大一点的水果铺里,位置在金山苹果吕宋香芒之间,专待善价而沽③。至于挑着担子在街上叫卖的,也并不是没有,但不是瘦得像乞丐的臂和腿,便涩得像未熟的柿子,实在无从欣羡。因此,除了仅有的一回,我们今年竟不曾吃过藕。

这仅有的一回不是买来吃的,是邻舍送给我们吃的。他们也不是自己买的,是从故乡来的亲戚带来的。这藕离开它的家乡大约有好些时候了,所以不复呈玉样的颜色,却满被④着许多锈斑。削去皮的时候,刀锋过处,很不爽利。切成片送入口里嚼着,有些儿甘味,但是没有一种鲜嫩的感觉,而且似乎含了满口的渣,第二片就不想吃了。只有孩子很高兴,他把这许多片嚼完,居然有半点钟工夫不再作别的要求。

想起了藕就联想到莼菜。在故乡的春天,几乎天天吃莼菜。莼菜本身没有味道,味道全在于好的汤。但这样嫩绿的颜色与丰富的诗意,无味之味真足令人心醉。在每条街旁的小河里,石埠头总歇着一两条没篷船,满舱盛着莼菜,是从太湖里捞来的。当然能得日餐一碗了。

而在这里上海又不然。非上馆子就难以吃到这东西。我们当然不上馆子,偶然有一两回去叨扰朋友的酒席,恰又不是莼菜上市的时候,所以今年竟不曾吃过。直到最近,伯祥⑤的杭州亲戚来了,送他几瓶装瓶的西湖莼菜,他送给我一瓶,我才算也尝了新了。

向来不恋故乡的我,想到这里,觉得故乡可爱极了。我自己也不明白,为什么会起这么深浓的情绪?再一思索,实在很浅显的:因为在故乡有所恋,而所恋又只在故乡有,就萦系着不能割舍了。譬如亲密的家人在那里,知心的朋友在那里,怎得不恋恋?怎得不怀念?但是仅仅为了爱故乡么?不是的,不过在故乡的几个人把我们牵着罢了。若无所牵系,更何所恋念?像我现在,偶然被藕与莼菜所牵系,所以就怀念起故乡来了。

　　所恋在哪里,哪里就是我们的故乡了。

一九二三年九月七日

注释

　　① 此文写于1923年9月7日,叶圣陶当时迁居上海已半年左右,睹物思乡。② 藕朴:藕在池塘底里的淤泥中,是一节一节横向生长的。藕枪,是尖头上新长的一节,虽然嫩,却没有甜味;另一头长得过于老的叫"藕朴"。第二节、第三节最好,卖藕的人是舍不得自己吃的。③ 善价而沽:比喻有才干的人等到有赏识重用时才肯出来效力。沽,买或卖。④ 被(pī):通"披",覆盖。⑤ 伯祥:原名王钟麒,字伯祥,叶圣陶的朋友。

简析

　　这是一篇思乡的散文。作者不直白对故乡的苦苦思念,而专门谈论故乡富于特色的物产。故乡的藕是鲜嫩的,莼菜是嫩绿的、富于诗意的。故乡的许多东西都令人心醉,包括那些优美的风情画和淳朴善良的人。故乡有着太多令人眷恋、魂牵梦萦的东西。正如篇末的点题:'所恋在哪里,哪里就是我们的故乡了'。即所爱在哪里,父母妻儿亲人在哪里,哪里便是我们的家和故乡。故乡就是牵系我们情感的家园。

【例文九】

绝版的周庄

王冰剑①

你可以说不算太美,你是以自然朴实动人的。粗布的灰色上衣,白色的裙裾,缀以些许红色白色的小花及绿色的柳枝。清澈的流水柔成你的肌肤,双桥的钥匙恰到好处地挂在腰间,最紧要的还在于眼睛的窗子,仲春时节半开半闭,掩不住招人的妩媚。仍是明代的晨阳吧,斜斜地照在你的肩头,将你半晦半明地写意出来。

我真的不知道,你在那里等我,等我好久好久。我今天才来,我来晚了,以致使你这样沧桑。而你依然很美,周身透着迷人的韵致。真的,你还是那样纯秀、古典,只是不再含羞,大方地看着每一位来人。周庄,我呼唤着你的名字,呼唤好久了,却不知你在这里。周庄,我叫着你的名字,你比我想象的还要动人。我真想揽你入怀。只是扑向你的人太多太多,你有些猝不及防,你本来已习惯的清静与孤寂被打破了。我看得出来,你已经有些厌倦与无奈。周庄,我来晚了。

有人说,周庄是以苏州的毁灭为代价的。眼前即刻闪现出古苏州的模样。是的,苏州脱掉了罗衫长褂,苏州现代得多了。尽管手里还拿着丝绣的团扇,已远不是躲在深闺的旧模样。这样,周庄这位江南的古典秀女便名播四海了。然而,霓虹闪烁的舞厅和酒楼正在周庄四周崛起。周庄的操守能持久吗?

参加"富贵茶庄"奠基仪式。颇负盛名的富贵企业与颇负盛名的周庄联姻。而周庄的代表人物沈万三也名富,真是巧合。代表富贵茶庄讲话的,是一位长发飘逸女郎,周庄的首席则是位短发女子,又是巧合。富贵、茶、周庄、女子,几个字词在蒙蒙春雨中格外亮丽。回头望去,白蚬湖正闪着粼粼波光。

想起了台湾作家三毛,三毛爱浪游,三毛的足迹遍布全世界,三毛的长发沾得什么风都有。三毛一来到周庄就哭了,三毛搂着周庄像搂着久别的祖国。三毛心里其实很孤独。三毛没日没夜地跟周庄唠叨,吃着周庄做的小吃。三毛说,我还会来的,我一定会来的。三毛是哭着离去的,三毛离去时最后亲了亲黄黄的油菜花,那是周庄递给她的黄手帕。周庄的遗憾在于没让三毛久久留下,三毛一离开周庄便陷入了更大的孤独,终于把自己交给了一双袜子。三毛临死时还念叨了一声周庄,周庄知道,周庄总这么说。

入夜,乘一只小船,让桨轻轻划拨。时间刚过九点,周庄就早早睡了,是从没有电的明清时代养成的习惯?没有喧闹的声音,没有电视的声音,没有狗吠的声音。

周庄睡在水上。水便是周庄的床。床很柔软,有时轻微地晃荡两下,那是周庄变换了一下姿势。周庄睡得很沉实。一只只船儿,是周庄摆放的鞋子。鞋子多半旧了,沾满了岁月的征尘。我为周庄守夜,守夜的还有桥头一株粲然的樱花。这花原本不是周庄的,如同我。我知道,打着鼾息的周庄,民族味儿很浓。

忽就闻到了一股股沁心润肺的芳香。幽幽长长地经过斜风细雨的过滤,纯净而湿润。这是油菜花。早上来时,一片一片的黄花浓浓地包裹了古老的周庄。远远望去,色彩的反差那般强烈。现在这种香气正氤氲着周庄的梦境,那梦必也是有颜色的。

坐在桥上,我就这么定定地看着周庄,从一块石板、一株小树、一只灯笼,到一幢老屋、一道流水。这么看着的时候,就慢慢沉入进去,感到时间的走动。感到水巷深处,哪家屋门开启,走出一位苍髯老者或纤秀女子,那是沈万三还是迷楼的阿金姑娘?周庄的夜,太容易让人生出幻觉。

注释

① 王剑冰,河北唐山人,中国作家协会会员、中国散文学会常务理事,《散文选刊》主编、编审。曾获全国首届冰心散文奖及各类奖项七十余种。著书十余部。部分作品被译至国外。

简析

《绝版的周庄》,是一篇写景抒情散文。在作者摇曳多姿的笔下,更多的是古朴、典雅又颇具民族风味的周庄景物,融注更多的是作者对周庄的渴慕与珍爱之情。在《绝版的周庄》中,作者采用抒情化的诉说方式——第二人称"你",而且周庄从一开始就不是一个刻板生硬的地理名词,而是一个古典、朴素、纯洁的女子:"粗布的灰色上衣,白色的裙裾,缀以些许红色白色的小花及绿色的柳枝。清澈的流水柔成你的肌肤,双桥的钥匙恰到好处地挂在腰间,最紧要的还在于眼睛的窗子,仲春时节半开半闭,掩不住招人的妩媚。"如此下笔,使《绝版的周庄》具备了人的灵性,在阅读中给了我们亲切的想象空间。读完散文,留在读者心头的是作者对纯秀、古朴、典雅的江南小镇深深的赞美与喜爱之情,挥之不去的是周庄似一位衣裙素净、顾盼生辉的江南丽人形象。

思考题

1. 早在西晋之时,就有人像叶圣陶先生一样,怀念家乡苏州的美味,并因此留下了莼鲈之思的典故,请查阅相关资料,说说这个典故。

2.《绝版的周庄》第三段说,"周庄是以苏州的毁灭为代价的",进而又发出"周庄的操守能持久吗"的疑问。从全文的表述看,"周庄的操守"具体指什么?作者把苏州拿来和周庄作比有何用意?

3.《藕与莼菜》和《绝版的周庄》都是抒情美文,两篇文章分别运用怎样的方法抒发浓郁的情感,请结合文本进行赏析。

参考答案

1. 张翰,字季鹰。西晋文学家,吴郡吴江(今江苏苏州)人。"莼鲈之思"说的是他的故事。《晋书·张翰传》:"翰因见秋风起,乃思吴中菰菜、莼羹、鲈鱼脍,曰:'人生贵得适志,何能羁宦数千里以要名爵乎!'遂命驾而归。"张翰辞官回乡之事后来被传为佳话,演变成"莼鲈之思",成了思念故乡的代名词。

2. 周庄的操守指的是:自然朴实,风貌古典,民族味浓。作者对古典苏州的逝去展开反思,为周庄的现状担忧,更为周庄的未来惆怅。

3. 叶圣陶运用联想和对比的手法抒发思乡之情。语言平实、自然,描写细腻、生动。如在家乡,经池塘或小河里一濯再濯过的洁白鲜嫩的藕,仿佛是供人体味的商品,藕农们休息的时候,"随便拣择担里过嫩的'藕枪'或是较老的'藕朴',大口地嚼着解渴";而在上海这里,藕这东西几乎是珍品,大部分被阔人们抢去,至于挑在担中叫卖的,"不是瘦得像乞丐的臂和腿,便涩得像未熟的柿子",作者仅吃过的一次,还是"送入口里嚼着,有些儿甘味,但是没有一种鲜嫩的感觉,而且似乎含了满口的渣,第二片就不想吃了"。作者通过鲜明对比,将内心深处的怀旧情思无形地传递给读者。《绝版的周庄》的作者采用抒情化的诉说方式——第二人称"你",而将周庄比拟为一个古典、朴素、纯洁的女子,反复咏叹。文中还运用了比喻、排比、夸张等修辞手法,语言优美,有浓郁的抒情性。

十二、上善若水,海纳百川
——上海篇

◎ 上海市市北中学　陶雨婷

【概述】

"上海"一词,起源于水名,始见于北宋记载。早在远古时期,上海是一片汪洋大海,后由于泥沙沉积,逐渐变成了沙滩,最后成了一块新生陆地。春秋时期,吴王曾在此建馆舍,取名"华亭"。战国时,这里是楚国贵公子春申君黄歇的封地。三国时,东吴孙权在这里建起了水师基地,当时这里还是一个无名的小村落。唐朝设置华亭县(今松江区),那个无名小村落从而有了华亭的名称,这也是上海最早的名称。北宋以前,东海来船由松江(今吴淞江前身)溯入内陆,至青龙镇(今旧青浦)寄碇,经过松江近海十八大支流,"上海浦"为南侧之一,初不显著。北宋时松江上游变窄,海船改由松江南侧支流上海浦入口,所停江岸渐成聚落(后发展为十六铺地带),那时的吴淞江,即今苏州河南岸有两条支流,一条是上海浦,一条是下海浦。南宋咸淳元年即1265年,开始在这里建镇。建镇的治所在上海浦附近,故取镇名为上海镇,这就是上海地名的来历。"上海"一名由此彰扬,以致之后在此设置政府机构和行政建制时都沿用此名——元朝的上海市舶司、上海镇,1928年设上海特别市,1930年改称上海市,沿用至今。

上海的别名繁多,简称有沪、申、海等,别称有沪渎、沪海、沪江、沪滨、沪上、淞滨、淞南、淞沪、黄浦、歇浦、春江、申江、春申、海上等,古称有云间、华亭等。"沪"最早见于北宋郏亶的《吴门水利书》,据说是由于当时的渔民用"沪"这种捕鱼的工具劳作,干活就是上"沪",因而得名。而"申"则来源于春申君黄歇。

表现上海或以上海为背景的优秀文学作品有韩邦庆的《海上花列传》、朱瘦菊的《歇浦潮》、张爱玲的《半生缘》、夏衍的《包身工》、茅盾的《子夜》、周而复的《上海的早晨》、王安忆的《长恨歌》、金宇澄的《繁花》、陈丹燕的《上海三部曲》(《风花雪月》《金枝玉叶》《红颜遗事》)、程乃珊的《金融家》《蓝屋》等。

【例文一】

别 云 间①

夏完淳②

三年羁旅客,今日又南冠③。无限山河泪,谁言天地宽。已知泉路近,欲别故乡难。毅魄④归来日,灵旗⑤空际看。

注释

① 云间:松江府的别称。1647年,作者在此被捕。② 夏完淳:明末著名诗人,十四岁便从其父夏允彝及其师陈子龙参加抗清活动,十六岁就义。所作诗赋,悲歌慷慨,反映其斗争经历,有《南冠草》《续幸存录》。③ 南冠:指被俘的人。④ 毅魄:坚强不

屈的魂魄。⑤灵旗：古代招引亡魂的旗子，这里指后继者的队伍。

简析

  此诗是作者诀别故乡上海之作。

  首联从父亲夏允彝、老师陈子龙起兵抗清到身落敌手整整三年的抗清活动写起。笔法冷静客观，但细细品味，特别是"南冠"这个典故的运用，让读者在平静的叙事之中读出诗人的满腔辛酸与无限沉痛。

  颔联写自己如今身落敌手被关押，因而壮志难酬，复国理想终成幻影，无限山河也为之落泪，天地同悲。万般无奈之际，诗人只能向上苍发出"谁言天地宽"的质问与诘责，令人动容。

  面对生命即将走向终结，诗人心中不仅有不能完成父亲遗志的遗憾，还有未能尽孝于母亲的愧疚以及让新婚妻子孤守空房、未能尽丈夫之责的亏欠。今日之事凶多吉少，难免一死，作为家中独子，不能延续家运，更添无限悲伤。想起故乡的一切，万般不舍，千般留恋，种种滋味，萦绕心头。

  然而，此时此刻，诗人想到的是屈原笔下为国纾难的勇士们，他们义无反顾、坚强不屈的品格感召着诗人，让他忘却故乡，忘却小我，他要用慷慨就义之举践行铮铮誓言，向敌人宣告永不屈服的战斗精神，用一腔赤子之情给后继者以深切的勉励，为世人树立起一座国家与民族利益高于一切的不朽丰碑。

  全诗格调慷慨豪迈，语言真率质朴，充满了爱国热忱，读起来荡气回肠，令人心潮澎湃。

【例文二】

近事八首(节选)①

唐大郎②

其 一

收来眼底气澄清,一帜高张血染成。此日苏州河北岸,不教胡马仰天鸣。

我大军退出闸北后,在高处望苏州河北岸之国旗。

其 二

将军心事在高寒,似此辛酸澈肺肝!隔岸万人悲节烈,一回抚剑一泛澜!

八百勇士,踞四行仓库,与暴敌困斗,吾民以其事之壮烈也,群集于苏州河南岸,临流嗟叹者,日有万人。

其 三

怜她勇往亦雄奇,肯蹈重围献国徽。寄与孤军珍重意,群流争仰一蛾眉!

为四十一号女童子军杨惠敏③女士作。

其 四

我饿何妨今日死!忍闻饥溺到英雄?请留残命歼强敌,故献愚民报国忠。

有某号收容所之难民,闻孤军有绝粮之虞,特绝食一日,以其资奉献,苦心可佩!

注释

① 选自《唐大郎纪念集》,中华书局,2019年。这组诗原载于《社会日报》1937年11月3日,署名:大唐。这里摘录前四首。近事:即发生于1937年10月26日至11月1日的"四行仓库保卫战"。② 唐大郎:原名唐云旌,江苏嘉定(今属上海市)人。曾任上海《东方日报》编辑,《光化日报》《光复日报》《小声报》总编辑,《清明》《大家》《七日谈》等刊物总编辑。建国后,历任上海《亦报》总编辑、《新民晚报》编委、香港《大公报》特约撰稿人。为《大公报》"唱江南"专栏作家。著有《闲居集》。③ 杨惠敏:在中日开战之时加入上海童子军战地服务团。1937年10月28日夜间,杨惠敏将一面12尺长的中华民国国旗裹在身上所穿着的童军服底下,冒着战火危险,自公共租界出发成功泅渡苏州河,并获得谢晋元的接见,将国旗送至四行仓库。杨惠敏也携带了一份四行仓库守军人员的名单返回公共租界,当时名单上共有800个人名,因此被称为"八百壮士"。杨惠敏所送至的国旗隔天在四行仓库屋顶升起,大大地鼓舞、振奋了守军士气与隔岸观战的民众,并获得当时驻扎在租界内的世界各国媒体之赞扬。

简析

作为报人,唐大郎每天要为五六张小报撰写诗文。他文思敏捷,出手极快,且往往能一针见血地指陈时弊,因而大家都称他为"小报状元"。例文所选的《近事八首》,是唐大郎为著名的"四行仓库保卫战"所写的八首绝句,此处虽只选了前四首,但不难发现,诗人的视角是相当广阔的。其一，聚焦于苏州河北岸那面高高飘扬的红旗，表达了"不教胡马仰天鸣"的坚定的决心，特别具有号召力。其二，既写到谢晋元率领八百勇士血战到底的英勇，又写了上海民众被感召而"临流嗟叹"的壮大场面，凸显了军民一心、共同抗敌的不屈精神。其三，由群体场面转而聚焦于杨惠敏这一个体形象，以一个纤弱女子的形象入诗，更凸显了面对外敌入侵，上海人民誓不屈服、必将死战到底的决心。其四，视角又转入"难民"这一特定群体上，他们宁愿饿死也要为八百壮士筹集粮食，反映了上海军民同仇敌忾的勇毅与决心。四首诗，着眼点不同，但都以"不屈不挠，顽强抵抗"为核心，表达了国人面对外来侵略永不屈服的民族精神，读来令人热血奋发。

思考题

1. 现代古典文学研究大家钱仲联在《梦苕庵清代文学论集》一书中曾说："夏完淳，九岁能诗，是一个早熟的天才，他的后期作品《别云间》，慷慨悲凉，沁透了斑斑的血泪。"结合全诗，分析"斑斑的血泪"具体指哪些内容。

2.《近事八首（其三）》记载了女童子军杨惠敏"献国徽"一事，请结合其他三首诗的内容，为她写一段"蹈重围"时的内心独白。

3. 再搜集两三个不同历史时期上海人的英雄事例，比较一下，不同时期上海人身上体现出来的"爱国精神"有怎样的发展变化。

参考答案

1. 这首诗表达的不是对生命苦短的感慨，而是对山河沦丧的极度悲愤,对家乡亲人的无限依恋和对抗清斗争的坚定信念。具体分析详见简析部分。

2. 略。

3. 略。

【例文三】

豫 园 记

潘允端①

余舍之西偏,旧有蔬圃数畦。嘉靖己未,下第春官,稍稍聚石凿池,构亭艺竹,垂二十年,屡作屡止,未有成绩。万历丁丑,解蜀藩绥归,一意充拓。地加辟者十五,池加凿者十七。每岁耕获,尽为营治②之资。时奉老亲觞咏其间,而园渐称胜区矣。

园东面架楼数椽,以隔尘市之嚣,中三楹为门,匾曰"豫园",取愉悦老亲意也。入门西行可数武③,复得门曰"渐佳",西可二十武,折而北,竖一小坊,曰"人境壶天"。过坊得石梁,穹窿跨水上,梁竟而高埠④中陷,石刻四篆字,曰"寰中大快"。循埠东西行,得堂曰"玉华",前临奇石,曰"玉玲珑",盖石品之甲,相传为宣和漏网,因以名堂。堂后轩一楹,朱槛临流,时饵鱼其下,曰"鱼乐"。由轩而西,得廊可三十武,复得门曰"履祥",巨石夹峙若关,中藏广庭,纵数仞,衡倍之,以石如砥,左右累奇石,隐起作岩峦坡谷状,名花珍木,参差在列;前距大池,限以石阑,有堂五楹,岿然临之,曰"乐寿堂",颇擅雕镂之美。堂之左室曰"充四斋",由余之名若号而题之,以为弦韦之佩者也。其右室曰"五可斋",则以往昔待罪淮漕时,苦于驰驱,有书请于老亲曰:不肖自惟有亲可事,有子可教,有田可耕,何恋恋鸡肋为?比丁丑岁首,梦神人赐玉章一方,上书"有山可樵,有泽可渔",而是月即有解官之命,故合而揭斋焉。嗟嗟⑤,乐寿堂之构,本以娱奉老亲,而竟以力薄愆期⑥,老亲不及一视其成,实终天恨也。池心有岛横峙,有亭曰"凫佚"。岛之阳峰峦错叠,竹树蔽亏,则南山也。由"五可"而西,南而为"介阁",东而为"醉月楼",其下修廊曲折可百余武。自南而西转而北,有楼三楹曰"征阳",下为书室,左右图书可静修。前累武康石为山,峻嶒秀润,颇惬观赏。登楼西行为阁道,属之层楼,曰"纯阳",阁最上奉吕仙,以余揽揆⑦,偶同仙降,故老亲命以征阳为小字。中层则祁阳土神之祠,盖老亲守祁州时,梦神手二桂、携二童至曰:上帝因大夫惠泽覃流,以此为子。已而诞余兄弟,老亲尝命余兄弟祀之。语具祠记中。由阁而下为"留春窝",其南为葡萄架。循架而西,度短桥,经竹皋,有梅百株,俯以蔽阁,曰"玉茵"。玉茵而东为"关侯祠"。出祠东行,高下纡回,为冈、为岭、为涧、为洞,为壑、为梁、为滩,不可悉记,各极其趣。山半为"山神祠",祠东有亭北向曰"挹秀",挹秀在群峰之坳,下临大池,与乐寿堂相望,山行至此,借以偃息。由亭而东,得大石洞,几与张公、善卷⑧相衡。由洞仰出为"大士庵",东偏禅室五楹,高僧至止,可以顿锡⑨。出庵门奇峰矗立,若登虬,若戏马,阁云碍月,盖南山最高处,下视溪山亭馆,若御风骑气而俯瞰尘寰,真异境也。自山径东北下,过"留影亭",盘旋乱石间。转而北,得堂三楹,曰"会景堂",左通"雪窝",右缀水轩。出会景,度曲梁,修可四十步,梁竟即向之所谓广庭,而乐寿以面之胜尽于此矣。

注释

① 潘允端(1526—1601):字充庵,上海人。1577年解职回乡

后,潘允端为了让父亲安享晚年,修建了"豫园",取"愉悦老亲"之意。② 营治:修建。③ 武:古代以半步为武。④ 墉:高墙。⑤ 嗟嗟:叹词,表示感慨。⑥ 愆期:耽搁。⑦ 揽揆:指生日。⑧ 张公、善卷:指位于无锡宜兴的两个著名的地下溶洞。⑨ 顿锡:指僧人住止。锡,锡杖,僧人出行时所携带。

简析

本文为豫园主人潘允端在建造好豫园后所写的一篇"记",挂于三穗堂内。文章首先交代了豫园建造的时间、地理位置、资金来源、建造原因等,然后以详尽的笔墨逐一介绍了整个豫园的结构布局,并对一些亭台楼阁之名做了说明。如"豫园"之名就是"愉悦老亲"之意;"五可斋"即"有亲可事,有子可教,有田可耕,有山可樵,有泽可渔"之意,流露出作者的归隐之情;"充四斋""纯阳"诸名,则与作者的名号紧密相关,也饱含其父对作者兄弟的眷眷之心。全文以简洁平实的语言将豫园的整体布局陈设一一叙明,条理清晰,内容丰富,同时又将建造之不易、孝亲之至情融于其中,读之令人感动。

【例文四】

潘方伯[①]邀游豫园

王世贞[②]

豫园长日锁岧峣[③],为我聊惩鸟雀骄。碧沼静能涵象纬[④],朱甍[⑤]高自割烟霄。嵯峨玉笋栖云岫,宛转银题上汉桥。却笑闲居先散骑,枋榆[⑥]三尺也逍遥。

注释

①潘方伯：即潘允端。②王世贞(1526—1590)：字元美，号凤洲，又号弇州山人，太仓(今江苏太仓)人。明代文学家、史学家。③岧(tiáo)峣(yáo)：形容山势高峻。④象纬：星象经纬。⑤朱甍(méng)：红色的屋顶。⑥枋榆：枋树和榆树，喻狭小的天地。

简析

由题目不难看出，此七律为王世贞受潘允端之邀，游览豫园之后所作。首联借山和鸟雀写主人对自己的情意：平日山是"锁"的，鸟雀是"骄"的，今日客人来，山露出了峥嵘，鸟雀也安静下来。颔联先俯视湖面，澄澈碧绿，好像可以包容整个天地；再仰视天空，红色的屋顶似乎可以割破天空。颈联则承接颔联视角，先写山直冲云霄，再写湖面上的桥婉转曲折。尾联转到主人身上，羡慕他放弃功名利禄归隐豫园，逍遥闲居，好不自在，同时也赞美主人身居狭小天地，但心胸散淡，可以包容天下。整首诗语言凝练流畅，情感自然真挚，耐人寻味。

思考题

1. 翻译句子：不肖自惟有亲可事，有子可教，有田可耕，何恋恋鸡肋为？

2. 王世贞认为豫园主人是"闲居""逍遥"，你能否在《豫园记》中找到佐证？

3. 请你根据上面的一文一诗，为王世贞的"游豫园"设计一幅最合适的线路图。

参考答案

1. 我自以为有双亲可以侍奉,有孩子可以教导,有田地可以耕种,为什么要留恋于做官如此"鸡肋"之事呢?

2. 如"寰中大快""鱼乐""五可斋"等处的命名。

3. 略。

【例文五】

刻《几何原本》序

徐光启①

唐、虞之世,自羲、和②治历,暨司空、后稷、工、虞、典乐③五官者,非度数④不为功。《周官》六艺⑤,数与居一焉;而五艺者,不以度数从事,亦不得工也。襄、旷⑥之于音,般、墨之于械⑦,岂有他谬巧⑧哉?精于用法尔已。故尝谓三代而上,为此业者盛,有元元本本、师传曹习⑨之学,而毕丧于祖龙之焰⑩。汉以来多任意揣摩,如盲人射的,虚发无效;或依拟形似,如持萤烛象,得首失尾。至于今而此道尽废,有不得不废者矣。

《几何原本》者,度数之宗,所以穷方圆平直之情,尽规矩准绳之用也。利先生⑪从少年时论道之暇,留意艺学,且此业在彼中⑫所谓师传曹习者,其师丁氏⑬,又绝代名家也,以故极精其说。而与不佞⑭游久,讲谈余晷,时时及之。因请其象数⑮诸书,更以华文。独谓此书未译,则他书俱不可得论。遂共翻其要,约六卷,既卒业而复之,由显入微,从疑得信。盖不用为用,众用所基,真可谓万象之形囿⑯,百家之学海。虽实未竟,然以当他书,既可得而论矣。私心自谓:"不意古学废绝二千年后,顿获补缀唐、虞、三代之阙典遗义,其裨益当世,定复不小。"因偕二三同志,刻而传之。

先生曰:"是书也,以当百家之用,庶几有羲、和、般、墨其人乎,犹其小者;有大用于此,将以习人之灵才,令细而确也。"余以为小用、大用,实在其人。如邓林⑰伐材,栋梁榱桷⑱,恣所取之耳。顾惟先生之学,略有三种:大者修身事天;小者格物穷理;物理之一端,别为象数。一一皆精实典要,洞⑲无可疑。其分解擘析,亦能使人无疑。而余乃亟传其小者,趋⑳欲先其易信,使人绎㉑其文,想见其意理,而知先生之学可信不疑,大概如是,则是书之为用更大矣。他所说几何诸家借此为用,略具其自叙中,不备论。

吴淞徐光启书。

注释

① 徐光启(1562—1633),字子先,上海人。师从利玛窦学习西方的天文、历法、数学、测量和水利等科学技术,大力向中国介绍欧洲的科学技术。② 羲、和:尧命羲氏、和氏管理历法,故称治历的官为"羲、和"。③ 暨:以及。司空:治平水土的官。后稷:管理农业的官。工:管理土、金、石、木等工程的官。虞:管理山林、泽薮的官。典乐:管理音乐的官。④ 度数:指数学。⑤《周官》:记述西周官制的典籍。六艺:即礼、乐、射、御、书、数。⑥ 襄:师襄,春秋时鲁国的乐官。旷:师旷,春秋时晋国的乐官。⑦ 般:即春秋时鲁国的工匠公输般。墨:墨翟,春秋末期宋国哲学家,擅长工程技术。⑧ 谬巧:欺骗人的法术。⑨ 师传曹习:老师传授,群众学习。⑩ 祖龙:指秦始皇。祖龙之焰,指的是秦始皇焚书一事。⑪ 利先生:即利玛窦。⑫ 彼中:指西欧。⑬ 丁氏:即克拉维。⑭ 不佞:我,谦称。⑮ 象数:即数学。⑯ 囿:事物聚集的地方。⑰ 邓林:桃林,树林。⑱ 榱(cuī):房屋的椽子。桷(jué):方形

的屋椽。⑲ 洞：透彻。⑳ 趋：通"趣"，意趣。㉑ 绎：探究。

简析

  吴国盛在《科学的历程》一书中曾说："在科学史上，没有哪一本书像欧几里得的《几何原本》那样，把卓越的学术水平与广泛的普及性完美结合。它集古希腊数学之大成，构造了世界数学史上第一个宏伟的演绎系统，对后世数学的发展起了不可估量的推动作用。同时，它又是一本出色的教科书，毫无变动地被使用了2 000多年。在西方历史上，也许只有《圣经》在抄本数和印刷数上可与之相比。"据估计，自印刷术传入欧洲以后，《几何原本》被重版了上千次，被翻译成各国文字。我国明代杰出的学者徐光启于1607年与传教士利玛窦合作翻译出了《几何原本》的前六卷，是有史以来第一个中文版本。"几何"一词与"几何原本"这一书名，都是徐光启首创的。

  在这篇序言中，徐光启首先交代了中国远古时期所取得的各项成就，无一不是"度数之功"。但自秦始皇焚书坑儒之后，"度数"之道"尽废"，一直到徐光启所处的明代，中国科学的发展止步不前。

  第二段高度赞扬《几何原本》，认为它是"度数之宗"，可以"穷方圆平直之情，尽规矩准绳之用"。而利玛窦恰好精通此书，徐光启便邀请他共译此书。在翻译的过程中，徐光启愈发体会到此书是"不用为用，众用所基"，"万象之形囿，百家之学海"，能"裨益当世"，因而坚定了传布此书的决心。

  第三段，作者就"大用"与"小用"展开辨析。利玛窦认为，此书之"小用"为"百家之用"，即应用于日常生活的方方面面；"大用"则为启发"人之灵才"。而作者认为，"小用、大用"关键在人，眼前亟待解决的是使此书在日常生活中发挥出重要作用，"使人无疑"，"使人绎其文，想见其意理"，从而让广大中国人相信利玛窦从欧洲带过来的科学知识，这才是此书之"最大用"。

全文主要围绕翻译此书的迫切性展开。秦代焚书一事导致中国科学史发生断裂，进而导致明代科学技术落后的局面，作为朝廷重臣、科学先驱，徐光启是十分着急的，我们从中可以读出他的一片爱国赤胆忠心。

思考题

1. 阅读全文，概括作者翻译《几何原本》的理由。

2. 作者关于度数"小用"和"大用"的看法有何意义？请作评析。

3. 作者在第一段认为，度数"至于今而此道尽废"，请自行阅读《中国数学史》（钱宝琮主编，商务印书馆出版），谈谈你对这一观点的认识。

参考答案

1. （1）中国科学史发展存在断裂；（2）《几何原本》具有非同寻常的价值；（3）此书同时具有开启民智的重大作用。

2. 作者认为度数在治历、治械等技术方面的功用是小用，在训练人的精细、准确方面是大用；大用、小用在于人们的需要。这对当下的数学学习，或其他学科的学习乃至生活，都是有启示作用的，不应该重技巧（技术）而轻思维，而是根据具体的需要来选择。（或，我认为作者说得有道理，用处之大小原本就是因人的需要而定的。）

3. 略。

【例文六】

到底是上海人[①]

张爱玲[②]

一年前回上海来,对于久违了的上海人的第一个印象是白与胖。在香港,广东人十有八九是黝黑瘦小的,印度人还要黑,马来人还要瘦。看惯了他们,上海人显得个个肥白如瓠,像代乳粉的广告。

第二个印象是上海人之"通"。香港的大众文学可以用脍炙人口的公共汽车站牌"如要停车,乃可在此"为代表。上海就不然了。初到上海,我时常由心里惊叹出来:"到底是上海人!"

我去买肥皂,听见一个小学徒向他的同伴解释:"喏,就是'张勋'的'勋','功勋'的'勋',不是'熏风'的'熏'。"《新闻报》上登过一家百货公司的开幕广告,用骈散并行的阳湖派体裁写出切实动人的文字,关于选择礼品不当的危险,结论是:"友情所系,讵不大哉!"似乎是讽刺,然而完全是真话,并没有夸大性。

上海人之"通"并不限于文理清顺,世故练达。到处我们可以找到真正的性灵文字。去年的小报上有一首打油诗,作者是谁我已经忘了,可是那首诗我永远忘不了。两个女伶请作者吃了饭,于是他就作诗了:"樽前相对两头牌,张女云姑一样佳。塞饱肚皮连赞道:难觅任使踏穿鞋!"多么可爱的、曲折的自我讽嘲啊!这里面有无可奈何,有容忍与放任——由疲乏而产生的放任,看不起人,也不大看得起自己,然而对于人与己依旧保留着亲切感。更明显地表示那种态度的有一副对联,是我在电车上看见的,用指甲在车窗的黑漆上刮出字来:"公婆有理,男女平权。"一向是"公说公有理,婆说婆有理",由他们去罢!各有各的理。男女平等,闹了这些年。平等就平等罢!——又是由疲乏而起的放任。那种满脸油汗的笑,是标准中国幽默的特征。

上海人是传统的中国人加上近代高压生活的磨炼。新旧文化种种畸形产物的交流,结果也许是不甚健康的,但是这里有一种奇异的智慧。

谁都说上海人坏,可是坏得有分寸。上海人会奉承,会趋炎附势,会浑水里摸鱼,然而,因为他们有处世艺术,他们演得不过火。关于"坏",别的我不知道,只知道一切的小说都离不了坏人。好人爱听坏人的故事,坏人可不爱听好人的故事。因此我写的故事里没有一个主角是个"完人"。只有一个女孩子可以说是合乎理想的,善良、慈悲、正大,但是,如果她不是长得美的话,只怕她有三分讨人厌。美虽美,也许读者们还是要向她叱道:回到童话里去!在《白雪公主》与《玻璃鞋》里,她有她的地盘。上海人不那么幼稚。

我为上海人写了一本香港传奇,包括《泥香屑·一炉香》、《二炉香》、《茉莉香片》、《心经》、《琉璃瓦》、《封锁》、《倾城之恋》七篇。写它的时候,无时无刻不想到上海人,因为我是试着用上海人的观点来察看香港的。只有上海人能够懂得我的文不达意的地方。

我喜欢上海人,我希望上海人喜欢我的书。

注释

① 选自《张爱玲典藏全集》,哈尔滨出版社,2003 年。该文首次于 1943 年 8 月发行在《杂志》月刊第 11 卷第 5 期。② 张爱玲

(1920—1995)：原名张煐,生于上海,中国现代女作家。十二岁开始发表作品。1943 至 1944 年,创作和发表了《沉香屑·第一炉香》《沉香屑·第二炉香》《茉莉香片》《倾城之恋》《红玫瑰与白玫瑰》等小说,奠定了其在文学史上的独特地位。1955 年,张爱玲赴美国定居。1969 年以后主要从事古典小说的研究,著有红学论集《红楼梦魇》。

简析

张爱玲曾在香港短暂生活过一段时间,回到上海,颇有感触,就写下此文。张爱玲毫不掩饰对上海的爱,也不避讳批评上海人的坏,但她说上海人坏也是坏得有分寸的,这里面骄矜的腔调,简直太上海了。

【例文七】

苏 州 河[①]
——上海故事从这里开始

程乃珊[②]

我们这代,少小时都沉迷过《基督山恩仇记》,我们都会清晰地记得那一幕：船抵马赛,惊涛拍打着峻峭的崖岸,这里不是正常上下的码头,但有如不按常规的出牌,往往会导成全新的牌局,任何传奇的开始都带点相悖的决绝和冒险。紧裹着斗篷的邓蒂斯就在这里离船上岸。这就是基督山伯爵传奇的开始……

而今,是一个传奇频出的时代,当今一代大抵对这则太过遥远的异国传奇不感兴趣,然不论如何,我们都应该相信,城市的河,是孕育人文的活水源。时光和着湍湍的流水,在历史朦胧的灯影里,泛闪着的泓泓水光。

那一晚,又一艘满载着蚕茧石材什么的驳船沿苏州河泊岸了。随船一个或几个壮实的小伙子背着单薄的包袱,有的或者腋下还小心夹着一对慈母临行前密密缝的不舍得穿的新鞋。他们托乡求亲才搭上这艘便船。他可能就是你我今天统称为"阿拉上海人"的曾祖父、曾曾祖父,他果断义无反顾地往岸上奋身一跃。我们的家族之树因他这一跃,而衍生出一支全新的支脉,上海也因这一跃,渐渐演化成令人爱怨交织的上海梦!

从来,水路是最节省成本又是最便利的交通形式。在19世纪80年代,上海已有颇具规模的十六铺码头,但不少我们的曾祖父们,还是宁可选择苏州河上的橹船,沿苏州河在任何他们认为合适之处上岸。此举或者比在十六铺上岸要少一点"乡下人进城"的心理压力。早年的苏州河沿岸是名副其实的都市里的村庄,即使后来演变成近代工业区,还可以处处闻乡音,道道见同里的。大都会大墙后的生活是艰难的,但为了一个梦,什么都可以熬下来。

上海的城市文明是由东向西推进的,而苏州河的流向则是由西向东汇入黄浦江最后百川归一的。或许正是因为这强烈的逆向,才碰撞出层出不穷的上海传奇!

苏州河沿岸多的是成片的棚户区,最出名的是今中远两湾城原址。《霓虹灯下的哨兵》③的上海兵亚男,就是住在苏州河边的棚户区,导演作此处理,令他的上海兵的典型身份十分清晰。静安区可谓上海中心之中心,但直到改革开放前,静安区的地段则是越往北越差,新闸路几已成了上只角地段的极限,再往北就是拥挤仄逼的廉价弄堂集中之处,那是因为离苏州河越来越近,地皮也越来越便宜,居民的层次自然也越趋平民化。

祖父当年从乡下来寻求上海之梦,以一小小银行初级职员身份,在上海拖家带口的,只能租赁苏州河南岸大通路上的"东斯文里",那种板壁单薄开间浅窄的弄堂房子,住客多半为小职员、小老板或小"白相人"……因为近苏州河,且又近当时上海最大的粪码头,一年四季臭气难当,特别黄梅季节。所幸不久祖父已有能力搬离"斯文里"了。

对于一百三十年前已建校的圣约翰大学的几代学生,苏州河是他们记忆中永远的青春之河,满载着他们欢乐无虑的时光。我的圣约翰大学毕业生外祖父,对校园最难忘的回忆就是那道蜿蜒绕过校园东西北三面的苏州河,正所谓"环境平分三面水,树人已半百年功"。当时河上尚未有桥,学生往返上下课都需摆渡。这些天之骄子,常常会支开艄夫,将长衫下摆一掖,就跳上船自己摇橹,三五成群的还会吹起口琴,一曲《梅花三弄》给弄得惨不忍睹,然后嘻嘻哈哈地跳上岸。"从船上回望格致楼,真有种'知识彼岸'的感觉。"外公经常如是对我说。

后来,好像是荣氏家族捐造了一座桥,但学生们仍热衷摆渡过河。到了我母亲1940年入读圣约翰,因为有了女生(圣约翰1936年开始有了十二名女生),行过这里突然显得特别敏感特别小心翼翼。尽管洋大学风气西化,但男女同学之间仍恪守这中国传统的礼教。一般男女同学都喜结伴过桥,对话也是采取男女声小组唱形式——男声:某某请客吃大餐(看电影、吃冰淇淋……),要不要?女声那边就会一起欣然回复:OK呀。其实两拨人心中都有数——男方有一人在追求女方中的一人,乐得大家起起蓬头,推波助浪一下。约大校友会资料所示,至今仍有约廿来对约大伉俪已庆金婚。他们都会记得那条河、那座桥,还有那摆渡的小船……

所谓吃大餐,多半指圣约翰后门曹家渡一带沿街白俄开设的罗宋西餐馆。五角一客的罗宋大餐包括满满一小钢精锅子浮着一大块鲜奶油和整块牛肉的罗宋汤,一块煎得金黄的炸猪排及面包尽吃。有些顽皮的男生喜欢凭河就餐,完了把手中的盆子当飞碟一只只甩向河面,比赛谁的手势准和美,少不了挨店主一番臭骂和赔钱,但在女生面前轧足了台型,还是值得的。此举在当时或会称为"洋场恶少"之习,当今天白了少年头的他们重忆旧事,咧着无牙的嘴大笑时,你就会深切体会到,青春是多么可爱!这一代人中不少的父辈或祖父辈,是斗大字不识一个的、从苏州河跃上大上海的农民呢!

与我的外祖父相比,祖父记忆中的苏州河远没如此浪漫。据他自传所记,"八一三"战事爆发之际,八百壮士退入四行仓库内孤军作战,军事当局商得公共租界同意,军队缴械后可避入租界,但唯一的一条退路为由四行仓库冲过北西藏路进入中国银行仓库西门。其时中行仓库库门紧闭,枪林弹雨之下,何人敢去开门?此时作为中国银行高层的祖父与十九路军代表就坐镇位于福州路附近的印度咖喱饭店,与谢晋元保持通话(当时电话尚通),商量对策。血气方刚的祖父一时不知哪来的勇气,自告奋勇驾车至老闸桥,然后下车步行过桥,直抵中国银行仓库东南门,进到东边一个仓库内。当时共有三名工友借着地处租界地及建筑坚固留守该仓库,倒也安全。祖父与他们谈及十九路军困境,其中一位工友基于义愤,自愿冒着枪林弹雨往返于西仓库取来钥匙,再到西门下拔去门闩,随即飞奔而回,告知祖父他们,祖父再电告十九路军部,通知四行仓库内八百壮士持械奔出,进入中国银行仓库的安全地区,再由租界当局送入胶州路集中营,此时人数只余四百不到!

兰州路桥,某角度讲,或者可以讲是我的桥。从1965年我分配到这里任中学教师,我最宝贵的青春时光都是在往返这座桥中溜走了。这里是典型的都市里的村庄，简陋的房子不少就是倚着桥身搭建，一推窗就可将洗碗水什么水往河里泼，苏州河成了天然下水道，再加两边工厂吐出的黑得发绿的污水，河水浑浊不堪。我的学生们竟然还在这里嬉水游泳从不闻生病，一方水土育一方人吧！一出罗马尼亚电影《多瑙河之波》上映后，我的学生们就送它一个美誉——多瑙河。我家访时多为黄昏家长们下班以后，他们多就近在附近厂家上班，因居室浅窄，家家的市面都做到屋外，各人手托一只盛得冒尖的蓝边大碗，上面是浓油涮酱的大排加一垛碧绿生青的蔬菜，三五成簇，坐在小矮凳上，权当饭桌的方凳上一搪瓷杯沁凉的生啤或工厂里发的冰冻盐汽水，半导体无线电热闹地唱着，尽管外面"斗私批修""一打三反"，这里津津乐道我的"梅花党"和"一只绣花鞋"。尽管这里是领导阶级工人阶级聚居之处，反而没有社会上打打斗斗的那股火药味，反而多了几分人情。见了知识分子老师来，还用袖管抹抹本来很干净的小板凳，冲上一杯糖水，甜得我喉咙发毛！尽管祖祖辈辈没能跳过龙门离开这里，但是，他们仍安安分分地过着日子。这座名不见经传的兰州路桥两侧，嚣嚣闹闹生生猛猛，也是一幅清明上河图呢。

1998年，《上海市苏州河环境综合整治管理办法》实施，2003年《苏州河滨河景观规划》出台，苏州河景观成为高档楼宇的重要标志。当时作为下只角典型的兰州路桥两侧，今已屹立着水景观的高楼，我的学生们不少也已跳过龙门，他们中有成功的地产商、大学院长、海归精英……乘着改革之风，谱写了他们的上海传奇。

"家里望得到苏州河"成今日择居首选之一。"看得到苏州河"也是一个值得追逐的上海梦呢！苏州河宠辱不惊，仍是不紧不慢地流着，犹如一位历经辛劳终于守到子女成才的母亲，她仍一面絮絮地述着上海的故事，一面犹微笑着，宽恕了过往对她曾经的不公和忽略,张开怀抱欢迎她的子民,像还乡一样再回到她的身边。

注释

① 苏州河,起于上海市区北新泾,至外白渡桥东侧汇入黄浦江。有时也泛指吴淞江全段。苏州河沿岸是上海最初形成发展的中心,催生了几乎大半个古代上海,后又用一百年时间成为搭建国际大都市上海的水域框架。苏州河下游近海处被称为"沪渎",是上海市简称的命名来源。② 程乃珊(1946—2013):中国著名女作家,上海人,祖籍浙江桐乡。1979年开始发表作品,1985年加入中国作家协会。主要作品有《蓝屋》《穷街》《女儿经》《金融家》等。③《霓虹灯下的哨兵》:上海天马电影制片厂摄制的故事片,1964年上映。该片讲述的是上海解放初期,负责警卫上海南京路的解放军战士们在党的领导下,如何保卫革命胜利果实的故事。

简析

不难看出,作者是生在苏州河边,长在苏州河边,对苏州河饱含深情的。全文以祖父、外祖父、父亲、母亲、我三代人在苏州河边的故事,生动细腻地讲述苏州河的历史变迁。

思考题

1. "到底是上海人"这一题目有怎样的内涵?
2. 程乃珊围绕苏州河,讲了哪几件事?请以时间为线,梳理这些事件,并思考作者为什么要以"苏州河"为题。
3. 两篇文章,对"上海人"的认识是不同的,请找出这些不同,并思考这些不同背后的原因。

参考答案

1. 惊叹于上海人生活的富足精致,肯定上海人在高压生活中磨炼出来的生存智慧,赞美上海人的处世艺术。

2. 19世纪80年代,那时的苏州河沿岸是名副其实的都市里的村庄,"我们的曾祖父们"选择此处登岸,可以减少一点农民进城的心理压力。作者(程乃珊)祖父是以银行小职员的身份,背井离乡,沿苏州河来到上海。在"八一三"淞沪会战的时候,祖父还为解救八百壮士做出过巨大贡献。对在圣约翰大学读书的作者的外祖父来说,苏州河是他们那一代人记忆中永远的青春之河,满载着他们欢乐无虑的时光。作者的母亲于1940年考入圣约翰大学,也在这里体会到了青春的可爱。作者与苏州河的故事开始于1965年,集中于兰州路桥,在这里,作者体会到了工人阶级的淳朴善良。

以"苏州河"为题,是因为:一、文章的选材都是围绕苏州河展开的;二、苏州河是上海的母亲河,是孕育上海人文精神的活水源。

3. 略。

图书在版编目(CIP)数据

长江诗话/陈军主编. --上海：复旦大学出版社，
2025.4. -- ISBN 978-7-309-17901-9
Ⅰ. G634.573
中国国家版本馆 CIP 数据核字第 2025PH5598 号

长江诗话
陈　军　主编
责任编辑/宋文涛

复旦大学出版社有限公司出版发行
上海市国权路 579 号　邮编：200433
网址：fupnet@fudanpress.com　http：//www.fudanpress.com
门市零售：86-21-65102580　　团体订购：86-21-65104505
出版部电话：86-21-65642845
上海四维数字图文有限公司

开本 890 毫米×1240 毫米　1/32　印张 9.75　字数 227 千字
2025 年 4 月第 1 版
2025 年 4 月第 1 版第 1 次印刷

ISBN 978-7-309-17901-9/I·1448
定价：68.00 元

如有印装质量问题，请向复旦大学出版社有限公司出版部调换。
版权所有　侵权必究